Elena MacKenzie – Pretty Lies

Lucy erbt von ihrer Großtante eine wunderschöne Wohnung mitten in Edinburgh. Die kommt gerade recht, denn die Kosten für ihr Zimmer im Studentenwohnheim kann sie nicht mehr tragen. Einziger Haken an ihrem Erbe, sie muss es sich teilen. Die Hälfte der Wohnung gehört nämlich Ryan, der bei ihrer Großtante zur Untermiete gewohnt hat und sich bis zu ihrem Ableben um die alte Dame gekümmert hat. Ryan sieht gar nicht ein, die Wohnung aufzugeben. Und ohnehin könnte Lucy ihn gar nicht auszahlen. Lucy muss also versuchen, sich mit ihm zu arrangieren, doch das ist gar nicht so einfach, denn Ryan liebt Partys und Mädchen und sein Schlagzeug.

Elena MacKenzie

Pretty Lies

Roman

Latos-Verlag
Calbe/Saale

Lektorat: Uta Maier, Gorxheimertal
Coverfoto: © Markomarcello - Fotolia.com
Umschlaggestaltung: Rebecca Wild
Satz: Latos-Verlag, Calbe/Saale
Druck und Bindung: PRESSEL Digitaldruck, Remshalden

1. Auflage 06/2014

ISBN: 978-3-943308-54-9

www.latos-verlag.de

1. Kapitel

»Ich bin fertig. Triffst du mich im Café? Ich muss gleich meine Schicht antreten«, murmelte ich in mein Handy und wühlte gleichzeitig in meiner Handtasche nach dem Schlüssel für meinen kleinen Peugeot. Das Auto hatte einmal meiner Mutter gehört. Jetzt, da sie es nicht mehr benutzen konnte, fuhr ich es. Es war auch viel leichter von A nach B zu kommen in Edinburgh, wenn man einen fahrbaren Untersatz besaß - vorausgesetzt man fand auch einen Parkplatz. Und gerade kam ich aus dem Büro eines Anwalts und war auf dem Weg in das kleine Campuscafé auf dem Gelände der Edinburgh University, in dem ich jeden Tag nach Uni, einem Besuch bei meiner Mutter und den Hausaufgaben ein paar Stunden bediente, um mir das Studium, Mutters Pflegeheimplatz und ein Zimmer auf dem Campus leisten zu können. Zumindest das Zimmer konnte ich mir demnächst sparen, wenn ich Anne von meiner Idee überzeugen konnte.

»Bin sofort da. Ich platze schon vor Neugier. Man erbt ja nicht jeden Tag was von einer unbekannten Großtante.« Unbekannte Großtante traf es auf den Punkt. Wie sich herausgestellt hatte, hatte ich hier in Edinburgh eine Großtante, die die Tante meines verstorbenen Vaters gewesen war, von der niemand etwas gewusst hatte, weil Vater sie nie erwähnt hatte. Zumindest konnte ich mich nicht daran erinnern, dass er je von ihr gesprochen hatte. Leider konnte ich meine Mutter auch nicht nach dieser Elisabeth Donald fragen. Und da ich nicht gewusst hatte, dass sie existiert hatte, hatte mich das Schreiben, in dem ich über eine Erbschaft in Kenntnis gesetzt worden war auch völlig überrascht.

»Also dann, in zwanzig Minuten?«

»Werde da sein. Mach uns schon mal einen Latte. Oder sollen wir besser eine Flasche Schampus köpfen?« Anne machte schon seit Tagen ihre Witze. Manchmal meinte sie, ich wäre vielleicht jetzt Millionärin oder Besitzerin einer großen Firma oder hätte gar einen Adelstitel geerbt. Ich rollte mit den Augen, musste aber über Anne lächeln, da ich wusste, dass sie die Neugier schier zerriss. Aber die paar Minuten konnte sie auch noch warten, schließlich betraf dieses Erbe auch sie, wenn sie sich denn mit meinen Plänen anfreunden konnte.

Ich stellte mein Auto auf dem Parkplatz vor dem Swann Building ab und ging in das Café, wo Ben mich schon mit zusammengekniffenen Lippen erwartete.

»Ich hatte schon Angst, du kommst heute nicht mehr.« Ben war mein Chef. Er war knapp vierzig, sah für sein Alter aber umwerfend gut aus: groß, schlank und dunkelhaarig mit wenigen grauen Strähnen. Er trug eine silberne Brille, was ihm zusätzlich auch noch eine gewisse Intelligenz verlieh. Nicht, dass er nicht intelligent wäre, aber die Brille unterstrich das noch.

»Tut mir leid, der Termin beim Notar hat doch etwas länger gedauert, als ich angenommen hatte. Du weißt ja, wie das so ist mit dem ganzen Papierkram.«

Ben nickte brummend und ging hinter den Tresen, wo er mir gleich die Kasse übergab. In den frühen Abendstunden war hier das Meiste los. Dann nämlich kamen viele Studenten her, um zu lesen, Hausaufgaben zu machen oder sich zu unterhalten.

Nachdem Ben mich eingewiesen hatte, ging ich schnell in die Garderobe und band mir die Kellnerschürze um, die eigentlich die einzige Kleidungsvorschrift im Swann Café war. Als ich wieder in das Café kam, war auch Anne schon eingetroffen. Sie saß auf dem Barhocker, auf dem sie immer saß, wenn ich bediente, damit sie die Minuten nutzen konnte, in denen ich hinter dem Tresen Espresso oder Latte macchiato herausließ, um mit mir zu plaudern. An den vier Tagen pro Woche, an denen ich hier bis zweiundzwanzig Uhr arbeitete, hatten wir nämlich kaum Zeit, um zu reden.

Heute würde das anders sein, denn es regnete in Strömen und dann kamen selten Gäste. Deswegen hatte Ben es auch so eilig, mir die Kasse zu übergeben, weil er solche Tage dafür nutzte, im Büro den ganzen Schreibkram zu erledigen.

Ich machte Anne und mir einen Latte mit sehr viel Milchschaum, nachdem ich zwei Mädchen mit Tee versorgt hatte, die gerade lachend hereingekommen waren und sich das Wasser aus den Haaren geschüttelt hatten. Dieser Spätsommer machte Edinburgh wirklich alle Ehre.

»Also, Schluss mit der Folter! Ich will es sofort wissen, sonst platze ich noch. Und das wird echt nicht schön für dich, weil du dann diesen riesigen Fettfleck von allen Wänden hier putzen musst.«

Ich stöhnte theatralisch. »Du weißt genau, dass du nicht dick bist.« Mindestens einmal am Tag musste ich Anne erklären, dass sie kein bisschen zu dick war. Vielleicht war sie nicht Size Zero, aber wer wollte denn schon so klapprig sein wie Frau Beckham? Ich nicht. Ich war stolz auf meine kleinen Rundungen. Fünfundfünfzig Kilo auf 1,68 Meter waren doch ganz in Ordnung. Und wenn Anne sich für dick hielt, dann würde das bedeuten, dass ich es auch war, schließlich wog sie nur drei Kilo mehr als ich und die kamen, da war ich mir sicher, von diesen riesigen Brüsten, die sie vor sich herschob, während meine BH-Größe absolut nicht erwähnenswert war.

Anne seufzte und brabbelte etwas in ihren Milchschaum. »Jetzt erzähl schon!«

»Erst gestehst du, dass du nicht dick bist.«

Schmollend rührte Anne mit dem Löffel ihren Kaffee um und strich dann ihren blonden, kinnlangen Bob hinter ihre Ohren. Eine Frisur, auf die ich ganz neidisch war, denn sie sah wirklich absolut heiß mit ihren kurzen Haaren aus. Eine Mischung aus frech und begehrenswert. Mir standen kurze Haare gar nicht. Irgendwie fand ich mein Kinn dafür zu spitz und meine Wangenknochen zu breit, weswegen ich meine hellbraune Mähne immer ein bisschen in mein Gesicht hängen ließ. So wie ich nicht fand, dass Anne zu dick war, so fand sie, dass ich bescheuert und blind war, wenn ich glaubte, dass ich nicht absolut gut aussah.

»Ich gestehe«, sagte sie genervt. »Also?«

Ich löffelte etwas Schaum in mich hinein. Ich muss zugeben, ich war nervös. Wenn Anne nicht so überzeugt von meiner Idee war, wie ich es war, dann wusste ich auch nicht, was ich tun sollte. Denn dieses Erbe war meine Chance, im Café kürzerzutreten und mich vielleicht etwas mehr um meine Mutter kümmern zu können. Und das Studium, das brauchte auch etwas mehr meiner geringen Zeit, denn sonst sah es wirklich schlecht mit den Literaturwissenschaften aus. »Ich habe eine Dreizimmerwohnung geerbt. Ganz in der Nähe, 13 West Newington Place.«

Anne runzelte die Stirn. »Eine Wohnung? Willst du die vermieten?« Sie dachte kurz darüber nach. »Ja, das wäre doch eigentlich gut. Du vermietest sie und musst nicht mehr im Café schuften.«

»Eigentlich habe ich gedacht, da es ja drei Schlafzimmer wären, du und ich ziehen dort ein. Dann müsste ich das Wohnheim nicht mehr zahlen.« Ich zögerte. »Und vielleicht könntest du mir etwas Miete zahlen.« Oh Mann war mir das unangenehm! Ich wollte Anne ja auch nicht ausnutzen.

»Du meinst, du und ich in einer WG? Keine Partys mehr im Wohnheim, kein Grölen, keine laute Musik, kein Müll überall. Und keine überfüllten Duschen? Ja, das wäre auch eine Möglichkeit. Wann schauen wir uns das schöne Erbe an? Ich meine, wir möchten ja nicht in eine Bruchbude ziehen.« Eigentlich hätte Anne auch bei ihren Eltern in der großen Stadtvilla wohnen können, aber sie wollte unbedingt weit weg von ihrer bevormundenden Mutter sein. Und nachdem ich ihre Mutter kannte, verstand ich, warum sie eine Dusche in einem Wohnheim dem Luxusbad im Hause ihrer Eltern vorzog.

Anne hatte das verdammte Glück, dass ihre Eltern recht gut verdienten. Sie hatten beide wichtige Positionen in einer Marketingfirma. Sie hatte mir auch schon mehrfach angeboten, meine Kosten für das Wohnheimzimmer, das wir gemeinsam bewohnten, zu übernehmen, aber das wollte ich nicht. Es wäre mir unangenehm, auf Kosten anderer zu leben. Wenn sie aber bei mir zur Untermiete wohnen würde, dann könnte ich gut damit leben, ihr Geld zu nehmen, denn dann würde ich ihr ja eine Gegenleistung dafür bieten.

»Morgen Nachmittag. Ich werde Mum morgen mal nicht besuchen, damit wir uns alles in Ruhe anschauen und überlegen können, was wir machen wollen.«

»Hey, Lucy! Machst du mir ein Glas Cola? Ohne Eis bitte.« Stephan stand plötzlich vor mir und sah mich aus blitzenden Augen an. »Wo warst du nur gestern, meine Schöne? Den ganzen Abend habe ich auf dich gewartet. Einen Strauß mit fünfzig roten Rosen für jedes Mal, wenn du mir dein wundervolles Lächeln geschenkt hast, hatte ich auch besorgt. Aber du warst einfach nicht da.« Stephan war ein großer, schlaksiger blonder Typ, der mit mir zusammen in Geschichte ging und immer einen solchen Spruch für mich parat hatte.

»Tut mir leid. Gestern war ich leider nicht im Dienst. Aber wie ich Ben kenne, hat er sich genauso über die Rosen gefreut.«

Stephan lief feuerrot an, denn Ben stand total auf ihn und ließ ihn das auch immer wieder gerne spüren. Ich stellte ein Glas mit Cola vor Stephan auf den Tresen und er nahm es und ging damit zu den zwei Mädchen, die noch immer ihre Hände bibbernd um ihre heißen Teetassen geschlossen hatten. Wahrscheinlich würden sie sich jetzt die nächste halbe Stunde Stephans nette Anmachsprüche anhören müssen. Bei Anne hatte er es aufgegeben, als die ihm einmal erklärt hatte, dass sie es nur mit viel Leder und Masken mochte. Und sie wäre bereit, es mit ihm zu versuchen, wenn er bereit wäre, sich von ihr den Hintern versohlen zu lassen. Stephan war nicht bereit dazu gewesen. Seither wich er Annes Blicken immer aus. Sie schüchterte ihn wohl ein. Und keine von uns wollte ihn darüber aufklären, dass Anne in Wirklichkeit keinen Hang zu SM hatte.

»Das könnte richtig schön werden. Wir zwei zusammen in einer Wohnung. Oh, wir müssen unbedingt Ikea plündern. Und Vliestapeten! Ich liebe Blumentapeten. Ich kann es schon vor mir sehen.«

»Mir reichen in meinem Zimmer ein Bett, ein Schreibtisch und ein Kleiderschrank. Aber das Wohnzimmer sollten wir uns richtig toll machen«, schwärmte ich, von Annes Überschwang angesteckt.

»Ich bin ja so gespannt! Nur wir zwei Mädchen. Und hin und wieder ein Date«, fügte sie an. In einem Gemeinschaftszimmer war das mit den Dates gar nicht so einfach. Nicht, dass ich häufig welche hatte. Aber bei Anne hatte ich den Eindruck, dass sie sich oft wegen mir zurückhielt.

»Was ist denn mit Daniel von letzter Woche? War er nicht dein absoluter Traummann«?«, hakte ich grinsend nach. Ich wusste natürlich genau, dass so ziemlich jeder Typ Annes Traummann war.

Anne lächelte verschmitzt und schob mir ihr leeres Glas über die Theke zu. »Auffüllen, bitte. Es hat sich herausgestellt, dass er Dinge bevorzugt, mit denen ich mich nicht anfreunden kann.«

»Die da wären?«

Anne sah über ihre Schulter zurück, um sicherzugehen, dass uns auch keiner hören konnte. »Er wollte mit mir in einen Swingerklub. Er meinte, es würde ihn nur anmachen, wenn er mir dabei zusehen könnte, wie ich es mit einem Mädchen mache.«

»Nicht dein Ernst?« Schockiert schlug ich eine Hand vor meinen Mund und verfiel dann in Kichern, als ich mir Annes Blick in dem Moment vorstellte, als Daniel ihr das gestanden hatte.

»Und ob! Wir saßen gerade in seinem Zimmer auf dem Bett und haben rumgemacht und ich hab schon angefangen, mich zu wundern, weil sich da unten so gar nichts geregt hat, und da platzt er damit raus. Ich bin aufgestanden und aus dem Zimmer gerannt.«

Ich lachte laut auf und hielt mir den Bauch.

»Was ist so lustig?«, wollte Ben wissen, der den Papierkram entweder aufgegeben hatte oder fertig war. Seinem mürrischen Gesichtsausdruck nach zu urteilen, hatte er aufgegeben.

»Annes Date wollte mit ihr in einen Swingerklub.«

Ben brüllte vor Lachen auf. »Sie? Niemals.«

Anne guckte beleidigt und räusperte sich. »Wieso eigentlich nicht?«

»Dafür bist du viel zu fein und sittlich. Du suchst dir zwar immer die bösen Jungs aus, aber ich werde das Gefühl nicht los, das ist nur ein Protest gegen deine Eltern.« Annes Eltern waren ziemliche Moralapostel. Bei ihnen musste alles immer perfekt sein, auch ihre Tochter.

»Vielleicht bin ich ja gar nicht so, wie du denkst.« Anne zog einen Schmollmund.

Ben wischte sich die Tränen aus den Augenwinkeln und nickte. Dabei presste er seine Lippen fest aufeinander und versuchte krampfhaft, nicht wieder mit Lachen anzufangen. Er schnappte sich ein paar schmutzige Tassen und stellte sie in den Geschirrspüler. Dann verschwand er breit grinsend wieder im Büro. Annes kleines Abenteuer hatte ihm wohl die Motivation zurückgebracht.

2. Kapitel

Lucy

»Das hier muss es sein.« Anne blieb mit dem Auto vor einem dreistöckigen Haus im gregorianischen Stil stehen. Die Steine waren gelb und wirkten im Gegensatz zum üblichen tristen Grau Edinburghs freundlich und frisch. Zwei schwarze schmiedeeiserne Zäune umrandeten einen winzigen Vorgarten und drei Stufen führten zu einer blauen Eingangstür hinauf. Das Haus schien in jeder Etage bewohnt, zumindest hingen überall Gardinen hinter den Fenstern. »Es ist ein altes Haus. Alter englischer Stil. Bestimmt gibt es Stuck im Wohnzimmer.« Anne seufzte. Alt und edel, gemischt mit schlichter Moderne war genau ihr Ding.

»Wir haben noch gut dreißig Minuten bis zur Schlüsselübergabe. Lass uns um die Ecke noch einen Kaffee trinken«, schlug ich vor. Ich war erleichtert. Das Haus machte zumindest von außen einen sehr guten Eindruck. Wegen dieses ersten Eindrucks hatte ich Anne schon viel früher hierher geschleift. Nur, damit ich nicht einen völlig schockierten Gesichtsausdruck hinlegen würde, wenn der Anwalt meiner Tante sich dann mit uns treffen würde. Ich wollte unbedingt auf alle Eventualitäten vorbereitet sein.

Wir standen beide vor dem Haus und starrten zu den Fenstern hinauf, als sich die Eingangstür öffnete und ein ziemlich heißer Typ in löchrigen Jeans herauskam. Er war ein Kerl Marke Sunnyboy: mittelblondes, kinnlanges Haar, das in sanften Wellen ein markantes Gesicht umspielte und dessen Spitzen wild abstanden. Das T-Shirt lag eng an seinem perfekten sportlichen Oberkörper. Nicht zu muskulös, aber gut ausgebildete Brustmuskeln. Und ich könnte wetten, einen Sixpack besaß er auch. Der Typ ging mit großen, weit ausholenden Schritten an uns vorbei, warf uns einen irritierten Blick zu und musterte Annes freizügigen V-Ausschnitt etwas genauer im Vorbeigehen.

»Wenn der hier wohnt, dann ist mir egal, wie die Wohnung aussieht, ich zieh ein. Und wenn ich mir mein Bett mit sämtlichen Kakerlaken Edinburghs teilen muss«, sagte Anne und folgte dem Sunnyboy mit ihrem Blick, bis er um die Ecke abbog.

Ich schürzte die Lippen und versuchte vergeblich ein Grinsen zu unterdrücken. Auch wenn ich es ungern zugab, dieser Typ erweckte selbst in mir erotische Fantasien, und das passierte mir wirklich nicht oft. Besser gesagt, ich konnte mich nicht erinnern, dass der bloße Anblick eines Mannes jemals solche Gefühle in mir geweckt hatte. Wahrscheinlich, weil ich bisher mit meinen eigenen Problemen beschäftigt gewesen war und mich nie solchen Gedanken hingegeben hatte. Die Aussicht darauf, das Geld für das Wohnheimzimmer vielleicht bald sparen zu können, wirkte sich wohl schon jetzt befreiend auf mich aus.

Mit einem letzten Blick auf das Haus griff ich nach Annes Hand und zog sie hinter mir her den Weg entlang, den eben auch dieser heiße Kerl genommen hatte. »Hör auf zu sabbern und komm, sonst wird die Zeit zu knapp, um uns noch einen Kaffee zu genehmigen.

Wir setzten uns an den letzten freien Tisch unter dem überdachten Wintergarten. Heute waren die Temperaturen ausgesprochen angenehm und das schien jeder hier noch einmal genießen zu wollen, bevor der Winter kam. Auf dem Tisch lag noch eine aufgeschlagene Zeitung, und auch ein Glas Cola und ein Teller mit Resten eines Muffins standen noch auf der Seite des Tisches, an die ich mich setzte. Die Bedienung war offensichtlich noch nicht dazu gekommen, den Tisch abzuräumen. Ich schlug das Sportmagazin zu und unten drunter kam ein Handy zum Vorschein. Unser Vorgänger hatte also auch sein Handy vergessen. Ich sah mich nach der Bedienung um, die drei Tische weiter eine ältere Dame bediente.

Anne angelte gerade neugierig nach dem Handy, als dieses in meiner Hand anfing zu klingeln. »Geh ran! Los, mach schon!«

Ich schüttelte den Kopf. »Ich kann doch da nicht einfach rangehen.«

»Warum nicht? Vielleicht ist es der Besitzer, der sein eigenes Handy anruft.«

»Oder vielleicht ist es meine Mutter. Dann solltest du auf jeden Fall rangehen, so bleibt mir das erspart«, sagte der Typ, der vorhin aus dem Haus gekommen war, in das wir einziehen wollten, und sah mich scharf an.

»Oh, das tut mir leid. Ist das hier dein Platz?«, stotterte ich peinlich berührt und hielt ihm das Handy hin. Er legte ein in Alufolie gewickeltes Päckchen auf die Zeitung.

»Ist es. Wenn euch die Zeitung, der Teller und die Tasse nicht darauf gebracht haben, dass hier besetzt sein könnte, dann hätte es spätestens das Handy tun sollen.«

»Wir haben gedacht, es wäre nur noch nicht abgeräumt worden«, sprang Anne entschuldigend ein, als sie mein schockiertes Gesicht sah.

»Dann habt ihr falsch gedacht.« Verärgert starrte er auf mich runter und verschränkte die Arme abwartend vor seiner Brust.

Wütend zog ich eine Augenbraue hoch. »Hör mal, hier stand nirgends ein Besetzt-Schild, oder so was.« Mein Magen flatterte bei dem intensiven Blick aus diesen schokoladenbraunen Augen.

»Mag sein, aber ihr müsst doch wohl zugeben, dass ich das Vorrecht auf diesen Platz habe, da meine Sachen schon hier stehen. Außer ihr wollt unbedingt sitzen bleiben und meine Rechnung zahlen.«

Ich stand auf und zog Anne mit mir hoch. »Vor nicht einmal fünf Minuten bist du unten aus dem Haus gekommen, wo du – mit Verlaub – meiner Freundin im Vorbeigehen auch noch so tief in ihren Ausschnitt gestarrt hast, dass sie jetzt Sabberspuren da vorne hat.« Er fuhr sich grinsend durch sein dunkelblondes Haar. Ein paar Strähnen leuchteten im Sonnenlicht kupferfarben. »Wie kannst du so schnell schon gegessen, nebenbei noch die Zeitung gelesen und dir – was auch immer – einpacken lassen haben? Vielleicht ist das ja gar nicht dein Platz.«

»Ist es, ich habe nur mein Geld geholt, das hatte ich nämlich zu Hause liegen gelassen.«

Ich funkelte den Typen an. Wenn der also wirklich mit uns im gleichen Haus wohnen würde, dann konnte ich nur hoffen, dass wir uns nie über den Weg laufen würden. Der Typ war ja so was von arrogant. Hätte man das nicht im ruhigen Tonfall klären können? Nee, der wurde gleich aufbrausend und das machte mich wütend, weil ich so nicht gerne mit mir umspringen ließ.

»Entschuldige bitte, dass wir uns geirrt haben. Wird nicht wieder vorkommen.«

Jetzt grinste er mich auch noch auf eine herablassende, siegessichere Art an, die zugleich so sexy und verführerisch wirkte, dass mein Herz einen kleinen Satz machte. Ich schob mich wütend an ihm vorbei und zerrte Anne hinter mir her, weg von dem Café und diesem Kerl, dessen zuckende Wangengrübchen ein verbotenes Prickeln in mir auslösten.

»Und unser Kaffee?«, murrte Anne und warf dem Kerl einen giftigen Blick zu.

»Vergiss den Kaffee«, knurrte ich und verschwand mit Anne um die Ecke. »Wie kann man sich nur wegen so einer Kleinigkeit so aufführen? Boah, bin ich vielleicht stinkig.«

»Ich glaube, die Einzige, die sich hier aufgeregt hat, warst du. Er war die ganze Zeit eigentlich relativ ruhig«, sagte Anne achselzuckend.

Da hatte sie wohl recht, wenn ich noch einmal darüber nachdachte. »Es war nicht, wie er es sagte, sondern was«, verteidigte ich mich noch immer sauer.

»Das Einzige, das ich gesehen habe, waren die Funken in seinen Augen, als er dich abgecheckt hat. Der hatte eindeutig keine jugendfreien Hintergedanken.«

Ich blieb vor Haus Nummer 13 stehen und wandte mich Anne zu. »Sein einziger Gedanke galt mit Sicherheit nur seinem Platzanspruch.«

»Das denke ich nicht. Aber, wenn er wirklich hier im Haus wohnt, dann werden wir ja bald rausfinden, wer von uns richtig liegt. Wollen wir wetten?« Anne hielt mir ihre Hand hin und ich rollte nur genervt mit den Augen und sah auf die Uhr meines Handys.

»Noch immer fünfzehn Minuten«, stöhnte ich und trat von einem Fuß auf den anderen. Je eher dieser Anwalt sich hier blicken ließ, desto geringer wurde die Chance, dass ich diesen Kerl noch einmal ertragen musste.

Ein Auto parkte am Straßenrand und ich atmete erleichtert auf, als ich Mr Wilde erkannte. Er trug wie auch schon gestern einen sehr vornehmen und vermutlich teuren Anzug, der eigentlich gar nicht zu dem roten Mini passte, aus dem er jetzt ausstieg.

»Sie sind schon da«, sagte er erfreut und gab erst mir und dann Anne lächelnd die Hand. »Dann können wir ja sofort anfangen.« Er nickte zum Haus. »Die Wohnung in der mittleren Etage ist es.«

»Oh, das ist gut. Das bedeutet, es sind nicht zu viele Stufen. Ich hatte schon befürchtet, dass wir unser Fitnessprogramm in Zukunft sparen können, weil wir jeden Tag bis ganz nach oben steigen müssen.« Anne grinste Mr Wilde zwinkernd an. Sie konnte es wirklich nicht lassen. Jeder Mann war ein potenzieller Kandidat für ein kurzes Vergnügen.

»Als ob du jemals ein Fitnessstudio von innen gesehen hättest«, sagte ich und folgte Mr Wilde in das Haus.

Das Treppenhaus wirkte sauber, aber sehr schlicht und einfach. Ein paar der bunten Steinplatten auf dem Boden hatten Risse und die Treppen waren abgetreten. Aber für ein Haus dieses Alters war das nichts Ungewöhnliches.

Mr Wilde öffnete eine große zweiflügelige, dunkelgrüne Tür und ließ uns in einen langen, geräumigen Korridor treten; dunkler, glänzender Dielenboden, die Wände bis zur schulterhohen Sockelleiste im selben Grünton wie die Tür gestrichen. Vom Korridor gingen mehrere weiße Holztüren ab. Zwischen zwei Türen stand eine rustikale Kommode, auf der eine Tiffanylampe stand. Der Korridor machte schon mal einen sehr guten Eindruck, stellte ich zufrieden fest, und auch Anne wirkte sichtlich überrascht und lächelte mir beeindruckt zu.

»Fangen wir mit dem Wohnzimmer an?«, wollte Mr Wilde wissen und sah leicht nervös aus.

Stimmte etwas mit dem Wohnzimmer nicht? Wir folgten ihm durch die Tür am linken Ende des Korridors. Anne zog zischend die Luft ein und auch mein Herz setzte für einen Schlag aus. Nicht, dass das Wohnzimmer mit seiner hohen weißen Stuckdecke, dem großen Kronleuchter in der Deckenmitte und den raumhohen Fenstern nicht absolut traumhaft war, aber meine Tante musste ein Messie gewesen sein. Zumindest aber war sie wohl nicht die ordentlichste Hausfrau gewesen, denn überall lagen Zeitungen verteilt, leere Essensverpackungen, Getränkeflaschen und es roch auch nicht besonders angenehm.

Hastig eilte Mr Wilde auf eins der beiden Fenster zu, die sich in einem halbrunden Erker befanden, und schob es nach oben. »Ich bitte das Chaos zu entschuldigen.«

»Kein Problem«, sagte Anne. »Sicher sind das die Reste der Beerdigungsfeier.«

Mr Wilde lächelte nur und schob eine große breite Glastür auf, die das Wohnzimmer von der Küche trennte. Die Küche war im Landhausstil eingerichtet und wirkte sehr gemütlich. Oder könnte gemütlich wirken, wenn in ihr nicht das gleiche Chaos herrschen würde wie im Wohnzimmer. Nach und nach zeigte uns Mr Wilde die ganze Wohnung. In jedem Zimmer würden wir Hand anlegen müssen, aber die Wohnung selbst war wirklich in einem sehr guten Zustand. Kein Zimmer war vernachlässigt worden. Selbst das Bad war sehr modern eingerichtet.

Im letzten Zimmer allerdings erwartete uns eine kleine Überraschung. Es war sehr aufgeräumt und gehörte wohl irgendwann einmal einem Teenager. Die Wände waren mit Bandpostern beklebt und ein Schlagzeug stand vor dem Fenster. Eine E-Gitarre hing über einem Bett im Futonstil an der Wand. Das Zimmer eines Jungen, eindeutig.

»Wenn sie einen Sohn hatte, warum hat sie ihm die Wohnung nicht vererbt?«, flüsterte Anne mir zu.

»Ich weiß nicht. Vielleicht lebt er nicht mehr und sie hat das Zimmer nur einfach so belassen, um sich zu erinnern?«, flüsterte ich zurück und Anne nickte, zufrieden mit dieser Antwort.

»Ja, das könnte stimmen. Die Bands sind nicht gerade aktuell.« Sie nickte in Richtung der Poster, auf denen Bands wie *Led Zeppelin* und *Nirvana* abgebildet waren.

In diesem Moment öffnete sich die Eingangstür und mein Herz rutschte mir in den Magen. Der Typ von vorhin stand in *meiner* Wohnung.

»Was macht der denn hier?«, entfuhr es mir und ich sah wütend und fassungslos zwischen *Mr Das-ist-mein-Platz* und Mr Wilde hin und her. Auch Anne sah mich verwirrt an.

»Ich wohne hier«, sagte der Kerl breit grinsend und schloss die Tür. »Und ihr zwei habt echt ein Problem mit anderer Leute Eigentum. Das ist mein Zimmer.«

»Was?«, keuchte ich und schlug dem Kerl auf die Finger, als er mich an meinem Oberarm packte und harsch aus dem Zimmer zerrte.

Mr Wilde räusperte sich und auf seine Stirn traten Schweißperlen. »Das ist Mr McFarlane. Ich hatte Ihnen doch von dem Untermieter Ihrer Tante erzählt.«

Anne sah mich fragend an und ich zog die Schultern hoch. Um ehrlich zu sein, hatte ich ab dem Zeitpunkt, da Mr Wilde mir in seinem Büro erklärt hatte, dass ich eine Wohnung geerbt hatte, nur noch mit halbem Ohr zugehört, da ich in Gedanken sofort angefangen hatte, Pläne für Anne und mich zu schmieden. Der Untermieter musste mir wohl entgangen sein. Ich musterte Mr McFarlane noch einmal. Ein Untermieter war vielleicht gar nicht so schlecht. Das würde noch mehr Geld für mich bedeuten und eine richtige Erleichterung für mein Konto. Vielleicht könnte ich meiner Mutter sogar ein Einzelzimmer bezahlen? Aber nicht mit ihm! Ich würde ihm kündigen und jemand anderen finden müssen. Am besten eine Frau. Sina aus unserem Wohnheim wäre doch nett. Sie würde gut zu Anne und mir passen.

Ich schüttelte die Hand von meinem Oberarm, die mich dort noch immer hielt, und sah in diese schokoladenbraunen Augen auf. »Mr McFarlane, Ihr Mietvertrag ist hiermit gekündigt.«

Mr Wilde schluckte schwer und sah mich mit weit aufgerissenen Augen an. »Aber …«

Weiter kam er nicht, denn der unverschämte Kerl neben mir fiel ihm ins Wort. »Sagen Sie bloß? Das ist mir nicht neu, aber nett, dass Sie mich daran erinnern. Mir gehört die Hälfte der Wohnung. Ich muss sie nicht mieten und du, kleines Mädchen, kannst mich hier nicht rauswerfen.« Der Kerl sah mich mit zusammengekniffenen Augen an. Und lag da etwa Mitleid in seinem Blick? Sah ich etwa mitleiderregend aus? Ich schluckte. Die Hälfte der Wohnung? Meiner Wohnung?

»Also, davon hast du aber nichts gesagt«, meinte Anne mit vor der Brust verschränkten Armen schmollend.

»Ich wusste das nicht«, knurrte ich, ohne Mr McFarlane aus den Augen zu lassen. Der Kerl grinste mich doch tatsächlich noch immer an. Und war er näher getreten, um sich bedrohlich über mir aufrichten zu können? Denn plötzlich umgab mich sein wilder, herber Geruch nach Aftershave und diese gut ausgeprägte Brust schwebte vor meiner Nase. Ich trat einen Schritt zurück und sah Mr Wilde an.

»Warum weiß ich davon nichts?«

»Aber ich hatte es erwähnt«, verteidigte sich der Anwalt. Er drückte mir hastig den Wohnungsschlüssel und einen Hefter mit Papieren in die Hand. »Am besten ist, Sie lernen sich erst mal in aller Ruhe kennen und dann klären Sie, was mit der Wohnung werden soll. Danach können Sie sich wieder bei mir melden.« Damit stürmte der Anwalt aus der Tür und ließ uns mit dem Kerl allein, dem offensichtlich die Hälfte *meiner* Wohnung gehörte.

»Wir verkaufen«, sagte ich, ohne darüber nachzudenken.

»Werden wir nicht. Zufälligerweise hänge ich an dieser Wohnung.« Er trat auf Anne zu und lächelte sie verführerisch an. »Mein Name ist Ryan, schöne Frau.«

»Anne«, antwortete sie und schmachtete ihn so widerlich an, dass ich mich schütteln musste.

»Okay«, sagte ich und unterbrach damit diese Zurschaustellung sexueller Begierden. »Dann zahlst du mich aus.«

»Klar«, meinte Ryan und starrte weiter auf Annes Ausschnitt. »Gib mir das Geld, dann zahle ich dich aus.«

»Aber wir können hier unmöglich mit dir zusammenwohnen.«

Ryan sah mich an und legte den Kopf schief. Er lächelte auf so eine düstere, sexy Art und Weise, die ein Kribbeln in meinem Magen verursachte, mich einschüchterte und mir durch und durch ging. Wie konnte so ein Idiot nur so umwerfend aussehen? »Dann wohnt ihr eben nicht hier. Und was heißt hier wir?«

»Ich rede von Anne und mir.«

»Also, ich hätte kein Problem damit, wenn *Anne* hier wohnen würde. Aber bei dir?«

Ich schnappte nach Luft und suchte nach etwas, dass ich entgegnen konnte, aber mir fiel einfach nichts Passendes ein, also sagte ich nur: »Dann hast du wohl Pech, denn wir ziehen am Wochenende hier ein. Und bis dahin hast du hoffentlich dieses Chaos hier beseitigt.«

Ryan wandte sich seinem Zimmer zu. »Da ich jetzt mit zwei Frauen hier wohne, ist Putzen dann wohl euer Job.« Damit schlug er die Tür zu und fünf Sekunden später dröhnte lauter Metalsound aus dem Zimmer in den Korridor.

»Na toll«, sagte Anne und warf die Arme hoch. »Zu allem Überfluss steht er auch noch auf Metallica.«

»Ach, du sei ruhig! Du hast den Typen doch geistig schon ausgezogen«, sagte ich verärgert.

»Und ich bin ehrlich genug, es zuzugeben, was man von dir nicht behaupten kann. Dabei hatte ich schon befürchtet, du holst jeden Moment deine Zunge raus und leckst über seine Brust.«

»Das ist nicht wahr«, zischte ich leise, denn wir standen noch immer genau vor seiner Tür.

»Oh doch, und ihm ist das auch nicht entgangen. Du hast sekundenlang schweigend auf seine Brust gestarrt und dich nicht gerührt. Und er hat auf dich runtergegrinst, ziemlich überheblich, möchte ich anfügen.«

Ich winkte frustriert ab und riss die Wohnungstür auf.

Eine halbe Stunde später saß Anne vor dem Tresen im Café und löffelte genüsslich Milchschaum aus ihrem Glas und ich wischte die Theke sauber.

»Wie konntest du nur überhören, dass es einen weiteren Erben gibt?«

»Ich war eben etwas abgelenkt. Als ob du nicht ständig abgelenkt wärst. Du verlierst schon deine Konzentrationsfähigkeit, wenn ein Typ an dir vorbeigeht und dich dabei ansieht.« Ich legte das Wischtuch beiseite und füllte ein Glas mit Limonade, um es an einen der Tische zu bringen. Ich hätte mich am liebsten selbst geohrfeigt, weil ich eine so wichtige Information einfach nicht mitbekommen hatte.

Eigentlich war ich jemand, der jegliche Informationen wie ein Schwamm in sich aufsaugte. Aber in letzter Zeit war ich immer öfter unkonzentriert. Das Loch auf meinem Konto fraß an mir und ließ mich kaum noch atmen. Der Pflegeplatz für meine Mutter, gleichzeitig das Studium, ich war einfach am Ende. Ich wusste nicht einmal, wie ich die Heimkosten für den nächsten Monat noch aufbringen sollte. Ich hatte sogar schon darüber nachgedacht, das Studium aufzugeben und Vollzeit zu arbeiten.

Hinzu kam, dass sich dieses von mir gefürchtete Datum näherte. Das, das in mir Panikattacken verursachte, das ich mir aber auch verbot, zu vergessen. Diese Wohnung könnte ein kleiner Befreiungsschlag für mich sein, zumindest, was meine finanziellen Probleme betraf. Wenn wir zu dritt in der Wohnung wohnen würden, dann würden sogar die Nebenkosten durch drei geteilt. Vielleicht würde diese Erleichterung zusammen mit Annes Mietzahlung schon ausreichen, um die Unterbringungskosten für meine Mutter zu tragen.

»Dieser Ryan ist vielleicht ein Blödmann, aber ich denke, wir kommen schon klar mit ihm«, sagte ich zu Anne.

»Um mich mach ich mir da keine Sorgen, aber um dich. Dieses Sahneschnittchen hat dich gefressen. Ihr zwei unter einem Dach, ich befürchte, ihr bringt euch gegenseitig um oder ihr vögelt euch um den Verstand. Letzteres wäre für dich zu hoffen.«

»Dann hoffe lieber, dass er überlebt und ich dir noch genug von ihm übrig lasse, damit du dann deinen Spaß mit ihm haben kannst.«

»Du putzt seinen Dreck weg. Ich werde bestimmt nicht seine Putzfrau spielen. Ich möchte nur mit ihm spielen.«

»Du willst doch mit jedem Typen spielen.« Ich warf ein Geschirrtuch nach ihr. Als sie es von ihrem Kopf riss, hinterließ es ein kleines Chaos in ihrer Frisur. Anne stöhnte, als sie in den Spiegel starrte, der an der Wand hinter mir angebracht war, und kämmte ihre Haare mit den Fingern wieder glatt.

»Ich hab eben noch nicht den Richtigen gefunden. Außerdem sind wir jung. Wir sollten uns ausprobieren. Unmöglich kann ich für alle Zeiten mit dem ersten oder zweiten oder vierten Mann zusammenbleiben, nur weil es überholte Konventionen als schicklich ansehen. Die Zeiten sind längst vorbei. Spätestens seit *Sex and the City* weiß die ganze Welt, dass auch Frau ein Recht auf Befriedigung hat.«

»Da hast du wohl recht. Keine Frau verdient es, an einen Mann gebunden zu sein, der es ihr nicht richtig gut besorgen kann«, sagte ich sarkastisch.

Anne lachte und warf mir das Geschirrtuch ins Gesicht. »Als ob du in den letzten sieben Monaten überhaupt irgendwann von einem Mann befriedigt worden bist. Dein Mr Powerfull schiebt doch schon Überstunden. Dein Batterieverbrauch ist höher als der Stromverbrauch von ganz Edinburgh.«

Hitze schoss mir ins Gesicht und das, obwohl Anne maßlos übertrieben hatte. Aber seit sie meinen kleinen elektrischen Freund in der Schublade meines Nachttisches entdeckt hatte - und nicht im Papierkorb, wie sie vermutet hatte, als sie mir dieses Ding geschenkt hatte -, machte sie sich ständig lustig über mich. Dabei besaß sie selbst auch so einen netten Spaßmacher. »Du übertreibst.«

»Das müsste ich nicht, wenn du außer Mr Powerfull auch mal einen anderen Freudenspender in dein Schatzkästchen lassen würdest.«

»Du weißt genau, ich habe keine Zeit für Dates.«

»Dann musst du dir welche nehmen oder willst du als einsame, alte Strickliesel mit zwanzig Katzen sterben?«

Annes Besorgnis um mein Liebesleben war einer unserer Hauptstreitpunkte. Was meine Gefühlswelt betraf, war Anne an die Stelle meiner Mutter gerückt, seit diese sich nicht mehr um mich kümmern konnte. Aber manchmal konnte es nervenaufreibend sein, wenn Anne sich als meine Mutter aufspielte. Ihre Besorgnis um mein Liebesleben ließ sie sich aber nicht auch noch verbieten. Ich hatte ihr schon verboten, zu versuchen, mein emotionales Trauma zu reparieren. Ich zog es vor, dieses Trauma in mir zu vergraben. Wobei vergraben hieß, jeden Tag an meinen Schuldgefühlen zu zerbrechen, denn ich war eine Überlebende.

Wobei Anne schon immer so etwas wie die leitende Funktion in unserer Freundschaft innehatte. Das hatte schon an dem Tag begonnen, an dem wir beide uns zum ersten Mal begegnet waren. Wir waren damals sieben Jahre alt gewesen. Sie, die Tochter der Arbeitgeber meiner Mutter, die im Haus von Annes Eltern zeitgleich Haushälterin und Kindermädchen gewesen war. Ich, die Tochter der Haushälterin, die zum ersten Mal im Leben ein Haus gesehen hatte, das groß genug für eine ganze Fußballmannschaft gewesen wäre. Heute, dreizehn Jahre später, war Anne alles, was mir noch geblieben war. Anne war meine Familie geworden.

»Bis ich alt werde, wird es noch sehr lange dauern«, verteidigte ich mich. Aber ich wusste am besten, dass das eine lahme Ausrede war. Denn man musste nicht alt werden, um zu sterben. Viel zu oft wurde man auch von einem Augenblick auf den anderen aus dem Leben gerissen. So wie mein Vater, der eben noch vor mir im Auto gesessen hatte und Sekunden später von einem Transporter zerquetscht worden war. Ich legte meine Hand auf meine Seite, ein Stück unterhalb meines Rippenbogens. Dorthin, wo ich von diesem Unfall eine acht Zentimeter lange Narbe behalten hatte. Ein Stück Glas der Fensterscheibe hatte in meiner Seite gesteckt. Ich war gut davongekommen. Meine Eltern nicht.

Anne sah mich traurig an. Sie hatte längst durchschaut, warum und wann ich meine Hand auf die Narbe legte. Immer dann, wenn mich die Erinnerung übermannte und der Schmerz zurückkam. »Lass uns erst mal umziehen in zwei Tagen und dann, wenn wir uns eingelebt und eingerichtet haben, dann reden wir über Dates. Aber ich lasse nicht zu, dass du dich wegen eines Idioten wie Kyle aufgibst. Du brauchst mehr in deinem Leben, sonst verlierst du irgendwann dich selbst in all diesem Mist, den du mit dir rumschleppst.«

3. Kapitel

Lucy

Das Pflegeheim, in dem meine Mutter untergebracht war, befand sich in Portobello, ganz in der Nähe des Strandes. Wie jeden Tag, wenn ich sie besuchte, saß sie in ihrem Sessel vor dem Fenster und starrte auf das Meer. Dieser Ausblick hatte scheinbar eine beruhigende Wirkung auf sie. Manchmal, wenn ein Pfleger oder ein Arzt sie von dem Fenster wegholten, hatte ich den Eindruck, dass sie nervös wurde oder sich aufregte. Vielleicht war das aber auch nur Wunschdenken von mir, weil ich mir so sehr wünschte, dass zumindest eine geringe Chance darauf bestand, dass sie noch irgendwo in diesem Körper war und sie nur keine Kontrolle mehr über ihn hatte. Aber meist wischte ich diesen Wunsch ganz schnell wieder weg, denn die Vorstellung, ihr Geist war dort drinnen gefangen, unfähig mit der Außenwelt zu kommunizieren ... Nein, das durfte auf gar keinen Fall so sein.

Während des Unfalls hatte der Seitenairbag versagt. Meine Mutter Amanda war mit dem Kopf gegen die Scheibe geschleudert worden und hatte mehrere Hämatome am Gehirn davongetragen. Sie lag einige Zeit im künstlichen Koma, und nachdem sie aufgewacht war (wenn man bei ihrem Zustand überhaupt von aufgewacht sprechen konnte), hatten die Ärzte recht schnell festgestellt, dass die Hirnverletzungen nicht ohne Folgen geblieben waren. Meine Mutter war seit dem Unfall ein Pflegefall. An jenem Tag vor zwei Jahren auf der Kreuzung Willowbrae Road und Northfield Broadway hatte ich beide Eltern verloren. Und das nur, weil ein junger Mann im Drogenrausch mit seinem Transporter bei überhöhter Geschwindigkeit in den Ford Escort meines Vaters gerast war, als wir gerade auf dem Heimweg vom Hollyrood Park gewesen waren. Dort, wo ich den letzten perfekten Nachmittag mit meinen Eltern verbringen durfte, bevor ein einziger Augenblick alles, was mir wichtig war, einfach fortriss.

»Hallo Mum«, begrüßte ich meine Mutter, lehnte mich über sie und küsste sie auf die Stirn. Wie immer reagierte sie nicht. Ich zog mir den Besucherstuhl heran und setzte mich neben sie. Es war auch nach all der Zeit noch immer schwierig für mich, sie so zu sehen. Eigentlich machte es alles sogar noch schlimmer. Die meiste Zeit des Tages kam ich mit den Erinnerungen an den Unfall klar, aber meine Mutter zu sehen, brachte die Bilder immer wieder hoch.

Mein Vater hatte vor mir gesessen, den Kopf auf die Brust gesunken. Blut tropfte ihm aus Mund und Nase. Sein Unterkörper war unter dem Lenkrad eingeklemmt gewesen. Ich hatte versucht, ihn mit meinen Rufen zu wecken und dabei nicht einmal meine eigenen Verletzungen bemerkt. Alles war wie ein dumpfer Traum abgelaufen. Meine Mutter stöhnte leise. Draußen versuchten Leute die Türen zu öffnen. Meine Mutter auf der Beifahrerseite kam als Erste frei. Aber Vater und ich mussten von der Feuerwehr herausgeschnitten werden. Ich werde nie vergessen, wie einer der Sanitäter nach dem Puls meines Vaters gefühlt hatte und dann mit einem Kopfschütteln seinem Partner signalisierte, dass er tot war. Die Schreie, die sämtliche anderen Geräusche um uns herum zerschnitten, waren meine gewesen. Ich konnte sie noch heute in meinem Kopf widerhallen hören. Ich war noch Monate später wie betäubt gewesen. Selbst im Gerichtssaal. Weder konnte ich mich an die Gesichter der Anwälte und das des Richters erinnern, noch an ihre Fragen und das, was gesprochen wurde. Das einzige Gesicht, das ich klar wahrgenommen hatte, das sich noch heute in meine Albträume schlich, war das des Fahrers des weißen Transporters: ein vom Drogenkonsum vorzeitig gealtertes, eingefallenes Gesicht, das nicht zu einem Zwanzigjährigen passte. Ich wusste, dass man sich Mühe gegeben hatte, ihm ein gepflegtes Äußeres zu geben, aber der schwarze Anzug passte nicht zu ihm. Man hatte wohl auch darauf geachtet, dass er vor der Verhandlung nicht an Drogen kam, denn er wirkte unkonzentriert und fahrig. Sechzehn Monate Haftstrafe für den Tod eines Menschen empfand ich noch heute als Schlag ins Gesicht.

»Wie geht es dir heute? Kanntest du Elisabeth Donald? Wie sich herausgestellt hat, war sie wohl meine Großtante. Sie hat mir die Hälfte einer Wohnung vererbt. Die andere Hälfte gehört so einem ... Typ. Er hat wohl die letzten Jahre bei ihr zur Untermiete gewohnt. Es fühlt sich komisch an, etwas von jemandem zu erben, den man gar nicht kennt.« Ich nahm ihre Hand und legte sie zusammen mit meiner auf meinen Oberschenkel. Mutter starrte weiter ungerührt zum Fenster hinaus. »Ich wünschte, du könntest mir etwas über sie sagen. Warum hat Vater sie nie erwähnt? Hatten sie Streit oder wusste er auch nichts von ihr? Aber weißt du, die Wohnung ist wirklich hübsch.«

Ich erzählte ihr noch von Anne und mir und was wir so den ganzen Tag gemacht hatten, was wir für die Wohnung planten und was es Neues in der Welt gab. Danach kämmte ich ihr die Haare, band sie zu einem Zopf zurück und überprüfte, ob sie etwas benötigte. Aber Zahnpasta, Duschgel und alles andere waren noch ausreichend vorhanden. Unsere gemeinsamen Nachmittage liefen immer so ab. Ich redete und redete und sie saß nur da und starrte auf das Meer. Ich könnte nicht einmal sagen, ob sie überhaupt verstand, was ich sagte. Ob sie mitbekam, dass ich bei ihr war. Aber obwohl ich nicht wusste, ob sie mir zuhörte, fühlte es sich schön an, mich mit ihr zu unterhalten. Ich konnte ihr alles erzählen. Das konnte ich schon vor dem Unfall. So sehr ich wütend auf das war, was uns passiert war. Ich war zugleich dankbar, dass ich noch immer mit meiner Mutter reden konnte. Auch wenn sie nie antwortete. Dafür antwortete mir Ella, Mutters Mitbewohnerin in diesem Zimmer, die heute leider nicht da war. Das passierte manchmal, wenn Ella zu irgendwelchen Untersuchungen in das Krankenhaus gefahren wurde.

Bevor ich ging, stellte ich ihr leise das Radio an. Ich küsste sie zum Abschied und versprach, am nächsten Tag wiederzukommen. Insgeheim hoffte ich, dass dann auch Ella wieder hier sein würde. Mit ihr waren meine Unterhaltungen weniger einseitig. In den letzten Monaten war mir Mutters Mitbewohnerin sehr ans Herz gewachsen. Auf dem Weg am Schwesternzimmer vorbei hielt mich eine der Stationsschwestern auf. Vielleicht wollten sie mich über etwas meine Mutter betreffend in Kenntnis setzen. Heute drückte die Schwester mir einen Briefumschlag in die Hand.

»Es tut mir leid, Lucy. Sie haben mal wieder die Kosten erhöht.« Auf der Station wusste jeder, dass ich Schwierigkeiten hatte, das Geld aufzubringen. Manchmal war ich mit den Zahlungen leicht in Verzug. Bisher hatte sich aber niemand daran gestört. Sie wussten, dass ich zahlen würde, sobald ich konnte.

»Danke, Miranda. Ich habe es schon fast geahnt.« Die Gelder wurden immer angezogen, wenn in den Nachrichten über steigende Kosten im Gesundheitssystem berichtet wurde. Darauf konnte ich mich verlassen. Auf dem Weg zum Fahrstuhl öffnete ich den Umschlag und las das Informationsblatt. Die monatlichen Kosten wurden um fünfundsiebzig Pfund erhöht. Ich seufzte, aber darüber würde ich mir später Gedanken machen, wenn ich abschätzen konnte, wie viel und ob überhaupt mich die Wohnung finanziell entlasten würde. Bis dahin wollte ich mir einfach nicht länger Sorgen machen. Ich hatte es satt, jeden Tag nur über Geld nachzudenken und in mir drin die Angst davor zu fühlen, dass ich eines Tages dem Druck nicht mehr standhalten konnte.

***

Mein Hab und Gut bestand aus fünf Umzugskartons, die ich in mein kleines Auto gestopft hatte. Annes Besitztümer fanden selbst in zehn XXL-Kartons nicht genug Platz. Sie würde mit ihrem Auto noch einmal auf den Campus fahren müssen, wenn wir die erste Ladung in unsere neuen Zimmer geschleppt hatten.

Als wir beladen mit den ersten Kartons in die Wohnung kamen, fanden wir Ryan grinsend auf dem Sofa im Wohnzimmer. Er war nicht allein. Mit ihm saßen dort noch zwei weitere Typen in unserem Alter, die uns mit einem Lächeln begrüßten und sich dann wieder auf ihr Videospiel konzentrierten.

»Hallo Mitbewohnerinnen«, säuselte Ryan und verzog seine vollen Lippen zu einem breiten Grinsen. Er prostete uns mit einem Glas zu, in dem ich Whisky oder etwas Ähnliches vermutete. »Ihr zieht schon ein? Hatte ich doch glatt vergessen.«

»Das können wir sehen«, entgegnete ich und bezog mich auf das noch viel größere Chaos im Wohnzimmer. »Wie wäre es, wenn du dir ein Shirt überziehst und dich an die Arbeit machst?«

Ryan saß nur in Jeans zwischen den anderen. Mit diesen wohlgeformten Brustmuskeln und dem gut definierten Sixpack bot er keinen schlechten Anblick, das musste ich widerwillig zugeben. Trotzdem, oder gerade deswegen, war es besser, er würde hier nicht so rumrennen. Besonders, da ich mich wirklich anstrengen musste, seinen nackten Oberkörper nicht mit Blicken zu verschlingen. Wie konnte ein Mensch nur so ein Idiot sein und gleichzeitig so verdammt gut aussehen? Außerdem verlangte es der Anstand. Aber, wenn ich mir Ryans Verhalten so ansah, dann besaß er keinen Funken Anstand in seinem perfekten Körper. Und ich wohl auch nicht, denn ich fragte mich gerade, wie es sich wohl anfühlen würde, mit meinen Fingern über diese anziehenden Brustmuskeln zu streichen.

»Kaum sind Frauen im Haus, wird einem der Spaß verboten«, sagte einer von Ryans Kumpels schmollend. Aber das Glitzern in seinem Blick verriet mir, dass er das nicht ganz ernst meinte. Vielleicht hätte er es ernst gemeint, wenn er nicht so damit beschäftigt gewesen wäre, meine Beine zu mustern, die aus meiner kurzen Jeans herausragten. Er war ein blonder Surfertyp mit strahlend blauen Augen und extrem breiten Schultern.

»Home sweet home, Süße. Ich mag es zuhause leger. Aber wenn es dich stört, kannst du dich ja anpassen und legst auch einfach ein bisschen was ab. Das sind übrigens Steven und Tyler. Sie kommen jeden Samstag zum Spielen rüber.«

Ich schluckte. Jeden Samstag das Wohnzimmer voll mit diesen Typen? Darüber würden wir noch reden müssen. »Das könnte dir so gefallen«, zischte ich als Antwort. Der Kerl machte mich wirklich sauer. Unverständlicherweise beschleunigte sich aber auch mein Puls, wenn diese wilden, beunruhigenden Augen auf mir ruhten. Vielleicht könnte ich ihn noch mehr hassen, wenn er nicht so heiß aussehen würde, wie er dort saß: die langen Beine weit von sich gestreckt in Jeans, gerade eng genug, um seine Oberschenkelmuskeln bewundern zu können, einen breiten Ledergürtel um die Taille geschlungen, der von einer silbernen Schnalle zusammengehalten wurde. Und in seiner Unterlippe im linken Mundwinkel ein silberner Ring, der so klein war, dass er fast schon in seine Lippe einschnitt. Ich seufzte innerlich. War dieses Piercing neu?

»Ryan würde das eigentlich kein bisschen anmachen. Der ist doch schwul. Tu dir also keinen Zwang an und runter mit dem Shirt«, meinte Tyler und pustete eine blonde Ponysträhne aus seinem Gesicht, während er weiter konzentriert irgendwelche feindlichen Soldaten auf dem Bildschirm abschoss.

»Das erklärt seine Faszination für Annes Brüste. Er hat einfach zuvor noch nie welche gesehen«, gab ich zurück und setzte ein Gesicht auf, als wäre mir gerade ein Licht aufgegangen. »Das passt doch eigentlich ganz gut. So müssen wir uns keine Gedanken machen, wenn Anne und ich zu zweit unter der Dusche stehen und uns gegenseitig einseifen und Ryan uns dabei erwischt.« Ich sah mich nach Anne um, die gerade mit einer neuen Kiste zur Wohnungstür hereinkam. Dann rief ich so laut, dass es auch sonst jeder durch die offene Tür im Haus hören konnte: »Hast du gehört, Anne? Ryan ist schwul. Besser kann es doch für uns nicht laufen, oder?«

»Schwul? Sicher?«, rief Anne zurück. »Schade um den Verlust für die Frauenwelt. Obwohl, so ein großer Verlust ist es dann doch nicht.« Sie grinste und ging mit ihrem Karton in ihr Zimmer.

Ich schleppte den Karton mit meiner geliebten Kapselmaschine in die Küche und fluchte leise. Ryan hatte augenscheinlich die ganze Woche kein Geschirr gespült. Was dachte der sich eigentlich?

»Was soll der Mist, Alter?«, keifte Ryan Tyler an, als ich aus der Küche kam.

»Doch nicht schwul? Und ich war mir so sicher. Eigentlich hab ich ein gutes Radar dafür. Und bei dir sagt mir mein Radar, du bist schwul. Welcher Hetero zieht sich denn sonst für seine Kumpels aus, wenn die zum Videospielen kommen? Ich hätte das als Verführungsversuch eingestuft«, sagte ich locker im Vorbeigehen.

Ryans Freunde lachten laut auf und ich machte mich auf den Weg nach unten, um die nächste Ladung Kartons zu holen. Und jedes Mal, wo ich oben ankam, immer mehr und mehr außer Atem und mit zitternden Muskeln, steigerte sich meine Wut, denn die Herren sahen es gar nicht ein, uns zu helfen. In aller Ruhe saßen sie vor dem Fernseher und taten so, als wären wir gar nicht vorhanden.

Wütend ließ ich den letzten Karton auf den Dielenboden in meinem Zimmer fallen. Die Bücher hatte ich mir bis zum Schluss aufgehoben. Eine wirklich blöde Idee, da ich am Ende kaum noch Kraft hatte, die Kiste überhaupt aus dem Auto zu heben.

Ich sah auf die Uhr. In knapp einer Stunde müsste der LKW mit Annes und meinen Möbeln kommen, die wir am Mittwoch im Möbelladen gekauft hatten.

Anne hatte für ihre Einrichtung richtig tief in die Tasche gegriffen und sie hatte darauf bestanden, dass sie auch meine Sachen bezahlen durfte. Ich hatte mich wirklich gewunden, aber dann erleichtert nachgegeben, denn sonst hätte ich mir nicht einmal eine Matratze leisten können.

»Schon eingerichtet?«, kam es bissig von hinter mir.

»Schon angezogen?«, entgegnete ich und wandte mich zu Ryan um, der tatsächlich ein dunkelgrünes Shirt übergezogen hatte. Er kniff die Lippen zusammen und sog den silbernen Ring in seinen Mund. Er zog dunkelblaue Spitze aus der Hintertasche seiner Jeans und mir blieb einen Augenblick die Luft weg. »Der lag im Treppenhaus.« Er musterte grinsend die Körbchen meines BHs. »Ich schätze, das ist deiner. Anne passt da bestimmt nicht rein.« Schnell lief ich auf ihn zu und entriss ihm meine Unterwäsche.

»Danke«, knurrte ich. Nicht nötig, dass du mir meine kaum vorhandenen Brüste noch unter die Nase reibst, fügte ich in Gedanken an.

»Ich hoffe doch, so was liegt jetzt nicht ständig hier in der Wohnung rum. Die Jungs bekommen sonst Schnappatmung.«

»Und ich hoffe, die Jungs bekommen ihre Schnappatmung nicht ständig hier in der Wohnung.«

»Das kann ich nicht versprechen. Die haben Feuer gefangen. Die kommen jetzt bestimmt öfters.«

»Dann lass sie abends kommen, da bin ich nicht da.«

»Wo bist du denn da? Bei deinem Freund?« Ryans Augen blitzten gereizt auf.

»Arbeiten. Es gibt Leute, die müssen für ihren Unterhalt arbeiten.«

Er kam näher und blieb direkt vor mir stehen. So nahe, dass ich den Kopf in den Nacken legen musste, um ihm ins Gesicht schauen zu können. Er hatte lange, dichte Wimpern, starke, dunkle Augenbrauen und eine scharf geschnittene Kinnpartie. Er war so nahe, dass mich ein wohliger Schauer durchlief und ich mich fragte, woher dieser kam.

»Ich muss auch arbeiten für meinen Unterhalt. Ich bin Altenpflegehelfer und ich liebe meinen Job. Und nebenbei studiere ich Sportmedizin.«

Ich musterte Ryan überrascht und trat einen Schritt zurück. Medizin und Altenpflege. Beides hätte ich nicht von ihm erwartet. »Muss man nicht für beide Berufe Mitgefühl und Nächstenliebe aufbringen? Irgendwie habe ich den Verdacht, dass es dir an beidem mangelt.«

Er zog eine Augenbraue hoch, kam wieder näher und drängte mich so lange rückwärts, bis ich mit meinen Waden gegen einen der Kartons hinter mir stieß. Ich war gezwungen stehenzubleiben, wenn ich nicht vor Ryan mit meinem Hintern in dem Karton landen wollte. Er atmete tief ein, dabei rieben seine Rippen über meine Brüste und die kleinen, verräterischen Brustwarzen zogen sich zusammen und stellten sich auf. Zum Glück hatte ich heute mal wieder einen meiner leicht gefüllten Push-up-BHs an, so dass Ryan davon nichts mitbekommen konnte. Als er ausatmete, strich sein warmer Atem über mein Gesicht. Er presste die Lippen fest aufeinander und in seinem Blick glitzerte eine Kälte, die meinen Magen krampfen ließ. Gleichzeitig stellte diese körperliche Nähe etwas mit mir an, das meine Knie zittern ließ und meinen Puls beschleunigte. Ich war verwirrt, weil ich auf eine Art auf Ryan reagierte, die mir neu war. Ich hatte täglich im Café mit Männern zu tun, die mich anbaggerten oder blöde Sprüche von sich gaben, aber nie hatte mein Körper mit einer solch nervösen Hitze reagiert. Ich schluckte gegen das trockene Gefühl in meinem Mund an und wich Ryans intensivem Blick aus.

»Vielleicht habe ich nur ein Problem, Mitgefühl und Nächstenliebe für dich aufzubringen«, sagte er mit stechendem Blick. Ein bitteres Grinsen umspielte seine Mundwinkel. Er wandte sich um und ließ mich völlig schockiert im Zimmer stehen.

War das sein Ernst? Zitternd vor Wut trat ich gegen den Bücherkarton. Was bitte hatte ich ihm getan, dass er mich so behandelte? Ich kannte ihn ja noch nicht einmal. Und deswegen sollte es mich auch nicht interessieren, was er von mir dachte. Und trotzdem fühlte ich einen dumpfen Schmerz in meiner Brust. Hoffentlich wurde unser Verhältnis besser, wenn wir uns erst kennenlernten. Irgendwie mussten wir unseren schlechten Start aus der Welt schaffen und uns zusammenreißen. Eine andere Möglichkeit gab es nicht. Ich musste versuchen, das geradezubiegen, sonst konnten wir unmöglich zusammen in einer Wohnung wohnen.

Anne und ich hockten einige Zeit später ziemlich ratlos vor den Aufbauanleitungen, die sich in den

Paketen mit unseren neuen Möbeln befanden. »Hast du schon mal ein Bett aufgebaut?«

Ich schüttelte den Kopf. »Und selbst wenn, dann bestimmt keins wie deines. Ich meine, was ist denn hier was? Schau dir doch mal diese unzähligen Bretter an. Vielleicht sollten wir mit meinem erst mal üben? Ich weiß nicht, aber mein Bett ist recht einfach gehalten. Vielleicht ist die Aufbauanleitung übersichtlicher, und wenn wir der dann ihren Schlüssel entlockt haben, dann schaffen wir das vielleicht auch bei deinem Bett?«

Anne grinste mich an. »Du willst doch nur, dass wir dein Bett zuerst aufbauen, und dann gehst du schlafen und ich steh da.«

Ich lachte. »So hatte ich mir das gedacht. Aber im Ernst. Wenn wir mit meinem anfangen und deins heute wirklich nicht mehr hinbekommen, dann kannst du zumindest bei mir schlafen. Das Bett ist breit genug für zwei.« Ich hatte mir ein sehr schlichtes Futonbett ausgesucht, deswegen hoffte ich, dass auch der Aufbau sehr schlicht sein würde.

»Okay«, sagte Anne und stand auf. »Dann also auf in dein Zimmer. Ich gehe mal davon aus, dass Ryan sich genauso aus dem Aufbau unserer Möbel raushält wie aus dem Umzugskistenschleppen. Ich kann es noch immer nicht glauben, dass da drei Kerle auf dem Sofa gesessen, die zugeschaut haben, wie wir Kisten schleppen.« Anne schüttelte jetzt schon zum gefühlt hundertsten Mal darüber den Kopf. Aber sie hatte recht, ich war genauso sprachlos deswegen.

»Aus diesem Grund gehe ich auch davon aus, dass die Typen uns nicht beim Aufbau der Möbel helfen werden. Wahrscheinlich hat Ryan es ihnen verboten«, zischte ich.

»Seine Freunde sind vor einer halben Stunde abgehauen.«

»War ja klar.« Ich arbeitete mich aus der Hocke nach oben. Noch immer protestierten meine Muskeln. Ich wollte nur noch unter die Dusche und dann ins Bett. Leider war da immer noch das Problem des Aufbaus. »Weißt du was, ich rufe jetzt Stephan an. Der hilft uns bestimmt.«

»Ja, der sitzt bestimmt gerade im Café und hat Sehnsucht nach dir und kann einfach nicht fassen, dass du heute nicht arbeitest.« Anne lachte und fischte eine Flasche Schampus aus einem Karton. »Den brauch ich jetzt. Du auch?«

Ich nickte, während ich mein Handy von der Fensterbank nahm und Stephans Telefonnummer aus dem Speicher suchte.

»Ich geh mal schauen, ob es in diesem Haushalt irgendwo Gläser gibt.« Anne verließ ihr Zimmer und ich erklärte Stephan, warum wir unbedingt auf seine Anwesenheit in unserer neuen Wohnung angewiesen waren. Wie ich erwartet hatte, sagte Stephan sofort zu und wenige Minuten später stand er mit Danny, seinem Mitbewohner, in unserer Wohnung. Danny kannten wir schon so lange wie Stephan. Der große, etwas wuchtige Italiener kam oft mit Stephan zusammen in das Café. Er war aufgrund seiner Statur etwas zurückhaltender bei Frauen als Stephan, aber ein durch und durch freundlicher Typ.

Als Stephan die vielen Pakete sah, seufzte er. »Das wird eine lange Nacht, Mädels. Ich hoffe, ihr habt Bier da.«

»Ich geh schnell runter an die Ecke«, sagte Anne. »Aber uns würde schon reichen, wenn ihr die Betten heute schafft.«

»Wenn wir einmal da sind, dann packen wir gleich alles an. Ihr Mädels sollt euch doch wohlfühlen in eurer flotten Bude«, meinte Stephan mit gerunzelter Stirn und studierte die Aufbauanleitung zu Annes modernem Bett mit Beleuchtung und ausfahrbaren Nachttischen.

Danny nickte bestätigend. »Betrachtet es als Einweihungsparty.«

Anne lachte, schnappte sich ihre Handtasche, die auf einem der unzähligen Kartons lag, und verließ fröhlich singend die Wohnung. Wo nahm diese Frau nur ihre nie enden wollende Energie her?

»Okay, dann lass ich Pizza kommen.« Einer inneren Eingebung folgend, ging ich durch das Wohnzimmer in die Küche, dort hoffte ich, mit dem ersten Karton, den ich hochgetragen hatte, auch meine Handtasche abgelegt hatte. Ryan saß allein inmitten des Chaos an dem runden Esstisch in der Küche und trank Kaffee, während er auf seinem iPad las. Ich fand meine Handtasche und wühlte nach meiner Geldbörse, als sich von hinten zwei Arme um meine Taille schlangen und ein Kinn auf meine Schulter gelegt wurde. Ich hielt zitternd die Luft an und bewegte mich nicht. Die Wärme des fremden Körpers durchdrang meine Kleidung und schien meine Haut zu verbrennen.

»Was soll das?«, stieß ich möglichst unwirsch heraus, doch meine Stimme zitterte dabei zu verräterisch.

»Ich dachte, eine kleine Umarmung wäre drin, wenn wir schon hierherkommen, um euch beim Aufbau der Möbel zu helfen.« Erleichtert stieß ich die Luft aus und drehte mich in Stephans Armen um. Eigentlich wollte ich ihn auf Abstand halten. Stephan wusste, dass ich es nicht leiden konnte, wenn er so auf Tuchfühlung ging, aber als ich den stechenden Blick in Ryans Augen sah, der von seinem iPad aufgesehen hatte, legte ich verführerisch lächelnd meine Arme um Stephans Nacken und schaute ihm tief in die Augen.

»Du bekommst die Umarmung und einen Kuss. Den Kuss gibt es aber erst nach getaner Arbeit.«

»Könnt ihr das bitte in deinem Zimmer tun? Mir wird gleich schlecht«, kam es knurrend von Ryan.

»Oh, darf ich vorstellen?«, fragte ich, während ich meine Arme weiter um Stephans Nacken geschlungen hielt. »Das ist unser Mitbewohner und der Miterbe Ryan.«

»Du meinst, das ist der Typ, der nicht weiß, wie man einen Schraubendreher benutzt?«

»Genau.«

Ryan stand vom Tisch auf. »Ich weiß, wie man einen Schraubendreher benutzt, mich hat nur keiner gefragt.« Ryan verschwand aus der Küche und ich wand mich aus Stephans Umarmung und atmete tief aus.

»Glaubst du, dass es eine gute Idee ist, wenn ihr zusammen in einer Wohnung wohnt? Ich hab kein gutes Gefühl bei dem Typen.«

»Wir werden schon klarkommen. Zur Not kannst du ja vorbeikommen und ihm die Nase brechen.«

Stephan schüttelte den Kopf und nahm die Teller und das Besteck entgegen, das ich ihm reichte. »Am besten essen wir in unseren Zimmern. Dieser Saustall verdirbt uns sonst den Appetit.« Morgen würde ich hier erst mal aufräumen müssen. Ich konnte es nicht ertragen, wenn es in meinem Zuhause so aussah.

Stephan grinste und ging. Ich wählte die Nummer des Pizzalieferanten, den wir auch hin und wieder im Campus benutzt hatten, wenn wir nachts lange zusammen gelernt hatten, und bestellte eine große Margherita und eine Salamipizza. Als ich auflegte, stand wieder jemand hinter mir. Diesmal mit gebührend Abstand. Ich nahm an, es wäre Stephan, aber es war Ryan. Also machte mein Herz einen Sprung bei seinem unerwarteten Anblick. Er wirkte irgendwie noch zorniger, als er es sonst schon war. Aber dieser Anblick, dazu die zerwühlten Haare, war verdammt sexy. Und dass ich das so empfand, machte mich nur noch wütender auf Ryan. Denn so wollte ich nicht für ihn fühlen. Ihn sexy und anziehend zu finden war vollkommen absurd, so wie er mich behandelte.

»Was?«

»Du hast also keinen Freund?«

»Nein, aber selbst wenn, wüsste ich nicht, was dich das angeht.«

Ryan zuckte mit den Schultern. »Ich mag es nur nicht, wenn Frauen behaupten, sie wären Single und sind es gar nicht.«

»Sprichst du aus Erfahrung? Schon mal ein blaues Auge von einem Freund oder Ehemann bekommen?«

»So ähnlich.«

»Das tut mir leid für dich.« Ich versuchte an ihm vorbei aus der Küche zu kommen, aber er rückte keinen Zentimeter beiseite. Ich legte meine Hände auf seine Brust, um ihn rückwärts aus dem schmalen Bereich zwischen Anrichte und Küchenschränken zu schieben, aber er straffte nur grinsend seine Muskeln und hielt dagegen.

»Wenn wir hier zusammen klarkommen wollen, dann solltest du aufhören, gegen uns zu arbeiten«, sagte ich drohend. »Wir stecken nun mal in dieser Situation fest, also machen wir doch einfach das Beste daraus.«

»Das mache ich doch gerade, oder nicht?«

Verwirrt sah ich zu ihm auf. Wie meinte er das? »Ich hab keine Ahnung, was du von mir willst.«

Ryan legte eine Hand in meinen Nacken und bog mein Gesicht seinem entgegen, dann senkte er seines, bis es nur wenige Zentimeter über meinem schwebte. Mein Atem beschleunigte sich, durch meine Adern pulste Feuer und mein Unterleib zog sich verlangend zusammen. Wie konnte er meinem Körper solche Dinge entlocken? Jeder andere Mann in meinem Leben hatte mich bisher vollkommen kalt gelassen. Ich hatte mich nur auf sie eingelassen, weil ich mich dem Druck von außen gebeugt hatte. Immer, wenn mir die fragenden Blicke um mich herum zu viel geworden waren, hatte ich mir für kurze Zeit einen Vorzeigefreund gesucht, nur um in meiner Umwelt nicht als Einzelgängerin oder Mauerblümchen zu gelten. Hatte ich irgendeine masochistische Ader, von der ich bisher nichts wusste, und verzehrte mich nur nach Typen, die mich wie Müll behandelten? Seine Hand in meinem Nacken jedenfalls jagte prickelnde Stromstöße durch meinen Körper. Diese Geste hatte schon fast etwas Besitzergreifendes und das machte mich wahnsinnig an.

»Ich dachte, wenn du schon einmal in der Küche bist, kannst du hier auch gleich aufräumen«, flüsterte er und lachte rau auf, nachdem er mich losgelassen hatte.

»Was?«, entfuhr es mir. Eine wirksamere Abkühlung hätte auch Eiswasser nicht hervorrufen können. »Du bist wirklich der größte Blödmann, dem ich je begegnet bin.«

»Danke, ich nehm das als Kompliment.« Er ließ mich einfach stehen und ging.

»Mach das!«, rief ich ihm hinterher. Er schaffte es nicht nur, völlig neue Gefühle in mir zu wecken, er weckte auch Mordgedanken in mir. Ich glaubte fast, ich wäre ihm völlig hilflos ausgeliefert. Es war, als rannte ich immer wieder gegen eine Wand.

Ich musste mehrmals tief durchatmen, bevor ich die Küche verlassen konnte. Auf dem Weg in mein Zimmer öffnete ich Anne die Tür, die klingeln musste, da sie noch keinen eigenen Schlüssel besaß. Etwas, was auch noch auf unserer To-do-Liste stand. Nach einer Grundreinigung der Wohnung.

»Du siehst etwas neben dir aus«, bemerkte sie und drückte mir einen Sixpack Guinness in die Hand.

»Ich bin eben wieder mit Ryans Aufmerksamkeit bedacht worden.«

Anne lachte. »Ja, ich habe so den Eindruck, ihr zwei werdet Unterhaltung auf ganz hohem Niveau in unser Leben bringen. Aber irgendwie ist er doch heiß genug, um ihm alles zu verzeihen, findest du nicht auch?«

»Keine Ahnung. Ich habe mich noch nicht damit beschäftigt, ob er heiß ist. Irgendwie bin ich zu abgelenkt von diesem Chaos und seinem Machoverhalten.« Ich wandte mich meinem Zimmer zu, aus dem leises Gelächter klang.

Schockiert blieb ich an der Tür stehen. Ryan hatte sich entschlossen, mit anzupacken. Gerade stellte er ein paar längere Bretter an die Wand neben der Tür, dabei ignorierte er mich geflissentlich. »Ich bin verwirrt«, sagte ich bissig. »Du hast dich entschlossen, von deinem Ross herunterzusteigen und zu helfen?«

Er lehnte sich mit der Schulter gegen die Wand, etwa zwei Schritte von mir entfernt. »Das hat nichts mit Freundlichkeit zu tun. Reiner Eigennutz. Je mehr Schraubendreher hier eingesetzt werden, desto eher kommen wir alle ins Bett.«

»Aha«, gab ich gedehnt von mir. »Das verstehe ich natürlich.«

Ryan löste sich wieder von der Wand und trat mit leicht gesenkten Lidern auf mich zu. Er legte einen Finger unter mein Kinn, dann strich er mir sanft mit seinem Daumen über die Wange und sah mir tief in die Augen. Meine Haut begann dort zu glühen, wo er mich berührte und ich war unfähig, mich ihm zu entziehen, so hypnotisierend war sein Blick. »Außerdem dachte ich, in der Zeit, in der wir hier die Möbel aufbauen, könntet ihr Mädels schon mal die Küche putzen.«

Ich schnappte entsetzt nach Luft. »Was lässt dich eigentlich glauben, dass wir deine Putzfrauen sind?«

Anne war hinter mir in das Zimmer getreten und stellte sich jetzt mit vor der Brust verschränkten Armen neben mich. »Bis eben fand ich dich noch ganz amüsant. Aber um mal eins von Anfang an klarzustellen, wir räumen dir deinen Dreck nicht hinterher.«

»Genau«, bestätigte ich mit einem Nicken. »So wie sie sagt.«

»Aber dieses eine Mal machen wir eine Ausnahme, sonst kann ich heute Nacht kein Auge zumachen, weil ich Angst habe, morgen früh in einem Kakerlakennest aufzuwachen.«

Ich sah Anne verwirrt an. »Was?« Sie packte mich am Arm und zerrte mich aus dem Zimmer. »Aber ...«, versuchte ich zu protestieren, als ich Ryans zufriedenes Grinsen sah.

Anne ließ nicht los und zog mich weiter hinter sich her in das Wohnzimmer. »Bekommst du nicht mit, dass er uns nur provozieren will? Ganz speziell dich?«

»Nein.« Ich stopfte die Hände in die Gesäßtaschen meiner kurzen Jeans.

»Schau dich doch mal hier um. Siehst du irgendwo Staub auf den Schränken? Ist der Boden schmutzig? Das Badezimmer?«

Ich sah mich um und Anne hatte recht. Das vermeintliche Chaos bestand nur aus Pizzakartons,

Gläsern und Geschirr, Kleidung, Zeitungen und Werbeflyern, die überall verteilt waren.

»Er ist gar nicht so ein Dreckschwein, wie er uns glauben machen will. Hast du nicht sein Zimmer gesehen? Der Typ ist pingeliger, als ich es bin. Er hat dieses Chaos gefakt, da wette ich mit dir.«

Ich schluckte. Anne hatte offensichtlich recht. Er versuchte wirklich, uns zu provozieren. Nur warum? »Okay«, sagte ich entschlossen. »Dann lassen wir uns nicht provozieren. Wir werden hier Ordnung schaffen und wir werden Spaß dabei haben.«

Anne nickte grinsend und zog ihr iPhone aus ihrer Handtasche. Sie zeigte auf eine Dockingstation, die auf einer dunklen Kommode im Wohnzimmer stand. »Was glaubst du, was für Musik könnte Ryan am besten gefallen?«

»Hm«, überlegte ich. »Hast du noch immer das Justin-Bieber-Album da drauf?« Vor ein paar Jahren – es ist wirklich schon Ewigkeiten her, ich schwöre es -, da waren wir beide heiße Verehrerinnen von Mr Bieber.

»Das ist eine blendende Idee.« Anne grinste schelmisch und tippte auf dem Display ihres Handys herum. Danach steckte sie das Telefon in die Dockingstation und drehte die Lautstärke hoch genug, damit auch die Jungs den Flur hinunter etwas von Justin hatten. Dann schüttelten wir Arme und Beine aus und brachten uns in die richtige Stimmung. Jede von uns mit einem Abfallsack bewaffnet, wirbelten wir laut singend und tanzend durch die Wohnung und hatten so viel gespielten Spaß, wie wir nur haben konnten.

Es dauerte auch nicht lange, bis die Jungs ihre Köpfe ins Wohnzimmer steckten, um zu sehen, was wir da trieben. Wir taten natürlich so, als würden wir sie nicht bemerken, legten aber eine Extratanzeinlage ein. Ein paar Schritte, die wir vor genauso langer Zeit einmal einstudiert hatten.

Stephan und Danny lachten und schüttelten ihre Köpfe und Ryan sah uns mit weit aufgeklapptem Mund an. »Bieber? Das meint ihr nicht ernst.«

Anne blieb stehen und wedelte aufgeregt mit den Armen. »Aber so was von! Wir hören immer Justins Musik, wenn wir putzen. Mit Justin ist Arbeit gar keine Arbeit. Einfach nur Spaß.«

Ich tanzte mich hüftschwingend an den Jungs vorbei, sammelte unterwegs ein paar Zeitungen ein und unterdrückte krampfhaft ein Lachen. »Wir sind Vorsitzende des Justin-Bieber-Fanklubs in Edinburgh. Der Klub trifft sich übrigens jeden Samstag bei uns in der Wohnung. Aber das dürfte ja kein Problem sein für euren Videospieleabend. Wir brauchen nur die Musikanlage. Ihr könnt den Fernseher gerne in Beschlag nehmen.«

Ryan sah Stephan und Danny fragend an. »Ist das wahr?«

Stephan lachte. »Ich fürchte, ja. Ich liebe diese Frauen, ernsthaft, Alter. Aber deren Musikgeschmack ist eine Katastrophe. Und nebenbei, singen können sie auch nicht.«

»Nicht auszuhalten!«, stimmte Danny zu. »Wenn diese Bieber-Fanatiker sich im Wohnheim getroffen haben, dann war Bieber selber noch unser geringstes Problem.«

Ich freute mich innerlich diebisch, dass Stephan und Danny sofort eingestiegen waren und unsere kleine Geschichte bestätigten. Dafür hatten sich beide einen Kuss verdient.

»Das diskutieren wir noch aus«, murmelte Ryan und verengte seine Augen zu Schlitzen.

Ich zuckte locker mit den Schultern und bewegte mich weiter tanzend durch das Wohnzimmer. Als ich mich das nächste Mal umsah, waren die Jungs verschwunden. Anne kam lachend auf mich zu und wir umarmten uns kichernd.

»Das hat gesessen«, sagte Anne.

»Oh ja, der träumt heute Nacht von Bieber.«

»Wir aber auch.« Anne rollte unwillig mit den Augen.

Von Bieber zu träumen wäre wahrscheinlich besser, als der Mist, den ich sonst so träumte.

4. Kapitel

Mein erster Weg jeden Morgen war der zur Kaffeemaschine, die ich durchlaufen ließ, während ich unter der Dusche stand. Da ich Ryan nur in ein Badetuch gehüllt nicht zufällig über den Weg laufen wollte, zog ich mir meine Jeans und ein Shirt über. Mit ungekämmten Haaren lief ich schlaftrunken in die Küche. Auf meinem Weg durch das Wohnzimmer nahm ich nebenbei Ryan wahr, der mit noch feuchtem struppigem Haar und seinem iPad in der Hand auf dem Sofa saß.

»Guten Morgen, hübsche Frau«, begrüßte er mich freundlich.

»Warum so fröhlich heute?«, gab ich bissig zurück.

»So ein Anblick wie deiner am frühen Morgen, da muss man doch gut gelaunt sein.« Er strahlte mich herausfordernd an und seinem Tonfall hatte ich genau entnehmen können, dass er sich auf meinen Frisch-aus-dem-Bett-Look bezog. Ich warf ihm einen abfälligen Blick über meine Schulter zurück entgegen und zeigte ihm knurrend meinen Mittelfinger. An diesen Anblick sollte er sich besser gewöhnen, denn mehr als Zombie-Lucy würde er nach einer so langen Nacht nicht zu sehen bekommen.

Erstaunlicherweise war die Nacht sogar richtig lustig geworden. Ryan hatte mit uns gemeinsam die Möbel aufgebaut. Wir hatten Pizza und Wein und Musik und eine Menge Spaß. Ryan war sogar ganz ohne abfällige Kommentare ausgekommen. So wie es aussah, hatte er sich über Nacht wieder auf seine ursprüngliche Konfiguration zurückgesetzt. Um mich darüber zu ärgern, war ich noch nicht munter genug. Ich füllte Wasser in die Maschine, die zugleich als Ein-Tassen-Kapsel-Maschine und als normale Kaffeemaschine genutzt werden konnte. Morgens brauchte ich mehr als eine Tasse, um wach zu werden. Daher gab es normalen Filterkaffee. Aber über den Tag verteilt genoss ich meine Kapseln aus feinstem Espresso und Milchschaum, da war ich eigen. Nichts ging über guten Kaffee. Irgendwann würde ich mir eine richtige tolle Siebträgermaschine mit Aufschäumdüse und eine Kaffeemühle leisten. Bis ich aber zur besser verdienenden Gesellschaft gehörte, würde die Maschine mein kleiner, geheimer Traum bleiben.

Als ich ins Wohnzimmer zurückkam, lag Ryans iPad einsam auf dem Sofa. Wenigstens gab es jetzt keine krummen Kommentare und Blicke. Ich ging in mein Zimmer und suchte aus einem der Kartons meinen Fön und meine Pflegeprodukte heraus. Dann schlich ich auf die Badezimmertür zu, die verschlossen war. Was? Ich warf einen Blick auf Annes Zimmertür, die noch zu war. Außerdem ertönte da drin keine Musik. Und die brauchte Anne, um wach zu werden. Das ließ nur einen Schluss zu: Ryan war im Bad. Aber auf mich hatte er eben noch frisch geduscht gewirkt. Warum rauschte schon wieder das Wasser?

Nervös tippelte ich von einem Fuß auf den anderen, denn langsam spürte ich den morgendlichen Druck, die Toilette zu besuchen. Er brachte mein Früh-am-Morgen-Ritual durcheinander. Konnte er kein Langschläfer sein wie jeder andere Mann, den ich kannte?

Ich ging zurück in mein Zimmer, setzte mich auf mein neues Bett und nahm mein Handy vom Nachttisch. Ich surfte bei Facebook, antwortete auf zwei Posts und legte das Handy wieder beiseite. Nach zehn Minuten war Ryan noch immer nicht aus dem Bad gekommen. Ich beschloss gegen die Tür zu klopfen. Erst lauschte ich. Drinnen war alles ruhig.

Ich klopfte. »Ryan? Ich müsste da ganz dringend rein«, quengelte ich und kniff die Oberschenkel zusammen. »Ryan? Bitte!« Bettelte ich gerade diesen ungehobelten Klotz an?

Die Tür wurde entriegelt und Ryan stand mit Rasierschaum im Gesicht und nur in ein Handtuch gehüllt vor mir. Wassertropfen fielen von den Spitzen seiner Haare auf seine Schultern und rollten über seine wundervoll ausgeprägte Brust, seine Rippen hinunter und dann von seinem flachen Bauch in das weiße Handtuch hinein. Fasziniert folgte ich diesem Schauspiel mit den Augen. Erst als mein Lieblingswassertropfen vom Stoff des Handtuchs aufgesaugt wurde, brach das den Bann und ich sah zu Ryan auf, der mich geduldig grinsend ansah.

»Und? Gefällt es dir?«

Ich blinzelte und schüttelte den Kopf, um die Bilder von seiner glatten, sanft gebräunten Haut zu verdrängen. »Warst du nicht eben schon duschen?«

Er stellte sich vor den Spiegel und begann sich zu rasieren. Hypnotisiert beobachtete ich das Spiel seiner Muskeln und musste mir schon wieder eingestehen, dass dieser Mann unglaublich anziehend auf mich wirkte. Mein Herz klopfte gegen meine Brust und in meinem Magen zog es vor Sehnsucht, diesen Körper berühren zu können. Es war, als würde Ryan mich an unsichtbaren Fäden zu sich ziehen. Mit einem Blinzeln durchtrennte ich diese Fäden.

»Ja, aber ich habe mich irgendwie verschwitzt gefühlt, also dachte ich, ich sollte noch einmal duschen.«

»Und beim Blick in den Spiegel dachtest du, eine weitere Rasur kann auch nicht schaden.«

»Du hast recht«, sagte er, während er die nächste Bahn Schaum von seinen Wangen zog. »Ist dir auch aufgefallen, dass da schon wieder Stoppeln waren?«

»Nein, das nicht. Aber vielleicht hast du bei der ersten Rasur heute einfach nicht sauber genug gearbeitet«, sagte ich sarkastisch und spannte meine Beckenbodenmuskulatur an. Ich musste so dringend auf die Toilette!

Er sah mich im Spiegel an. Einen Wimpernschlag lang lag da Wärme in seinem Blick, bevor er wieder seinen mittlerweile gewohnten Spott in seine Mimik legte. Er drehte das Wasser auf und spülte den Schaum von seinem Rasierer und ich dachte, ich würde jede Sekunde vor Ryan in meine Jeanshose machen. Ich stöhnte leise.

»Könntest du das nicht etwas beschleunigen? Ich muss ziemlich dringend das Bier von gestern loswerden.« Ich lehnte noch immer in der Tür. Es schien Ryan überhaupt nichts auszumachen, dass er fast unbekleidet vor mir stand und ich ihm dabei zusah, wie er sich rasierte, was wirklich unglaublich erregend anzusehen war. »Warum bist du eigentlich so ein Arsch?«

Er spülte sein Gesicht ab und stellte sich direkt vor mich. Er nahm eine meiner Strähnen zwischen seine Finger und sah mich dabei unbewegt an. Sein Geruch nach Aftershave und Shampoo umgab mich und ich sog diesen Duft gierig in meine Lungen. Ryan ließ schief grinsend meine Haarsträhne fallen und strich mit seinem Daumen über meine Kinnpartie.

»Weißt du, was ich an dir bewundere? Du bist wirklich unglaublich sexy und du weißt es nicht mal. Du hast das Gefühl, du wärst weniger ansehnlich als deine Freundin. Aber das stimmt nicht. Diese wilde Lockenmähne lässt mich wünschen, dich einfach an mich ziehen zu können und dann Dinge mit dir zu tun ... Egal, das spielt keine Rolle. Das Einzige, was eine Rolle spielt, ist die Tatsache, dass du hier nie hättest einziehen dürfen.« Sein Blick wanderte über meine Schultern, hinunter zum V-Ausschnitt meines Shirts und hinterließ dabei ein Kribbeln auf meiner Haut.

Als er auf meine Brüste sah, stellten sich meine Brustwarzen auf und reckten sich ihm entgegen. Er schniefte abfällig und verließ ohne ein weiteres Wort das Bad. Zitternd lehnte ich weiter am Türrahmen und konnte gar nicht begreifen, was Ryan gerade gesagt hatte. Seine Nähe hatte mich so sehr verwirrt, dass seine Worte erst jetzt zu mir durchdrangen. Warum hätte ich nicht einziehen sollen? Was für ein Problem hatte er mit mir? Wollte er die Wohnung für sich? Verkaufen wollte er ja nicht. Hatte er am Ende gehofft, ich würde ihm die Wohnung einfach überlassen? Aber das konnte ich nicht. Ich brauchte diese Wohnung. Ich brauchte das Geld, das ich damit einsparen würde.

Seufzend kickte ich Ryans Kleidung und ein feuchtes Handtuch beiseite. »Deine Wäsche liegt noch hier«, rief ich ihm weniger energisch hinterher, als ich es geplant hatte.

»Wasch sie!«, brüllte er zurück. Wütend knallte ich die Tür hinter mir zu. Bei der Erinnerung an seine körperliche Nähe und dem Begehren, das nur für den Bruchteil einer Sekunde in seinen Augen aufgeflackert war, wurde mir abwechselnd heiß und kalt. Egal wie schlecht er mich auch behandelte, ich fühlte mich von ihm auf eine Art angezogen, gegen die ich mich nicht wehren konnte, weil ich so etwas noch nicht empfunden hatte. Ich fühlte mich aufgewühlt, nervös, alles in mir kribbelte und Hitze floss träge durch meinen Körper. Er stieß mich weg und mein Körper sehnte sich danach, dass er mich festhielt. Und ob ich es zugeben wollte oder nicht, ein Großteil meiner Gedanken in den letzten Tagen drehte sich um ihn. Was bemerkenswert war, denn sonst galt jeder Gedanke meinen Schuldgefühlen und meiner Sehnsucht nach meinen Eltern, das sich dieses Jahr zum zweiten Mal jähren würde.

Über das, was mit mir passierte, wenn ich Ryan begegnete, sollte ich gar nicht länger nachdenken. Es war ja wohl kaum zu übersehen, dass Ryan mich nicht leiden konnte. Und ich sollte ihn auch nicht leiden können. Genau genommen konnte ich das auch nicht. Mein Körper konnte seinen Körper leiden. Das war es auch schon. Und er sah nun mal eben verteufelt gut aus. Warum sollte man das ignorieren und wegschauen? Ich war mir sicher, dass er wollte, dass ich hinsah. Und das würde ich auch tun, ich würde hinsehen. Aber nicht mehr.

Als ich aus dem Bad kam, war nur noch Anne in der Wohnung, die grinsend über einer Tasse Kaffee saß. »Ich soll dir liebe Grüße von Ryan bestellen: ›Finger weg von seinen Sachen‹. Anscheinend glaubt er wirklich, dass du ein Problem mit fremdem Eigentum hast. Ganz speziell mit seinem.«

»Haha«, gab ich gedehnt zurück. Ich setzte mich zu Anne an den Tisch und goss mir auch Kaffee in eine Tasse. Nach einem kräftigen Schluck kam mein Gehirn langsam wieder in Gang. »Weißt du was? Vielleicht hat er sogar recht. Gut, dass er keine Ahnung hat, wie schlimm mein Problem mit fremdem Eigentum ist. Wir sollten das Wohnzimmer etwas umräumen. So wie die Möbel jetzt angeordnet sind, gefällt mir das einfach nicht.«

Anne grinste diebisch. »Eine gute Idee. Aber bevor wir anfangen, uns an seinen Sachen zu vergreifen, lass uns noch mal auf Ryan und dich zurückkommen.«

»Es gibt kein Ryan und mich.«

»Da bin ich mir gar nicht so sicher.« Anne machte ein nachdenkliches Gesicht. »Irgendwas ist da. Ich kann nur den Finger nicht drauflegen. Aber er hat dich gestern immer wieder angesehen, so als beschäftige ihn etwas.«

»Du hast zu tief in den Schampus geschaut. Wenn er mich überhaupt angesehen hat, dann als wolle er mich jede Sekunde aus der Wohnung werfen.«

»Nein, da ist was anderes. Ich komm schon noch drauf.« Sie trank einen Schluck. »Dann kommen wir doch mal auf die Art, wie du ihn angesehen hast.«

Ich versuchte die Hitze in meinem Gesicht zu ignorieren, Anne hatte sie ohnehin schon bemerkt. »Um mich zu wiederholen: Wenn ich ihn überhaupt angeschaut habe, dann nur als wolle ich ihn aus der Wohnung werfen.«

»Ja«, meinte Anne und schob ihre Lippen zweifelnd vor. »Das erklärt, warum du jede Bewegung seiner Muskeln studiert hast, wenn er ein Brett gehoben hat.«

Ich schnappte nach Luft, verschluckte meine Antwort aber einfach. Es zu leugnen, brachte nichts. Anne hatte recht. Ich hatte das Spiel seiner Muskeln regelrecht in mich aufgesaugt. Warum war ich nur so durchschaubar für Anne? Ganz einfach, wir verbrachten zu viel Zeit miteinander. Es gab nichts, was wir nicht voneinander wussten. Und wahrscheinlich gab es auch nicht viele Sachen, die wir nicht miteinander teilten. Ihre BHs nicht. Und die motorisierten Freudenspender. Aber sonst ...

»Du hast recht, ich finde ihn heiß. Aber nur körperlich. Der Rest von ihm ist das Letzte.«

»So würde ich das nun nicht gerade ausdrücken.« Anne zwinkerte mir wissend zu und ich ignorierte sie, stattdessen stand ich vom Tisch auf und begann, den Wohnzimmertisch durch das Wohnzimmer zu ziehen.

5. Kapitel

Die kleine Wohnung meiner Eltern in der Milton Street war nichts Besonderes. Sie wirkte düster und abgewohnt, aber meine Mutter tat ihr Bestes, um aus den knapp 40 Quadratmetern ein gemütliches Zuhause zu machen. Meine Mutter hatte schon immer ihr Bestes für uns alle gegeben. Das Problem war mein Vater, der von sich selbst glaubte, perfekt zu sein, und von allen anderen nicht weniger erwartete.

Jeden Sonntag kam ich zum Mittagessen her. Mutters Versuch, die Familie vor dem Auseinanderbrechen zu bewahren. Zumindest galt das für einen Teil der Familie, denn meinen älteren Bruder Josh bezogen diese Treffen nicht mit ein. Mein Vater hatte dafür gesorgt, dass er nicht mehr Teil dieser Familie war. Ich wusste, dass es Mutter schwerfiel, ihn nicht sehen zu dürfen, aber schon immer hatte sie sich in allen Belangen ihrem Ehemann untergeordnet. Nur wenn Larry McFarlane nicht hinsah und hinhörte, wagte sie sich, sich bei mir nach Josh zu erkundigen.

Samantha McFarlane nahm mich an der Tür in Empfang und umarmte mich. Mit einem kurzen Blick fragte sie mich, wie es Josh ging, und ich antwortete: »Wie immer.«

Meine Mutter war siebenundvierzig und für ihr Alter noch umwerfend gut aussehend. Ich hoffte, dass meine Gene mehr nach ihr schlugen, dann würde ich in siebenundzwanzig Jahren, mit siebenundvierzig, vielleicht auch noch so gut aussehen und keine Halbglatze haben wie mein Vater. Ich war mir sicher, dass das nicht nur meine bescheidene Meinung war, denn ich kannte die Blicke, die ihr Männer gerne hinterherwarfen, wenn sie mit mir einkaufen ging. Sie war schlank, trug gerne Jeans und Blusen und färbte ihre Haare in einem dunklen Blond. Nur die Fältchen um ihre grauen Augen verrieten ihr Alter. Ich weiß nicht, wie oft ich mich schon gefragt hatte, warum sie Vater nicht endlich verließ. Aber sie ertrug seine Launen mit einer Hingabe, die schon an Heldenhaftigkeit grenzte. Das machte mich wütend, ließ mich sie aber auch beneiden. Meine Geduld mit Larry stieß jeden Sonntag an ihre Grenzen.

»Komm doch rein. Du bist spät dran heute.«

»Meine Mitbewohnerinnen sind doch gestern eingezogen. Zwei Frauen, die blockieren ewig das Bad.« Als ich meiner Mutter diese kleine Lüge auftischte, musste ich in mich hineinlachen. Heute hatte ich das Bad blockiert. Als ich Lucy heute Morgen aus ihrem Zimmer schlurfen gesehen hatte, da hatte es mich überkommen. Ich hatte sie einfach provozieren müssen. Diese Frau hatte etwas an sich, das meinen inneren Schweinehund immer wieder reizte. Und leider nicht nur den. Als ich sie neben dem Anwalt in der Wohnung hatte stehen sehen, hatte ich erst nur Augen für diesen hammer Körper gehabt. Dieser Körper und diese braune Lockenmähne waren eine gefährliche Mischung. Mir war nur eins geblieben: mich auf meine Wut auf sie zu konzentrieren, denn Anziehung durfte ich um nichts auf der Welt zulassen.

Als ich sie und Anne vor dem Haus hatte stehen sehen, hatte ich im Traum nicht daran gedacht, dass ausgerechnet sie die andere Erbin sein könnte. Zugegeben, ich hatte sie auch erst vor dem Café wiedererkannt. Erst da hatte ich diese trotzigen Augen bemerkt und die Traurigkeit in ihnen, die mich seit nunmehr zwei Jahren verfolgten. Es war verdammt noch mal unmöglich, dass ich etwas für sie empfand. Lucy war verboten für mich. Leider sah ein Teil von mir das anders. Dieser Teil hätte sie heute Morgen fast an sich gezogen und wäre über diese dunkelroten, weichen Lippen hergefallen. Die einzige Möglichkeit, sie von mir fernzuhalten, war sie wie Dreck zu behandeln. Die Gefahr, dass sie sich für mich interessieren könnte, war ziemlich gering, wenn sie mich hasste. Obwohl sie mich mit Sicherheit für alle Zeiten hassen würde, wenn sie je herausfand, wer ich war. Ich konnte noch immer nicht glauben, dass sie mich nicht erkannt hatte. Aber sie schien keine Ahnung zu haben, mit wem sie da ihre Wohnung teilte.

Ich presste die Kiefer aufeinander und betrat das Wohnzimmer meiner Eltern. Lucys trotziger Blick hatte mich schon damals in seinen Bann gezogen. Nur wirkte sie damals mit nicht ganz achtzehn Jahren noch unschuldig und weckte nicht dieses körperliche Interesse in mir, was wohl auch an den

Umständen lag. Heute war sie alles andere als unschuldig. Sie war heiß und trieb mich mit ihrer Kampflust in den Wahnsinn. Wenn sie mich aus diesen dunkelgrünen Augen ansah, dann weckte sie damit eine Sehnsucht in mir, die ich mir nicht erlauben durfte. Niemals durfte ich diesen Gefühlen für sie nachgeben.

Manchmal war das Schicksal ein Arschloch, Amor aber auch.

»Guten Tag«, begrüßte ich meinen Vater, der in seinem abgenutzten grünen Cordsessel saß, die Fernbedienung fest in der Hand. Er blickte nur flüchtig zu mir auf und nickte brummend. Ich schluckte und meine Lust, hier zu sein, sank sofort auf unterstes Niveau. Manchmal fragte ich mich, warum ich überhaupt herkam und Larrys Launen ertrug. Aber dann sah ich in die freundlichen, ruhigen Augen meiner Mutter und mir fiel die Antwort wieder ein. Wegen ihr. Weil sie mir leidtat und weil ich glaubte, es wäre meine Pflicht, sie wenigstens für ein paar Stunden in der Woche von ihm zu befreien. Oder zumindest ihr Leid zu teilen.

Ich setzte mich auf das Sofa und schluckte gegen meine Abscheu an. Ich weiß nicht, ob wirklich Larrys Anblick diese Gefühle in mir auslöste, oder ob es eher sein Charakter war. Es kam vor, dass ich mir einredete, es wäre sein weißes Feinripphemd, das kaum seinen massiven Bauch bedeckte, und die grüne Stoffhose, die er fast täglich trug. Und dann war ich wieder davon überzeugt, dass sein selbstherrlicher, besserwisserischer und verlangender Charakter diese Wut auf ihn in mir auslöste. Mein

Vater war es gewohnt, dass alle sich nach ihm richteten. Er befahl und wir hatten zu springen. Aber ich sprang nicht mehr und das ärgerte ihn. Entgegen seinem Willen kümmerte ich mich um Josh, so gut es ging.

Aber Larry war nicht immer so gewesen. Bevor er seinen Beruf als Maurer aufgrund seines starken Rheumas hatte aufgeben müssen, war er ein guter Familienvater gewesen. Ein vollkommen anderer Mann als heute. Mutter entschuldigte sein Verhalten immer damit, dass er sich nutzlos fühle und mit seinem Verhalten nur versuche, seine Unfähigkeit, für sie zu sorgen, zu kompensieren. Ihm wäre es unangenehm, dass sie weiter als Leiterin in einem Kindergarten arbeiten würde und er zu Hause saß. Vielleicht war das wirklich so, aber entschuldigte das sein Auftreten?

Schweigend schauten wir fern, während meine Mutter das Essen auf den Tisch brachte. Ich konnte nicht einmal sagen, was wir schauten, weil ich mit den Gedanken bei Lucy war. Zum ersten Mal fühlte ich so etwas wie Wut wegen meines Bruders. Nein, Wut empfand ich auch so immer wieder, weil er sich den Alkohol und die Drogen antat. Aber seit Lucy in mein Leben getreten war, kamen mir Zweifel, ob ich das Richtige tat. Aber selbst wenn ich beschließen würde, Josh aufzugeben, würde das nichts an der Tatsache ändern, dass mein Bruder Lucys Vater getötet hatte. Trotzdem erlaubte ich mir in den letzten Tagen manchmal die Vorstellung, wie es zwischen mir und Lucy sein könnte, wenn diese Tatsache uns nicht voneinander fernhalten würde. Darüber nachzudenken, war aber absurd, da ich Josh nie im Stich lassen könnte.

Wir setzten uns an den Tisch und meine Mutter legte gerade eine Scheibe vom Schweinebraten auf meinen Teller, als mein Vater beschloss, das Schweigen zu brechen. Überraschung!

»Und, wie läuft es mit deinem nutzlosen Bruder?«

Ich zog es vor, nicht auf seine Provokation einzugehen und schob stattdessen ein Stück Fleisch in meinen Mund. Ich konzentrierte mich nur auf den Geschmack des zarten Bissens und erlaubte mir einen Blitzgedanken an bessere Tage, als wir noch zu viert an diesem Tisch saßen und wir beim Essen noch zu lachen hatten.

Mein Vater erntete einen vorwurfsvollen Blick von meiner Mutter. »Bitte, lass es.«

»Wieso sollte ich? Wenn Ryan sich schon um ihn kümmert, vielleicht übernimmt er ja auch die Rechnung, die uns gestern ins Haus geflattert ist?«

Jetzt wurde ich doch hellhörig. »Welche Rechnung?«

»Die für einen tausend Pfund Fernseher.«

»Larry«, ermahnte Samantha kleinlaut. Sie wagte nie wirklich zu widersprechen, weil sie wusste, dass Provokation ihn nur wütend machte. Nicht, dass mein Vater meiner Mutter je etwas antun würde - dafür würde ich die Hand ins Feuer legen -, aber er konnte sehr schnell aufbrausen und mit seiner dunklen, lauten Stimme konnte er selbst mir Furcht einjagen.

»Was für eine Rechnung«, hakte ich nach, denn ich kannte das knappe Budget meiner Eltern.

»Josh hat irgendwo einen Fernseher bestellt, auf unseren Namen.« Meine Mutter sah mich mit schwimmenden Augen an und ich stöhnte innerlich auf. Das hatten wir doch schon.

»Nett wäre ja gewesen, wenn wir nicht nur die Rechnung bekommen hätten, sondern auch den Fernseher. Ich wollte schon immer so ein 50-Zoll-Ungetüm«, fügte mein Vater an. »Aber den hat er wohl längst wieder vertickt und in Stoff umgesetzt.«

Damit hatte mein Vater mit Sicherheit recht. Genau das war Joshs Vorgehensweise: Er bestellte über einen Onlinehändler an seine Adresse oder die eines seiner Freunde und schickte die Rechnung an unsere Eltern oder mich. Die Ware verkaufte er dann in irgendeinem Gebrauchtwarenladen oder brachte sie in eine Pfandleihe, und von dem Geld besorgte er sich Alkohol oder Drogen. Bisher hatte ich immer versucht, seine Rechnungen irgendwie zu zahlen, obwohl ich wusste, dass das falsch war, weil ich es ihm so nur leichter machte. Aber langsam stieß ich finanziell an meine Grenzen. Auch wenn ich jetzt keine Miete mehr zahlen musste, mein Sparstrumpf war leer.

»Siehst du, was du davon hast, dass du ihm immer wieder hilfst?«, polterte mein Vater.

Natürlich war mir bewusst, dass er recht hatte. Aber er war mein Bruder. Sollte ich ihn verhungern lassen? Sollte ich ihn genauso wegstoßen, wie Larry es tat? Ihn im Stich zu lassen, half ihm nicht dabei, seine Probleme in den Griff zu bekommen. Und sein Problem war Lucys verstorbener Vater. Selbst mehr als ein Jahr Gefängnis hatten die Schuld nicht mindern können. Nichts konnte diese Last von seinen Schultern nehmen. Nicht von seinen Schultern. Nicht von meinen. Nicht von unserer ganzen verdammten Familie. Und dass Lucy jetzt auch noch mit mir zusammen in einer Wohnung wohnte und ich diese Gefühle für sie hatte, machte es auch nicht besser.

»Soll ich es machen wie du und einfach so tun, als gäbe es ihn nicht? Glaubst du, das ist der richtige Weg?«

»Genau das.«

»Vielleicht sollte Mutter dich dann auch dir selbst überlassen, statt dir dabei zuzusehen, wie du dein Selbstmitleid in Bier und Whisky ertränkst?« Bisher hatte ich es nie gewagt, ihm das an den Kopf zu knallen, aber die letzten Tage hatte sich so Einiges in mir angestaut.

»Ryan!«, flüsterte Samantha entrüstet.

»Nein, Mum. Das muss mal gesagt werden.«

Larry hustete seinen letzten Bissen hoch. »Du wagst es, über mich zu urteilen, wo du nicht den Arsch dazu in der Hose hast, es einem Junkie wie deinem Bruder zu zeigen? Einem Mörder?«

»Er ist kein Mörder«, brüllte ich wütend. Ich ballte meine Hände zu Fäusten, die ich zitternd gegen meine Seiten drückte, als ich aufstand. »Tut mir leid, Mum, aber ich kann nicht länger bleiben. Sonst kann ich für nichts garantieren.«

Ich gab nicht Larry die Schuld an Joshs Sucht, die nicht einmal seine Zeit im Gefängnis hatte besiegen können. Aber ich gab ihm die Schuld daran, dass Joshs Zustand sich, seit er wieder frei war, immer mehr verschlimmert hatte. Denn statt zu ihm zu stehen und zu versuchen, ihm zu helfen, hatte er seinem Sohn den familiären Halt genommen, den er so dringend gebraucht hätte, um clean zu bleiben. Dass sein Vater ihn von sich stieß, hatte die Schuldgefühle, die ihn seit dem Unfall quälten, noch verschlimmert. Ich drückte meiner Mutter einen Kuss auf den Scheitel und verließ ohne einen Blick zurück die Wohnung. So ähnlich wie heute endeten unsere gemeinsamen Sonntage immer öfter in den letzten Monaten. Larry war wütend, dass ich nicht seinem Willen folgte und Josh im Stich ließ. Und ich war wütend, dass Larry Josh im Stich gelassen hatte und meine Mutter zwang, ihren eigenen Sohn in aller Heimlichkeit zu treffen, wann immer sie sich von ihrem Mann loseisen konnte.

So aufgewühlt wie ich war, konnte ich jetzt noch nicht in Lucys Nähe. Diese Gefühle würden mich vielleicht noch dazu hinreißen, mir bei ihr Trost zu suchen. Trost für etwas, das mein Bruder ihrer Familie angetan hatte. Also betrat ich die nächstbeste Bar, um das zu tun, was ich Larry eben vorgeworfen hatte: Meinen Frust im Alkohol zu ertränken.

Lucy

Es war nach Mitternacht und ich lag noch immer wach im Bett. Ich konnte einfach nicht einschlafen, weil mich beschäftigte, was Anne gesagt hatte. Es hatte mich zornig gemacht, aber ich wusste, dass sie mit ihrer Vermutung richtig lag. Vielleicht war ich genau deshalb so zornig, weil sie mich wie immer besser kannte, als ich mich selbst. Erst sie hatte mir die Augen öffnen müssen. Dabei hatte sie nichts weiter getan, als auf der Leiter zu stehen und die Bahn Vliestapete mit dem filigranen Blumenmuster an die Wand zu drücken und zu sagen, was sie mir schon öfters gesagt hatte. Nur diesmal war es so weit zu mir durchgedrungen, dass ich verstand, dass sie recht hatte.

Es lag nicht an den Männern, dass ich keinen fand, der Interesse an mir zeigte. Es lag an mir. Ich war diejenige, die sie alle auf Abstand hielt. Unbewusst hatte ich einen Schutzwall um mich herum errichtet, um keinen von ihnen an mich heranzulassen. Ich hatte das Vertrauen in das männliche Geschlecht verloren. Und das alles nur wegen Kyle, meinem Exfreund. Kyle hatte nie verstanden, warum ich jede freie Minute, die ich erübrigen konnte, mit meiner Mutter verbrachte. Warum ich jeden Tag zu ihr ging, sie besuchte und mit ihr redete, obwohl sie mich nicht einmal zu bemerken schien, statt mehr Zeit mit ihm zu verbringen. Er weile schließlich noch im Hier und Jetzt, hatte er einmal im Streit zu mir gesagt und wütend gegen die Wand hinter mir geschlagen. »Ganz anders als deine Mutter. Die bekommt doch nicht mal mit, ob du da bist oder nicht.«

Diese Worte hatten mich tief getroffen, denn für mich weilte meine Mutter auch noch im Hier und Jetzt. So wie Kyle das gesagt hatte, klang es, als wäre sie längst tot. Als sollte ich sie abschreiben und lieber mit ihm auf noch eine Studentenparty gehen. Immer wieder hatten wir uns deswegen gestritten, weil er glaubte, er wäre mir nicht wichtig genug. Vielleicht war er das auch nicht. Aber auch bei jedem anderen Mann würde ich nicht zulassen, dass er einen Keil zwischen mich und meine Mutter trieb. Ich wusste, dass ich mich geradezu verzweifelt an den Glauben klammerte, wenn ich sie nicht mehr besuchte, würde sie allmählich aus meinem Leben verschwinden und irgendwann wäre sie weg. Hätte ich sie einfach vergessen. Sie wäre dann einfach fort, so wie Vater. Ich wusste auch, dass es falsch war, mein Leben nach der Angst vor dem Tod auszurichten, aber ich konnte nicht anders. Die Angst, sie könnte von einer Sekunde auf die andere verschwunden sein und ich hatte nicht jede mögliche Sekunde ihres Lebens mit ihr verbracht, fraß mich auf. Deswegen war es mir wichtig, sie so oft es nur ging zu besuchen, zu wissen, dass sie noch immer da war. Ein Teil meines Lebens.

Die ständigen Kämpfe mit Kyle hatten dafür gesorgt, dass ich diese Wand um mich herum errichtet hatte, die Männer fernhielt, damit keiner von ihnen mich von meiner Mutter trennen konnte. Unbewusst hatte ich mich also für ein Leben ohne Mann, aber mit meiner Mutter entschieden und dabei außer Acht gelassen, dass nicht jeder Kerl so sein musste wie Kyle und eine Beziehung zu einem Mann nicht automatisch ein Leben mit meiner Mutter ausschloss. Anne hatte mir das schon oft erklärt und natürlich hatte ich die ganze Zeit gewusst, dass sie recht hatte, aber ich hatte mich dagegen gesperrt. Doch heute hatte sie einen Riss in meinen Schutzwall geschlagen, aber nicht allein.

Da war diese leise Sehnsucht in mir, die mich dazu brachte, mir zu erlauben, mich dem Traum hinzugeben, Ryan könnte mehr als nur Hass für mich empfinden. Dieses Flattern in meinem Magen, wenn seine Augen über mein Gesicht strichen, weckte den Wunsch nach einer Beziehung in mir. Ich hatte es nicht bemerkt, obwohl das Gefühl die ganze Zeit in mir geschlummert und von innen gegen meinen Wall gedrückt hatte, aber ich sehnte mich nach Nähe. Nicht nur körperlicher, auch seelischer Nähe. Ich fühlte mich einsam. Es war mir nicht bewusst gewesen, doch heute hatte es dieses Gefühl an die Oberfläche geschafft. Niemand, auch ich nicht, konnte ohne Liebe leben. Die Liebe zu meiner Mutter reichte nicht mehr aus, zumal sie einseitig war. Sie war eine Liebe, in der ich gab, zwar von ganzem Herzen und freiwillig, aber ich bekam nichts zurück. Und ich sehnte mich nach menschlicher Nähe. Ich wollte wieder eine Beziehung. Bis ich Ryan begegnet war, hatte ich nicht einmal darüber nachgedacht. Aber das, was mit mir passierte, wenn wir beide aufeinandertrafen, hatte mich wohl empfänglich für diese Sehnsucht gemacht. Eine Sehnsucht, von der ich nicht gewusst hatte, dass sie überhaupt existierte.

Natürlich sehnte ich mich nicht unbedingt nach Ryans Nähe. Ryan hatte nur dafür gesorgt, dass ich mich aus meiner Lethargie löste. Was ich brauchte und wollte, war ein Mann, der mich verstand und der akzeptieren konnte, dass er nicht der einzige Mensch in meinem Leben war. Ich wollte endlich wieder etwas fühlen. Ich hatte mir Gefühle so lange verboten, dass das, was Ryan in mir weckte, mich regelrecht überrannte. Ich hatte meine Gefühle an dem Tag des Unfalls, einen Tag vor meinem achtzehnten Geburtstag, abgeschaltet und es nicht einmal gemerkt. Natürlich hatte ich Beziehungen, mit Kyle war ich fast ein Jahr zusammen gewesen, aber ich hatte nichts in diese Beziehungen investiert. Sie waren nur Fassade gewesen für die Menschen um mich herum, die glauben sollten, dass es mir gut ging.

Ich lag da, starrte in die Dunkelheit und beschloss, dass es Zeit wurde, wieder zu empfinden. Wieder Menschen in mein Leben zu lassen. Und vielleicht auch etwas Liebe.

Ich schrak zusammen, als die Wohnungstür krachend gegen die Wand polterte. Ein dumpferes Poltern folgte, dann hörte ich Ryan leise fluchen. Kurz darauf kicherte er, dann wurde die Tür laut zugeworfen, bevor schlurfende Schritte sich von meiner Zimmertür entfernten. Ryan war nach Hause gekommen und das wohl nicht ganz nüchtern. Er war wohl auch eher der Typ, der auf Partys ging. Stöhnend warf ich einen Blick auf die Leuchtziffern meines Weckers: 01:23 Uhr. Gut, dass mein Unitag morgen nicht vor zehn begann. Ich warf mich auf die Seite und schob die Gedanken an Kyle und meine Mutter weit weg von mir, stattdessen grinste ich in mich hinein. Ryan würde morgen bestimmt einen Wutanfall bekommen, wenn er Annes weibliche

Note im Wohnzimmer entdeckte. Wir hatten im Keller nämlich ein paar Kisten mit Porzellanpuppen, Plastikblumen und anderen hässlichen Dekoaccessoires gefunden, die bestimmt von meiner verstorbenen Großtante stammten.

6. Kapitel

Mein Wecker riss mich nach nur fünf Stunden Schlaf aus dem Bett. Unwillig bekämpfte ich die bleierne Schwere meiner Lider und quälte mich aus der warmen Geborgenheit meines Bettes. Ich schlüpfte in eine ausgewaschene Trainingshose und ein schlichtes, weißes Shirt und blieb auf dem Weg zur Kaffeemaschine ernüchtert in der Tür zum Wohnzimmer stehen. Gestern Abend hatten Anne und ich alles aufgeräumt und das Wohnzimmer in perfekter Ordnung - und neu gestaltet - zurückgelassen. Was ich jetzt vorfand, waren umgeworfene Porzellanpuppen, zwei leere Flaschen Bier und Ryans Kleidung im ganzen Zimmer verteilt. Wütend stapfte ich los und sammelte Jeans, T-Shirt, Schuhe und sogar seine Unterwäsche ein.

»Wie man Ordnung hält, scheint der Herr nur in seinem Zimmer zu wissen. Erst sorgt er dafür, dass sämtliche Bewohner des Hauses in der Nacht aus ihren Betten fallen und jetzt dieses Chaos.« Und was mich noch mehr ärgerte, war das Wissen, dass er all das nur tat, um Anne und mich auf die Palme zu bringen.

Mit Ryans Kleidung im Arm stapfte ich zurück in den Korridor, zögerte an seiner Zimmertür und riss sie dann einfach auf, ohne mich darum zu scheren, was ich vielleicht zu sehen bekam. Das hätte ich aber mal lieber tun sollen, denn Ryan lag splitterfasernackt in seinem Bett. Seine Decke bildete ein Knäuel zwischen seinen Beinen und verhüllte eigentlich gar nichts, oder aber nur diese eine Stelle, die sich unterhalb des blonden Dreiecks befand, das meinen Blick magisch anzog. Mit angehaltenem Atem stand ich im Türrahmen und starrte auf Ryans perfekten Körper, seine leicht gebräunte Haut, die perfekten Brustmuskeln, die sich unter seinen Atemzügen hoben und senkten, und seinen flachen Bauch. Mein Blick wanderte weiter nach unten und mit jedem Zentimeter, den ich auf meinem Weg nach unten nahm, verstärkte sich das verlangende Ziehen zwischen meinen Schenkeln. Wie würde es sich anfühlen, diese sonnengebräunte Haut zu streicheln, sie mit meinem Mund zu erkunden und Ryan zu schmecken? Ich leckte mir genüsslich über die Lippen, als hinter mir die Badezimmertür geöffnet wurde. Anne war heute mal vor mir aufgestanden? Ich wünschte ihr »Guten Morgen«, ohne mich nach ihr umzusehen. Eine Hand legte sich auf meine Schulter und sie warf einen Blick über mich hinweg in das Zimmer. Ich rechnete damit, dass sie einen zweideutigen Kommentar fallen lassen würde.

»Und, hast du genug gesehen?«, sagte stattdessen eine unfreundliche Stimme, die ich nicht kannte. Erschrocken fuhr ich zusammen und wandte mich nun doch zu der Person hinter mir um, die nicht Anne war, sondern jemand, den ich nicht kannte.

»Äh ...«, stotterte ich ertappt. »Ich wollte nur seine Sachen in sein Zimmer werfen.« Ich nahm das

Bündel in meinen Armen und warf es auf den Boden vor Ryans Bett, dann drängte ich mich an der blonden, vollbusigen jungen Frau vorbei, die gut auch hätte ein Model sein können, denn auch an ihrem nackten Körper gab es nichts auszusetzen. Ich fühlte mich etwas beklemmt und das nicht wegen ihrer Nacktheit, sondern, weil sie einfach perfekt war. Mit meinen kleinen Brüsten fühlte ich mich sofort unzulänglich. Ohne mich noch einmal umzusehen, flüchtete ich in die Küche und war erleichtert, als hinter mir die Tür zu Ryans Zimmer ins Schloss fiel.

Als ich aus dem Bad kam, war auch Anne schon aufgestanden. Sie grinste mich breit an und reichte mir eine Tasse Kaffee. Ich setzte mich stöhnend zu ihr an den Tisch und nahm einen großen Schluck.

»Er steht wohl nicht auf Porzellanpuppen.«

»Da sind wir schon zwei«, sagte ich lachend. Irgendwie lösten die Teile bei mir eine Gänsehaut aus. Ich fühlte mich von diesen unechten, überniedlich gestalteten Augen beobachtet. Aber Ryan damit zu verärgern, war es wert gewesen.

»Was war denn da vorhin los?«, wollte Anne wissen und sah mich unschuldig an. Ich war mir sicher, sie hatte genug mitbekommen, sonst würde sie jetzt nicht so unschuldig schauen. Trotzdem spürte ich die Hitze in mein Gesicht steigen und wich ihrem Blick aus.

»Ryans Klamotten lagen hier überall rum und ich wollte sie in sein Zimmer werfen, wo er nackt auf seinem Bett lag«, beeilte ich mich zu sagen.

»Und dabei hat dich sein Mitbringsel erwischt.« Sie nickte kichernd.

»Wusstest du, dass er jemanden mitgebracht hat?«

»Ja, irgendwann in der Nacht stand sie auf der Suche nach dem Bad in meinem Zimmer. Nackt!«

Ich lachte. »Ja, ich hatte heute auch das Vergnügen. Wir sollten mit Ryan dringend über eine Kleiderordnung für seine Mitbringsel sprechen.«

»Oh ja, das wird dann in etwa so laufen: Kleiderordnung? Wozu? In meinem Zimmer kann ich rumlaufen, wie ich möchte. Und wenn meine Mädchen gerne nackt sein möchten, dann werde ich der Letzte sein, der sie davon abhält.« Anne äffte Ryan nach und setzte ihrem Schauspiel noch eins drauf, indem sie mit ihren Zähnen an einem imaginären Lippenpiercing knabberte. Ein Tick, der bei Ryan deutlich erotischer wirkte. Die bloße Erinnerung, die Anne damit schaffte, löste in mir ein Kribbeln in meinem Magen aus und ließ Bilder von Ryans nacktem Körper vor meinem geistigen Auge aufflackern.

»Keine Nackten!«, betonte ich noch einmal. Obwohl es mich nicht abstoßen würde, Ryan unbekleidet herumlaufen zu sehen. Dieser Anblick würde in mir wohl ganz andere Reaktionen als Abscheu hervorrufen.

»Vielleicht gehört Nacktsein zum guten Ton, dann sollten wir uns anpassen. Zumindest du solltest das. Ryan würde sich bestimmt freuen.«

»Morgen vielleicht. Wie war es bei deinen Eltern gestern? Du hast noch gar nichts erzählt.«

Anne zuckte mit den Schultern. »Wie immer; langweiliges Essen, langweilige Gäste, noch langweiligere Party.«

»Ja, klingt bekannt«, nuschelte ich und kaute genussvoll einen Bissen Schokodonut herunter. »Die sind gut. Warst du heute schon unterwegs?« Ich sah Anne verwirrt an, denn vor zehn Uhr verließ sie nur selten die Wohnung. Alle ihre Kurse hatte sie so gewählt, dass sie nicht zu früh aufstehen musste.

Röte stieg in ihr Gesicht und sie wirkte ertappt. »Ich habe heute Nacht nicht allein geschlafen.«

»Hmm, ich wüsste nicht, warum du deswegen erröten müsstest. Du bist ja sonst auch keine Nonne.«

»Ich weiß, aber ...« Sie wich meinem fragenden Blick aus und sah zum Küchenfester hinaus auf das Haus auf der anderen Straßenseite. »Ich hatte Sex mit einer anderen Frau«, platzte sie heraus und brachte mich zum Prusten, weil ich mich an meinem Donut verschluckte.

»Was?! Wirklich?«

»Ja, okay?«

Für einen Moment fühlte ich mich wie von einem LKW überfahren, aber nachdem der erste Schock verflogen war, fand ich es ganz okay, vielleicht sogar interessant. Auf jeden Fall war ich neugierig. »Und? Wie war es denn? Ich mein ... du weißt schon. Ist es anders? Besser?«

»Das wüsste ich aber auch gerne. Und vergiss die Details nicht.« Wo war denn Ryan so plötzlich hergekommen? Wir sahen beide erschrocken auf und blickten in Ryans grinsendes Gesicht.

»Du weißt, wie das in einer WG läuft?«, antwortete Anne. »Wir teilen immer und gerne. Also, wie wäre es mit Details aus deiner Nacht?«

Ryan setzte sich auf die Arbeitsplatte und hielt Anne eine Tasse entgegen, damit sie sie auffüllen konnte. »Okay. Ich erzähle euch von meiner Nacht und du mir von deiner.« Er warf mir einen kurzen Blick zu. »Gibt es bei dir auch Erzählenswertes?«

Ich kniff herausfordernd die Augen zusammen. Als wüsste er nicht, dass es da nichts zu erzählen gab. Trotzdem, seine direkte Frage versetzte mir einen Stich. Bisher hatte ich mich nie an meinem nicht kaum erwähnenswerten Liebesleben gestört. Auch nicht, wenn Anne mich immer und immer wieder darauf hingewiesen hatte. Ich hatte andere Probleme als Partner und Sex. Aber in den letzten Tagen begann mich mein leidenschaftsloses Einsiedlerleben zu stören. Und gerade in diesem Moment, unter Ryans forschendem Blick, war es mir sogar peinlich.

»Wenn es da etwas gäbe, würde ich es dir mit Sicherheit zuerst erzählen«, sagte ich sarkastisch. Ryan zuckt mit den Schultern und zog grinsend sein Lippenpiercing zwischen seine Zähne. Warum störte mich sein wissender Blick so sehr, dass sich mein Magen krampfhaft zusammenzog?

»Dann fange ich mal an«, meinte Ryan und sah Anne herausfordernd an. »Zuerst hatte ich Streit mit meinem Vater. Das ist nichts Besonderes. Eigentlich wäre es sogar besonders, wenn wir nicht streiten würden. Dann war ich in dieser Bar und hatte ein paar Drinks. Und plötzlich stand da diese Blondine mit diesen hammer Kurven, die zufällig auch meine Ex ist, und wir hatten noch mehr Drinks. Und dann hatte ich einen Filmriss und das Nächste, was ich weiß, ist, dass ich aufwache und bemerke, wie Lucy meinen nackten Körper studiert. Und als ich sie gerade einladen wollte, näher zu kommen, da schob sich Cassy an ihr vorbei und sie war nackt. Also dachte ich: Lucy oder Cassy? Oder beide? Ich hab mich für keine entschieden und Barbie nach Hause geschickt.«

»Das ist alles? Keine heißen Sexdetails?«, entrüstete sich Anne. Die Enttäuschung stand ihr ins Gesicht geschrieben.

»Nein, die sind Opfer des Filmrisses geworden«, sagte Ryan und grinste mich an. »Aber wenn Lucy will, können wir die Szene von heute Morgen dort fortsetzen, wo Cassy uns unterbrochen hat. Immerhin hast du noch nicht alles von mir gesehen. Vielleicht möchtest du das nachholen?«

Ich schnappte nach Luft. Wieso hatte er mich gesehen? Er hatte doch geschlafen? Ganz sicher. Oder die Blondine hatte mich verraten. Das musste es sein. »Ich habe gar nichts gesehen. Ich wollte dir nur deine Klamotten in dein Zimmer werfen. Ich weiß ja nicht, wie viele Hosen du besitzt und die Vorstellung, dass du hier nackt herumläufst, die hat mich eben zu unüberlegten Handlungen getrieben.«

»Aber für alle Fälle hast du schon mal überprüft, ob es zu ertragen wäre, wenn ich doch nur diese eine Hose besitze und am Waschtag gezwungen wäre, ohne herumzulaufen?«

»Genau! Nein!«, korrigierte ich mich schnell. »Natürlich nicht.« Mein Gesicht glühte und erhitzte sich noch mehr, als Ryans Blick über mein Gesicht und dann über meine Brüste strich, die sich verlangend zusammenzogen. Obwohl er mich nicht einmal berührte, schien meine Haut überall da zu kribbeln, wo sein Blick sie streifte. Wenn ich nicht wüsste, dass Ryan mich hasste, dann würde ich glauben, dass er mich soeben in Gedanken auszog. Und ich war mir nicht sicher, wie ich das finden sollte.

»Kommen wir zurück zu deiner Nacht mit einer Frau. Du weißt, das ist eine wahrgewordene Männerfantasie?« Ryan vergrub seine Hände in den Taschen seiner Jeans und war ganz auf Anne konzentriert.

»War ja zu erwarten«, stöhnte ich genervt auf.

»Du musst ja nicht hinhören, wenn es dich nicht interessiert«, meinte Ryan und grinste schief. Dabei entstand ein Grübchen in seiner linken Wange und mein Lustzentrum dachte nur: Grübchenalarm!

Anne zuckte mit den Schultern. »Von dir hatten wir nur die Kurzfassung, also gibt es die von mir auch nur: Ich war gestern mit einer Freundin im Kino. Ich kenne sie aus einem meiner Kurse. Sie hat mich eingeladen und ich dachte, okay, netter Abend. Wir haben uns diesen langweiligen Film angeschaut und plötzlich zieht sie mich an sich und küsst mich. Und ich denke: Was passiert denn jetzt? Und dann denke ich: Oh, gar nicht so schlecht! Ja, und der Rest ist Geschichte.«

Ich hörte stumm zu und irgendwie gefiel mir, was ich hörte. Und ja, da fiel mir auf, dass ich definitiv ein Problem hatte: Zu lange keinen Sex mehr. »Und willst du das wiederholen?«

»Vielleicht.«

Ryan grinste breit. »Interessant«, sagte er, dann wandte er sich mir zu und sein Blick wurde wieder provokativ. »Diese Horrorpuppen kommen wieder in ihre Kisten!«, sagte Ryan jetzt abrupt. »Diese Dinger sind gruselig.«

Ich grinste Anne an. Porzellanpuppen fanden wohl nur alte Frauen süß.

»Wenn du sie nicht magst, räum sie selbst weg«, sagte ich beiläufig und stand auf, um mich für die Uni fertigzumachen. »Mich stören sie nicht.«

***

Besorgt strich ich meiner Mutter über die Wange. Die Schwester hatte mir erzählt, dass sie heute keinen guten Tag hatte, weswegen sie nicht wie sonst in einem Rollstuhl vor dem Fenster saß, sondern in ihrem Bett lag. Jetzt saß ich an Mutters Bett und erzählte ihr von Ryan und den Porzellanpuppen. Eine besonders hübsche Puppe eines frech wirkenden Jungen mit blonden Locken hatte ich ihr sogar mitgebracht. Nun stand der vielleicht vierjährige Knabe auf Mutters Kommode. Sein Anblick hatte ihr ein winziges Lächeln entlockt. Zumindest hatte ich geglaubt, dass sie gelächelt hatte, denn ihr Mundwinkel hatte sich um Millimeter nach oben gezogen. Vielleicht aber war es auch reines Wunschdenken von mir, so wie immer, wenn ich in jedes Muskelzucken und Augenrollen etwas hineininterpretierte, von dem die Ärzte sagten, dass es unmöglich war. So unmöglich, wie das Datum aufzuschieben, das immer näher rückte.

Ella, Mutters derzeitige Mitbewohnerin, lachte, als ich von unserer Umräumaktion berichtete. Ella war in meinem Alter. Sie hatte einen Hirntumor und nur noch wenige Wochen zu leben. Ich bewunderte ihren Mut und die Ruhe, mit der sie ihrem sicheren Tod entgegensah. Der Tumor drückte auf die Bewegungszentren in ihrem Gehirn, weswegen sie im gesamten Alltag Hilfe brauchte. Ihren linken Arm konnte sie gar nicht mehr bewegen, auch die linke Gesichtshälfte hing schlaff herunter und entstellte ein wunderschönes und freundliches Lächeln. Ellas rotes Haar war dünn, aber auf dem Foto auf ihrem Nachtschrank konnte man sehen, dass es einmal voll und wellig gewesen war. »Ich glaube, ich mag diesen Ryan«, sagte sie angestrengt.

»Du wohnst ja auch nicht mit ihm zusammen«, gab ich zurück und lächelte sie an.

»Das würde ich bestimmt gerne. Ich denke, er sieht gut aus.«

»Hmm. Ja, das stimmt wohl. Aber gutes Aussehen allein ist nicht alles. Glaub mir, so einen hatte ich schon.«

»Aber gutes Aussehen kann auch nicht falsch sein. Ich hätte lieber einen sexy Typ in meinem Bett als einen Mr Bean-Verschnitt. Brrr.«

»Okay, das stimmt auch wieder. Aber es gibt ja noch Möglichkeit Nummer drei: Gar keinen Typ im Bett.«

»Nein, das geht nicht. Das ist auch nicht das Wahre. Frag mich, ich werde als Jungfrau von dieser Erde verschwinden. Wenn ich hier noch mal rauskommen würde, würde ich in die nächstbeste Bar gehen und mir einen Kerl schnappen, der diesen Fehler beheben muss.« Sie blickte auf ihre Finger, die mit der Decke spielten, die über ihren dünnen Beinen ausgebreitet lag.

Ich versuchte nicht zu mitleidig zu gucken, weil ich wusste, sie wollte nicht, dass man Mitleid mit ihr hatte. »Sex wird überbewertet.«

»Ja, deswegen sind auch alle so scharf drauf.« Sie zwinkerte mir zu. »Du wirst wohl nicht drum herum kommen und mich an deinen Abenteuern teilhaben lassen müssen. Also sieh gefälligst zu, dass du das nächste Mal mehr zu berichten hast. Wie wäre es für den Anfang mit einem Foto von Ryan?«

»Ein Foto? Das lässt sich wohl einrichten, wenn ich dazu nicht wieder in sein Zimmer muss.«

»Ich hätte nichts dagegen, wenn er nackt auf dem Foto wäre.«

»Das glaube ich dir.«

Ella lehnte sich in ihre Kissen zurück und schloss die Augen. Auch wenn sie versuchte, ihre Schwäche zu überspielen, wenn sie sich mit mir unterhielt, wusste ich trotzdem, dass es sie anstrengte, sich zu unterhalten. Weswegen unsere Gespräche meist nur sehr kurz ausfielen. Ella teilte jetzt seit vier Wochen das Zimmer mit meiner Mutter, aber in dieser kurzen Zeit war sie mir ans Herz gewachsen. Leider würde sie schon bald in ein Hospiz verlegt werden, da es ihr zusehends schlechter ging.

Ich verabschiedete mich von meiner Mutter und auch von Ella und bestätigte im Büro der Station, die zukünftig höheren Lastschriften von meinem Konto, die dank Annes Mietzahlungen keinen weiteren Einschnitt in meine Finanzen bedeuteten. Ich konnte von Annes Geld sogar jeden Monat ein bisschen sparen.

***

»Wo hast du heute deine bessere Hälfte gelassen?« Stephan saß auf dem Barhocker, auf dem sonst immer Anne saß, und zupfte am Etikett seiner Bierflasche.

Ich putzte ein Glas und sah schulterzuckend zu ihm auf. »Sie wollte heute ihre Cousine treffen. Shila ist am Wochenende sechzehn geworden und Anne hat ihr versprochen, mit ihr shoppen zu gehen.« Irgendwie war heute einer dieser nie enden wollenden Tage. Nach dem Besuch bei meiner Mutter und dem etwas bedrückenden Gespräch mit Ella hatte ich meine Vier-Stunden-Schicht schon lustlos angetreten. Dann hatte sich herausgestellt, dass das Wetter heute so gut war, dass alle Studenten sich in den Straßencafés tummelten und ich nichts zu tun haben würde. Ich blickte also auf nunmehr drei Stunden Schicht zurück, in denen ich aus lauter Verzweiflung jeden Zentimeter Tresen, Regal und sämtliche Schrankinhalte geputzt hatte, nur um mich von Mutter und Ella abzulenken. Auch von den Schuldgefühlen, die in den letzten Tagen wieder stärker wurden.

»Ich wusste gar nicht, dass Anne Samariterin sein kann.« Stephan beobachtete mich jetzt schon über eine Stunde und ich war sogar ziemlich dankbar für seine Gesellschaft.

»Das liegt daran, dass du sie nicht wirklich kennst. Du solltest dir mal die Mühe machen, ein Mädchen erst kennenzulernen, bevor du sie mit deinen Sprüchen vergraulst.«

Stephan fuhr sich grinsend durch sein Haar. »Ist das ein Angebot?«

»Muss ich darauf erst antworten?«

Mit einem Schmollmund und gerunzelter Stirn sah er mich an. »Wie wäre es mit einem Versuch? Nur ein Date. Keine Verpflichtungen.«

Ich nahm ein neues Glas und putzte noch energischer. »Ich weiß nicht. Ich empfinde nicht auf die Art für dich. Wir sind Freunde. Willst du das wirklich kaputtmachen?«

»Wie sollst du auch anders für mich empfinden, wenn du mich immer auf Abstand hältst? Vielleicht bin ich ja gar nicht so übel?«

Immer auf Abstand halten. Das war genau das, was Anne auch gesagt hatte. Und es jetzt von Stephan zu hören, tat ein wenig weh. Ich hatte ja selbst schon begriffen, dass es so nicht weitergehen konnte. Und ich wollte auch gar nicht länger allein bleiben. Aber Stephan? Eigentlich hatte schon immer für mich festgestanden, dass aus uns kein Paar werden würde. Aber vielleicht hatte das auch nur festgestanden, weil ich es von vornherein nie in Erwägung gezogen hatte? Weil ich Stephan wie jeden anderen Mann auf diesem Planeten nicht durch mein Schutzschild lassen wollte, aus Angst vor dem, was sie über meine Mutter dachten. Aber Stephan wusste von meiner Mutter und er hatte mir nie das Gefühl gegeben, dass er nicht damit klarkam, dass sie so einen wichtigen Teil meines Lebens einnahm. Ich betrachtete Stephan, sein freundliches Lächeln, das er immer für mich übrig hatte, seinen hilfsbereiten Charakter und sein Gesicht, das sanft und ruhig wirkte, wenn er mich ansah.

»Wie lang willst du das Glas noch putzen?«

Nervös stellte ich es ab und legte das Geschirrtuch beiseite. »Okay, einen Versuch. Du zahlst.«

»Hast du wirklich Ja gesagt?« Stephan sah mich erstaunt an, sein Mund stand vor Verwunderung so weit offen, dass ich lachen musste.

»Ja, hab ich.«

»Was hast du?«, wollte Ben wissen, der neben mir aufgetaucht war und Stephan mit gerunzelter Stirn musterte. »Was ist denn mit dem los? Ich hab ihn noch nie so grinsen gesehen.«

»Ich hatte ja auch noch nie ein Date, seit ich hier auf die Uni gehe.«

»Und jetzt hast du eins?« Ben sah mich ungläubig an. »Mit dir?«

»Ja«, bestätigte Stephan. »Ich hol dich Freitag gegen acht ab.« An Ben gerichtet sagte er: »Freitagabend hat sie frei, ich hoffe, du hast Ersatz.«

Ben lachte. »Meine Kleine verlässt endlich ihr Schneckenhaus, klar hat sie Freitag frei.«

Ich stieß Ben ermahnend gegen den Oberarm. Der lachte nur und klopfte Stephan brüderlich auf die

Schulter. »Gut gemacht, Junge. Ich wusste, du würdest irgendwann mal nützlich sein.«

»Was soll das denn heißen?«, fuhr ich dazwischen und sah Ben mit in die Hüften gestemmten Fäusten an.

»Dass es Zeit wird, dass es mehr für dich gibt als den Spagat zwischen Uni, deiner Mutter und deinen Schichten hier. Ich hatte schon Angst, du stirbst als einsame alte Vettel. Ich kenn dich jetzt fast ein Jahr und in dieser Zeit warst du nicht einmal mit Freunden aus. Du hattest Freunde, aber du bist nicht ausgegangen. Du bist zu jung, um keinen Spaß in deinem Leben zu haben.«

»Das ist nicht wahr«, verteidigte ich mich. »Kürzlich war ich mit Anne erst shoppen. Und ich habe Spaß in meinem Leben.«

»Shoppen zählt nicht«, sagten Ben und Stephan gleichzeitig.

»Und Mr Powerfull auch nicht.«

Hitze schoss in mein Gesicht und ich starrte Ben geschockt an.

»Ich hab dich und Anne belauscht. Nein, eigentlich war es nur nicht zu überhören, euer Gespräch über Schatzkästchen und deren Freunde.«

Stephan prustete los. »Und ich hab das verpasst?«

»Im Kino«, sagte ich nach kurzer Überlegung ausweichend, glücklich, überhaupt etwas sagen zu können. »Ich war im Kino.«

»Mit Anne?«, wollte Ben wissen.

»Ja.«

»Dann zählt das auch nicht, außer Anne und du, ihr, habt was am Laufen«, meinte Stephan grinsend.

»Okay, ihr habt gewonnen.« Ich gab resigniert auf, weil die beiden recht hatten. Mein Sozialleben beschränkte sich auf Anne und das Café. Ich war ein Einsiedler. Aber ich war ja dabei, das zu ändern. Und ein Date mit Stephan war meiner Meinung nach doch ein guter Anfang. Kleine Schritte! Trotzdem war es deprimierend, die Wahrheit zu erkennen. Ich hatte mich die ganze Zeit hinter Ausreden versteckt und mir selber eingeredet, dass ich es für meine Mutter tat. In Wirklichkeit hatte ich nur versucht, meine Gefühle so gut es geht zu unterdrücken, um keine neuen aufkommen zu lassen. Denn jemanden zu lieben, hieß, mit ihm zu sterben, wenn er dir plötzlich entrissen wurde. Und noch mehr Albträume und Schuldgefühle konnte ich nicht gebrauchen.

7. Kapitel

»Wir sollten einen Ordnungsplan anlegen«, meinte Anne mit Blick auf Ryan, der genüsslich auf einem Stück Speck kaute.

»Einen Ordnungsplan? Wozu?«

»Um dieses Chaos zu verhindern.« Anne zeigte auf den Berg Abwasch hinter sich. Ryan ließ sich gegen die Arbeitsfläche sinken und zuckte mit den Schultern.

»Welches Chaos?«

»Das, das du hinterlassen hast, als du, warum auch immer, beschlossen hast, Frühstück für uns alle zu machen«, sprang ich Anne helfend zur Seite.

Ryan machte einen Schmollmund. »Schmeckt mein Frühstück nicht?«

»Oh, doch. Super.« Anne grinste Ryan kauend an. »Man wird ja nicht jeden Tag von einem Mann bekocht.«

»Ja, ich dachte, ich muss vielleicht ein bisschen was bei euch gutmachen.«

»Da hast du wohl recht.« Anne nahm sich noch etwas von dem leckeren Omelette, das Ryan mit allerhand Kräutern zu einem wahren Genuss gemacht hatte.

Ich musterte ihn, weil mir das verräterische Blitzen in seinen Augen nicht entgangen war. »Hmm, ich weiß nicht, irgendwie traue ich dir nicht.«

»Das solltest du aber besser, jetzt wo wir doch unter einem Dach wohnen.« Er nahm sich ein weiteres Stück vom gebratenen Speck.

Ich beäugte mein Omelette. »Warum isst du nichts vom Ei?«

»Damit mehr für euch bleibt.« Ryans Wangenmuskeln zuckten.

Mit zusammengekniffenen Augen schob ich meinen Teller von mir.

»Hast du Angst, ich will dich vergiften, um die Wohnung für mich zu bekommen?«

»Ja«, sagte ich ernst und ohne zu zögern.

Ryan beugte sich zu mir vor. »Musst du nicht. Vielleicht gefällt es mir ja, so liebreizende Gesellschaft zu haben.«

»Samstag hat das noch anders geklungen.«

»Das war vor Justin Bieber.«

Ich schluckte und Anne sah mich mit erstauntem Gesichtsausdruck an.

»Du stehst auf Bieber?«

»Ja, seit jetzt. Nicht jeder Kerl wohnt mit superheißen Go-go-Girls in einer Wohnung.«

Mein Gesicht begann zu glühen.

»Du findest uns also heiß?« Anne grinste breit und sah mit flatternden Wimpern zu Ryan auf.

»Kommen wir zurück zum Aufräumen. Du und Anne und ich wissen, dass du nicht wirklich so ein Dreckschwein bist, wie du uns einreden willst.«

»Bin ich nicht?«

Anne und ich schüttelten gleichzeitig den Kopf.

»Okay, ihr habt recht. Bin ich nicht.«

»Also, was hält dich dann davon ab, den Abwasch zu machen?«

»Ich habe gekocht, ihr wascht ab. Ist doch logisch«, sagte er und grinste mich herausfordernd an, bevor er sich seine Tasche schnappte und die Wohnung mit den Worten »Ich habe einen Kurs« verließ.

»Danke, wir auch«, antwortete ich. Natürlich wusste ich, dass er es nicht mehr gehört hatte.

»Oh Mann! Er ist so unglaublich heiß, dass ich echt Mühe habe, mein Höschen anzubehalten«, stöhnte Anne. »Schade, dass er nur Augen für dich hat.«

»Du schielst.«

»Kein bisschen.«

»Er steht nur darauf, mich zur Weißglut zu treiben, das ist alles.«

»Ja, das auch.«

***

Ich nahm Anne mit zur Uni. Wir hatten heute gemeinsam mit Stephan Geschichte. Vor dem Kurs trafen wir uns immer noch in einem Café in der Nähe unseres ehemaligen Wohnheims. Ich hatte das Auto noch nicht ganz abgestellt, als mein Handy auch schon vibrierte.

»Habt ihr verschlafen, Mädchen?«, wollte Stephan wissen.

Ich ersparte es mir, erst zu antworten, da wir ohnehin schon da waren. Als ich mein Handy gerade verschwinden lassen wollte, vibrierte es wieder in meiner Hand. Auf dem Display stand statt eines Namens: Dein Mitbewohner.

Ich runzelte die Stirn. Wann hatte ich Ryan meine Telefonnummer gegeben? »Hast du Ryan meine Nummer gegeben?«, fragte ich Anne.

Anne sah mich erstaunt an, während sie versuchte, neben mir herzulaufen und einen Blick auf mein Display zu werfen. »Nein.«

»Dann muss es einer der Jungs gewesen sein.«

»Was schreibt er denn?«

»Nur: Wir besprechen den Ordnungsplan heute Abend.«

»Dann werdet ihr das alleine machen müssen. Ich treffe mich mit Lilly aus meinem Kunstkurs zum Lernen.«

Ich ersparte mir auch diesmal eine Antwort und steckte das Handy weg.

»Da seid ihr ja endlich«, beschwerte sich Stephan ungehalten.

»Was ist denn mit dir los?«, wollte Anne wissen. »Sonst stört es dich auch nicht, wenn wir mal später kommen.«

»Oder gar nicht«, fügte ich hinzu.

»Sonst schlaft ihr ja auch nicht mit einem Fremden in einer Wohnung.« Stephan warf uns böse Blicke zu.

»Oh, wie lieb. Er ist besorgt um uns.«

»Um dich mach ich mir keine Sorgen«, sagte er an Anne gewandt. »Kein Mann, der klar bei Verstand ist, lässt sich von dir den Arsch verklopfen.«

Anne schmollte. »Das heißt nicht, dass mich keiner vergewaltigen würde.«

»Da hat sie recht«, sagte ich und verteidigte Anne.

»Okay, okay. Ich ergebe mich. Wie lief es mit eurem Mitbewohner?«

»Oh, er war ganz charmant.«

»Ein richtiger Traummann«, bestätigte ich. »Er hat uns sogar Frühstück gemacht.«

Stephan runzelte unwillig die Stirn. »Ein Traummann lässt Frauen keine schweren Kisten schleppen, während er Games zockt.«

»Er hat sich dafür entschuldigt. Mit einem wirklich guten Frühstück.«

»Hat er das?«

Anne nickte heftig und verengte ihre Augen zu funkelnden Schlitzen. Was hatte sie jetzt wieder vor?

»Ist auch egal. Seid einfach nur vorsichtig.« Als er das sagte, sah er ganz speziell mich an und ich musste ein Grinsen unterdrücken, weil ihm das wirklich wichtig zu sein schien und ich Stephan nicht vor den Kopf stoßen wollte, immerhin kannten wir uns schon fast zwei Jahre.

»Versprochen. Wenn er aufdringlich wird, rufe ich dich sofort an und du kannst dann zu meiner Rettung eilen und meine Unschuld beschützen.«

Anne lachte laut auf. »Deine Unschuld? Die hast du schon vor Ewigkeiten verloren und seither unzählige Male wieder an Mr Powerfull.«

Ich nahm ein paar hektische Schlucke von meinem Kaffee, um die Hitze in meinem Gesicht zu verstecken.

»Ich meine das ernst, wenn er wieder anfängt, sich aufzuführen wie ein Idiot, sagst du Bescheid.«

»Okay«, sagte ich genervt. Als ob ich nicht mit Ryan McFarlane klarkommen würde.

»Und wer beschützt mich?«

»Ich beschütze dich.« Ich zog Anne an meine Seite und legte ihr einen Arm um die Schulter.

»So wie ich dich kenne, muss Ryan vor dir beschützt werden«, sagte Stephan mit so viel Ernst in der Stimme, dass ich prustend meinen Kaffee über dem Tisch verteilte.

***

»Wie war dein Tag, Schätzchen? Meiner war ... bis eben langweilig«, begrüßte mich Ryan. Er saß auf der Couch, die Füße auf dem Couchtisch, die Arme lässig auf der Rückenlehne ausgebreitet.

Ich ging in die Küche und ließ meine Kaffeemaschine einen Cappuccino zaubern. Mit der Tasse in der Hand kehrte ich ins Wohnzimmer zurück. »Mein Tag? Bis eben war er noch gut.« Ich setzte mich in den dunklen Ledersessel.

»Und jetzt ist er noch besser geworden?«

»Oh ja, natürlich. Nichts kann einen so guten Tag noch besser machen wie ein guter Kaffee.«

Ryan lachte leise, griff nach der Fernbedienung für den Fernseher und schaltete ihn aus. Er nahm die Füße vom Tisch, beugte sich vor und stützte seine Arme auf seinen Knien ab. Dann sah er mir direkt in die Augen.

»Du hast nicht auf meine Nachricht geantwortet.«

»Du hast mir eine Nachricht geschickt?«, fragte ich unschuldig.

»Habe ich. Und ich weiß genau, du hast sie gelesen.«

»Woher willst du das denn genau wissen?«

»Weil Anne sich bei mir entschuldigt hat. Sie hat heute Abend schon was vor, aber sie hat dir volles Stimmrecht zugesprochen. Sie meinte, du kennst sie so gut, dass sie keine Bedenken hätte, dass du genau die Entscheidungen treffen wirst, die auch sie treffen würde.«

Mein Herz machte einen Satz. Verräterin. »Woher hast du meine Telefonnummer?«

Ryan lachte rau und dieses Lachen vibrierte durch meinen Körper. Ich wich seinem intensiven Blick aus und ignorierte das Flattern in meinem Magen und den Schweiß in meinen Handflächen.

»Bevor du heute Morgen ins Bad gegangen bist, hast du dir deinen Kaffee gemacht, hast etwas auf deinem Handy gelesen und es abgelegt. Der Sperrbildschirm war noch nicht angesprungen, also hab ich einfach meine Nummer einprogrammiert.«

»Du hast was? Du weißt aber schon, dass ein Handy etwas sehr Privates ist. So wie ein Tagebuch.«

»Ich weiß, deswegen habe ich auch nichts anderes getan. Nur eine Nummer und die Nachricht an Anne.«

Ich schnaubte abfällig. »Also? Der Plan?«

»Ich brauche keinen«, sagte Ryan mit einem breiten Grinsen knapp.

Ich schnappte nach Luft. »Ich denke schon.«

»Nein. Ich bin nicht so ein Schwein, habt ihr doch selbst gesagt. Ich wollte dich nur loswerden.«

Mein Mund klappte auf und mein Puls begann panisch zu rasen. »Warum?«, fragte ich leise.

Ryan lehnte sich locker zurück. »Ich bin ein Kerl, der mit zwei Weibern zusammenwohnt. Ihr werdet Weiberzeug machen. Das schadet meinem Ruf.«

Ich wusste, dass er nicht die Wahrheit sagte. Da gab es einen anderen Grund, nur war er nicht bereit, ihn mir zu sagen. Das sah ich daran, wie er plötzlich seinen Blick abwandte. »Es hat noch keinem Kerl geschadet, mit zwei Frauen zusammenzuwohnen. Ganz im Gegenteil.«

»Hmm«, machte Ryan nur.

»Wir sollten auf jeden Fall Regeln für Übernachtungsgäste aufstellen.«

»Die da wären?«

»Klamotten!«

»Okay. Das gilt auch für eure Besucher. Natürlich nur die männlichen. Die Frauen dürfen gerne nackt herumlaufen.«

Ich zog eine Augenbraue hoch. »Deine Frauen benutzen nicht unsere Kosmetika und Pflegeprodukte. Ich hab keine Lust auf Herpes oder so was.«

Ryan grinste schief. »Okay, keinen Herpes.«

»Und du räumst den Dreck deiner Gäste auf.«

»Was ist mit Partys?«

»Nur an Wochenenden und wenigstens eine Woche Voranmeldung. Und keiner betritt unsere Zimmer. Ich will nicht, dass jemand in meinem Bett Sex hat.«

»Gilt das auch für dich? Kein Sex in deinem Bett?« Ryans Augen blitzten auf und ich hatte das Gefühl, sein Blick verbrannte mich. Um seine Mundwinkel herum zuckte es.

»Das geht dich nichts an.«

»Bist du laut, wenn du kommst?«

Ein Vulkan schoss in mein Gesicht. »Das geht dich auch nichts an.«

»Doch, ich muss das wissen. Mein Zimmer liegt direkt neben deinem und ich will nicht durch einen Schrei geweckt werden und dann renne ich panisch in dein Zimmer, um dich zu retten, und platze da in etwas herein.

»Keine Angst, du musst mich nicht retten.«

Ryans Augen verengten sich und er musterte mich. »Wer weiß? Gibt es sonst noch etwas zu klären?«

»Nein, wenn du aufhörst, die Wohnung in einen Stall zu verwandeln, dann sind wir fertig.« Ich stand auf und ließ Ryan im Wohnzimmer zurück. Als ich in mein Zimmer kam, atmete ich erleichtert aus. Seine Gegenwart verursachte ein Kribbeln wie von Ameisen unter jedem Zentimeter meiner Haut. Mein Magen verknotete sich, wenn er mich ansah und seine Stimme wie Seide über mich strich. Ich wohnte mit dem heißesten Typen Edinburghs in einer Wohnung und das war eine Katastrophe. Denn wenn wir das irgendwie hinbekommen wollten, dann durfte ich auf keinen Fall zulassen, dass zwischen uns etwas lief. Wir mussten für eine ganze Weile miteinander klarkommen und das funktionierte nur, wenn unsere Beziehung das Freundschaftliche nicht überschritt. Und sowieso, Ryan war nicht die Art Mann, auf die ich mich jemals einlassen würde. Ryan war gut aussehend, selbstbewusst, heiß und gefährlich. Dieses Badboy-Ding tropfte ihm aus jeder Pore.

Und Draufgänger mit einem übersteigerten Ego, das hatte ich längst hinter mich gelassen. Solche Kerle waren viel zu sehr auf sich selbst konzentriert. Und Ryan sorgte für noch etwas, er lenkte mich ab. Und ich wollte nicht von meinen Schuldgefühlen abgelenkt werden. Ich wollte nicht weniger an meinen Vater denken, denn wenn ich das zuließ, ließ ich zu, dass er aus meinem Leben verschwand. Das durfte nicht passieren.

Mein Handy vibrierte.

Du hast vergessen, deine Tasse zu spülen.

Ich stöhnte auf.

Ryan

Mit zittrigen Händen fuhr ich mir über mein Gesicht. Nicht die Sonne trieb mir den Schweiß aus jeder Pore meines Körpers, sondern mein Bruder Josh, der auf der dreckigen Matratze in seinem Zimmer lag, mehr tot als lebendig. Speichel, Erbrochenes und Schaum quollen aus seinem Mund und ich konnte nicht genau sagen, ob er noch atmete. Ohne auf die Pfütze auf dem Boden zu achten, ließ ich mich neben ihm auf die Knie fallen und tastete nach seinem Puls.

»Warum hast du den Krankenwagen nicht gerufen?«, keifte ich Tim an, der mich mitten aus einer Vorlesung geholt hatte – mit einer SMS in der nichts weiter stand als: »Ich glaub, er stirbt.« Mich wunderte, dass Tim überhaupt dazu in der Lage gewesen war, diese Nachricht zu schicken. Auch er wirkte weggetreten, fahrig und wenig fokussiert.

Verdammt, ich hasste es, dass Josh sich das antat! Nicht nur die Drogen und der Alkohol, auch dass er nicht in dem Betreuten Wohnen geblieben war, in dem ich ihm einen Platz besorgt hatte, nachdem er aus dem Gefängnis entlassen worden war. Und es sah in den ersten paar Wochen wirklich gut aus. Josh war clean gewesen durch den Zwangsentzug in der Haft. Er hatte sogar regelmäßig an Therapiesitzungen teilgenommen in der Anstalt. Ich hatte überlegt, die alte Donald darum zu bitten, Josh das dritte Schlafzimmer zu geben. Und dann, genau drei Wochen nach seiner Entlassung, hatte er sich den ersten Schuss gesetzt. Und ich hatte es nicht kommen sehen, weil Josh immer wieder beteuerte, dass es ihm gut ging. Das hatte ich Mrs Donald natürlich nicht antun können. Eine alte, gebrechliche, pflegebedürftige Dame und ein Drogenabhängiger in einer Wohnung. Das wäre zu viel für die alte Dame gewesen.

Josh röchelte und ich fluchte. Sein Puls war schwach, seine Haut grau. Solange ich Josh nicht von seinen »Freunden« fernhalten konnte, konnte ich ihn auch nicht von Heroin fernhalten. Deswegen war ich so erleichtert gewesen, als Mrs Donald mir die Wohnung vererbt hatte. Ich hätte mich um Josh kümmern, ihm beim Entzug helfen können und das alles in unseren eigenen vier Wänden. Bestimmt hätte ihm der Halt, den ich ihm geben konnte, geholfen. Als ich diese Pläne geschmiedet hatte, wusste ich noch nichts von der zweiten Erbin. Und als ich Lucy dann in der Wohnung gesehen hatte, hatte ich begriffen, dass aus meinen Plänen nichts werden würde. Wie hätte ich Lucy das auch antun können? Wie hätte ich sie dazu zwingen sollen, mit dem Mann unter einem Dach zu leben, der ihre Mutter zum Pflegefall gemacht und ihren Vater getötet hatte? Ich zog mein Handy aus der Tasche. Bisher hatte mich die Panik immer fast handlungsunfähig gemacht, aber diesmal empfand ich kaum Mitleid mit Josh. Diesmal war ich wütend auf ihn und ich konnte noch nicht genau sagen wieso. Ich wusste nur, es hatte mit Lucy und dem, was ich fühlte, wenn ich nur an sie dachte, zu tun.

Der Krankenwagen kam nur wenige Minuten nach meinem Anruf und ich war erleichtert, den Sanitätern die Verantwortung für Josh überlassen zu können. Ich verließ die Wohnung, ohne mich weiter in Joshs Zimmer umzusehen. Ich hatte genug Spritzen und Blut für unser beider Leben gesehen, und das kam von einem Medizinstudenten. Ich wollte nur noch nach Hause und die stinkenden Klamotten von meinem Körper reißen. Überall an mir klebte Erbrochenes. Als ich die Wohnung betrat, war ich im ersten Moment erleichtert, allein zu sein. Doch dann fiel mein Blick auf Lucys Zimmertür und die Wut, die ich eben noch für Josh empfunden hatte, empfand ich jetzt für sie, weil ein Teil von mir ihr die Schuld gab an dem, was eben mit Josh passiert war. Wenn sie nicht gewesen wäre, hätte ich Josh zu mir holen können. Er wollte in keine Entzugsklinik mehr, weil er sich nicht mehr als Gefangener fühlen wollte. Aber hier bei mir hätte er vielleicht eine Chance gehabt.

Doch die Wut riss auf und wurde von Schuld verdrängt, denn Lucy konnte am allerwenigsten etwas für Joshs Situation. Nur er konnte etwas dafür. Lucy war eines seiner Opfer. Sie zu hassen war falsch. Ich lachte in mich hinein, während ich aus meiner Jeans stieg und die Dusche aufdrehte. Als ob ich sie hassen könnte. An dem Morgen, als sie in mein Zimmer gestürmt kam, hatte ich mich nur mit Mühe davon abhalten können, aus meinem Bett zu springen und sie an mich zu zerren, um ihr zu zeigen, was ich mit dem Körper, den sie mit ihren Augen verschlungen hatte, alles tun konnte. Ich hatte die Lider nur einen Spaltbreit geöffnet und sie dabei beobachtet, wie sie mich musterte. Und die Nervosität und Erregung, die sich dabei in ihrem Gesicht gespiegelt hatten, hatten Flammen durch meine Adern gejagt. Nein, ich konnte ihr weder die Schuld an Joshs Situation geben, noch konnte ich sie hassen. Dafür war ich viel zu fasziniert von ihr. Ein Blick in ihre trotzigen Augen und ich wünschte, ich könnte sie in meine Arme reißen, um sie zu trösten, und ihr jeden Schmerz, den sie empfand, von den vollen Lippen zu küssen. Dieser Ausdruck in ihren Augen machte mich wahnsinnig. Und ihr Körper war eine ewige Versuchung, der ich kaum widerstehen konnte. Sie machte etwas mit mir. Was ich für sie empfand, war längst kein Mitleid mehr, es war Verlangen.

Ich stellte mich unter den Duschstrahl und wusch Joshs Gestank von mir und damit auch ein Stück weit ihn. Zumindest würde ich heute Nacht ruhig schlafen können, denn ich wusste, dass Josh für die nächsten Stunden sicher in der Klinik verwahrt war. Und danach würde ich wieder jeden Tag mit der Angst vor der nächsten Überdosis leben müssen. Manchmal hatte ich das Gefühl, dass es Josh darauf anlegte. Als wolle er, dass der nächste Schuss ihn für immer fortbringen würde. Vor dem Unfall war es nur der Trip, der Spaß, den er in den Drogen gesucht hatte. Aber seit er wieder zurück war, war es anders. Da war etwas Dunkles und Ruheloses in Josh.

8. Kapitel

Lucy

Im Wohnzimmer lief der Fernseher, als ich nach Hause kam. Und irgendjemand - ich wette, es war Ryan - hatte die Möbel wieder an ihre ursprünglichen Plätze zurückgestellt. Die Wand, an der Anne und ich die eine Bahn Vliestapete mit Blumen angebracht hatten, zierte jetzt ein hässlicher alter Wandbehang mit einer Jagdszene, der die dunkelroten Blumen zum Großteil bedeckte. Wo hatte er nur diese Scheußlichkeit gefunden? Ich war nicht einmal wütend auf ihn, sondern lächelte vor mich hin. Und dass ich nicht wütend war, machte mich wiederum sauer auf mich selbst, denn ich wollte Ryan nicht verzeihen. Ich wollte ihm noch immer seine kleinen Zoffereien übel nehmen. Immerhin wollte er mich hier nicht haben. Ich sollte also beleidigt sein und nicht dumm vor mich hingrinsen, wenn ich an ihn dachte. Und schon gar nicht wollte ich wegen ihm dieses Flattern im Magen spüren.

Ich ging murrend und von mir selbst enttäuscht in die Küche und öffnete den Kühlschrank, um mir etwas zu essen zu machen, denn heute war ich noch nicht zum Essen gekommen und es war jetzt schon fast neun Uhr am Abend. Ich war nur froh, dass Ben mich heute hatte früher gehen lassen, denn ich war hungrig, erschöpft und müde, und noch immer nagte das Gespräch mit Ella an mir. Meine Furcht, ich würde das Zimmer betreten und Ellas Zimmerseite wäre leergeräumt, wuchs von Tag zu Tag. Gleichzeitig versuchte ich, mich auf genau diesen Tag vorzubereiten. Ella hatte mir sogar das Versprechen abgenommen, sie nicht im Hospiz zu besuchen. Niemand durfte das, nur ihre Eltern. Auch wenn ich enttäuscht über dieses Verbot war, war ich gleichzeitig erleichtert gewesen, denn so musste ich sie nicht in einem noch schlechteren Zustand als jetzt sehen. Vielleicht war es sogar gut, dass wir uns nie wirklich verabschiedeten, sondern immer so taten, als würden wir uns garantiert am nächsten Tag und auch die nächsten Monate noch wiedersehen. So konnte ich so tun, als wäre sie einfach nur wieder gesund geworden und nach Hause gegangen. Die Angst vor ihrem Tod konnte mir das aber nicht nehmen. Ich wollte nicht wieder jemanden verlieren, den ich liebte.

Seufzend stellte ich fest, dass der Kühlschrank leer war und auch sonst nirgends etwas Essbares außer Frühstücksflocken vorhanden war. Aber woher sollte das Essen auch kommen, wenn weder Anne noch ich einkaufen waren. Gleich für morgen würde ich also auch noch Einkaufen auf meine To-do-Liste setzen müssen.

Erschöpft ließ ich mich auf das Sofa fallen und überlegte nur eine Sekunde lang, den Fernseher auszuschalten, ließ ihn dann aber laufen, weil die Fernbedienung auf dem Fernseher lag und mir der Weg bis dorthin zu weit war. Wer bitte legte eine Fernbedienung auf den Fernseher? Ich schloss die

Augen und musste eingeschlummert sein, denn ich bekam nicht mit, dass jemand gekommen war. Erst als ein Räuspern mich weckte, schreckte ich auf und starrte in Ryans grinsendes Gesicht, der vor mir stand, eine Schachtel in der Hand.

»Lust auf Pizza?«

Ich richtete mich verwirrt auf und strich mir schläfrig über die Wangen.

»Ich hatte überlegt, dich einfach schlafen zu lassen, aber dann hatte ich Angst, du sabberst das ganze Kissen voll«, sagte Ryan und legte die Pizzaschachtel auf dem niedrigen Wohnzimmertisch ab.

»Ich habe nicht gesabbert«, entrüstete ich mich zornig.

»Mach dir nichts draus, ich habe heute schon Schlimmeres als Sabber gesehen.« Ryan ging in die Küche und kam mit zwei Tellern wieder. »Du brauchst doch kein Besteck, oder?«

»Seit wann isst man Pizza mit Besteck?« Ich griff nach dem Teller, den Ryan mir hinhielt, und mein Magen knurrte so laut, dass ich rot anlief.

»Da hat aber jemand Hunger.«

»Hättest du auch, wenn du heute noch nichts gegessen hättest.«

Ryan ließ sich neben mich auf das Sofa fallen und legte mir ein Stück von der Salamipizza auf den Teller. »Ich hoffe, du bist keine Vegetarierin?«

»Bist du verrückt? Ohne Fleisch würde ich verhungern!«

Ryan sah mich lachend an. »Vielleicht könnte ich dich ja doch ein bisschen mögen.« Er stöhnte, hievte sich wieder hoch und holte die Fernbedienung.

»Ja«, sagte ich. »Ich habe mich auch schon gefragt, warum die Fernbedienung auf dem Fernseher liegt.«

»Damit sich niemand drauf setzt, wenn sie auf dem Sofa liegt.« Ryan kam zurück und zwinkerte mir zu. Ich verschluckte mich an meinem Speichel. Dieses Zwinkern war so sexy, dass sich ein warmes Gefühl in meinem Unterleib ausbreitete. Irritiert schaute ich auf meinen Teller und nahm mein Stück Pizza. Ich biss ein großes Stück ab und seufzte, als die Tomatensoße, die Kräuter und die Salami auf meiner Zunge explodierten.

Nachdem ich geschluckt hatte, hakte ich nach. »Ist dir wohl schon passiert?«

»Tyler«, sagte Ryan knapp.

»Wie kommt es, dass du heute so nett bist?«

»Lass mich überlegen.« Er musterte mich, dabei ließ er seinen Blick enervierend langsam über meinen Körper streichen. Die Art, wie er das tat, und der Ausdruck in seinem Gesicht, gaben mir das Gefühl, dass nicht nur seine Augen über meinen Körper glitten, sondern auch seine Hände. Mein Magen verkrampfte sich nervös. »Es liegt eindeutig an diesen engen Hosen. Kein Mann auf diesem Planeten, der nicht vom anderen Ufer ist, würde dich in diesen Hosen schlecht behandeln. Nett zu sein, ist unsere Art zu zeigen, dass wir eine Frau heiß finden.«

Der Krampf in meinem Magen löste sich zu einem Flattern auf und ich zwang mich, meine brennenden Wangen zu ignorieren, damit Ryan nichts von der Unsicherheit, die er in mir auslöste, spüren würde.

»Dann muss ich also nur diese Hose tragen und du vergisst deinen Hass auf mich?«

»Welchen Hass?« Er grinste und ich wollte am liebsten mit meinen Fingern über diese süßen Wangengrübchen streichen.

»Den, der dich sagen ließ, dass es besser wäre, wenn ich nicht hier wohnen würde.«

»Das war nur so daher gesagt.«

Ich kniff die Augen zusammen. »Das glaube ich dir nicht. Du bist einer von den Typen, die Frauen nur auf ihr Aussehen reduzieren und alles tun würden, um in ihre Höschen zu kommen. In deinem Fall löscht der Sexualtrieb also deine negativen Gefühle aus, die du für eine Frau hast.«

»Ich habe nicht gesagt, dass ich dich so heiß finde, dass ich mit dir schlafen will.«

»Nein, hast du nicht, aber was du über meine Hose gesagt hast, impliziert doch, dass sie dein sexuelles Verlangen schürt, oder nicht?«

»Wenn ich sage Ja, wohin führt uns beide das?« In Ryans Augen blitzte der Schalk, deswegen verstand ich, dass er mich das nicht fragte, weil er wirklich mit mir ins Bett wollte, und diese Frage nur ein weiterer Versuch war, an mein Höschen zu kommen.

»Nicht aus unseren Klamotten.«

Er lachte. »Zumindest hast du Humor. Also, was wollen wir anschauen?« Er zappte durch die Kanäle und ich hoffte, er würde nicht bei irgendeinem Krimi oder Actionstreifen hängenbleiben. Tatsächlich blieb er bei einer Serie mit Gladiatoren und viel Blut hängen. »Was denkst du?«

Ich starrte auf den Monitor. Eigentlich interessierte ich mich kein bisschen für solche Filme, aber ich wollte Ryan ärgern, also starrte ich noch etwas genauer hin und stöhnte glücklich auf. »Definitiv ja! Ich meine, schau dir mal diese Kerle an! Muskeln über Muskeln, braungebrannte Haut verschmiert mit Dreck und Blut. Und diese kurzen Lederröcke. Das waren noch Männer!«

Ryan zog die Augenbrauen hoch. »Du stehst auf solche Kerle? Die können sich doch gar nicht richtig bewegen.«

»Zeig mir mal bitte eine Frau, die nicht auf solche Kerle steht«, entrüstete ich mich gespielt. Ich musste Ryan ja nicht verraten, dass er viel mehr mein Typ war: sportlich durchtrainiert, aber nicht übertrieben muskulös.

Einer der Helden zog eine kurvige dunkelhaarige Schönheit an seinen Körper, die ihm sein Lederröckchen von der Taille schälte und einen sehr runden und sehr knackigen Po entblößte. »Was für ein Hintern!«, murmelte ich mit vollem Mund.

»Eigentlich hatte ich vor, dich mit einem blutigen Streifen zu ärgern, aber du reagierst ganz anders, als ich erwartet habe.«

»Ist das ein Wunder? Keine Frau der Welt würde so einen von ihrer Bettkante stoßen.«

Stoßen, genau das tat unser Held im Fernsehen auch gerade. Er hatte die kurvige Schönheit bäuchlings über einen Tisch gelegt und drang mit kräftigen Stößen von hinten in sie ein. Es war mir schon etwas unangenehm, genau so eine Szene anzusehen, während Ryan neben mir saß und mich genau musterte, aber ich versuchte, mir nichts anmerken zu lassen. Trotzdem kribbelte jeder Zentimeter meiner Haut nervös und ich konnte nicht verhindern, mir vorzustellen, wie es sich anfühlen würde, von Ryan so genommen zu werden.

»Ich denke, du bist gar nicht so übel, wie ich dachte«, meinte Ryan, »obwohl wir dringend an deinem Männergeschmack arbeiten sollten.«

»Wieso? Ich finde meinen Männergeschmack völlig okay.«

»Ja, vielleicht ist er das. Aber im echten Leben gibt es solche Typen nicht.«

»Im echten Leben gibt es auch keine Playmates und ihr Kerle glaubt trotzdem noch immer, dass euch irgendwann eine von diesen faltenlosen, halb ausgehungerten, makellos perfekten Frauen über den Weg laufen wird. Aber Überraschung: alles nur Fotoshop.«

»Hast du ein Problem mit deinem Körper?«, wollte Ryan wissen und setzte sich so, dass er mich direkt ansehen konnte.

Ich schluckte. »Nein, habe ich nicht.«

Ryan kniff die Augen zusammen. »Ich denke schon.«

Mir wurde heiß. »Ach, was weißt du denn schon?«

»Nicht so viel wie du, immerhin habe ich dich noch nicht nackt gesehen.«

»Für das Protokoll: Ich habe dich nicht nackt gesehen.« Um zu untermalen, was ich meinte, schielte ich auf seinen Hosenstall. Ryan lachte.

Er beugte sich näher zu mir und seine Finger strichen über die nackte Haut meines Oberarms. In seinen Augen funkelte es und sein Blick ging mir durch und durch. Ein warmes Gefühl breitete sich in meinem Magen aus und das lag nicht an der Pizza. »Für das Protokoll: Ich finde, du siehst sehr sexy aus«, raunte er in mein Ohr. Hitze schoss in mein Gesicht.

Ryan lehnte sich wieder zurück. Nur der würzige Duft seines Aftershaves blieb bei mir. Erst meinte er, ich wäre heiß, und jetzt war ich auch noch sexy. Entweder wusste Ryan gut mit Frauen umzugehen, oder er wusste, gut mit mir umzugehen. Am Ende hatte er nur den Plan gefasst: wenn die harte Tour nicht funktionierte, dann eben die verführerische. Das würde ich wohl bald herausfinden.

»Ich dachte, du magst mich nicht und willst mich nicht hier haben«, platzte ich zornig über meine Reaktion auf ihn heraus.

»Vielleicht habe ich meine Meinung geändert.« Ryan stand auf und kam mit zwei Gläsern und einer Flasche Whisky zurück. »Wir haben noch nicht auf euren Einzug angestoßen.« Er setzte sich wieder neben mich und schenkte uns ein. Ich nahm ihm eins der Gläser aus der Hand und wollte mit ihm anstoßen, als er sein Glas zurückzog. »So einfach mache ich es dir nicht. Lass uns Brüderschaft trinken.«

»Aber ...«, setzte ich an, denn das bedeutete, dass wir uns küssen würden. Und ich wusste nicht, wie ich damit umgehen sollte, wenn Ryans Lippen meine berührten. Ryan winkte nur ab.

»Kein Aber.« Er sah mir direkt in die Augen und mir wurde heiß und kalt bei dem Blick. Etwas lag darin, das ich nicht deuten konnte, das aber meinen

Puls beschleunigte. Da ich nicht wollte, dass er bemerkte, dass ich so nervös war wegen des Kusses und nicht wegen des Rituals selbst, nickte ich einverstanden.

Wir verschränkten unsere Arme und kamen uns dabei sehr nahe. Ich nippte nur an meinem Glas, während Ryan einen großen Schluck nahm. Er sah mich strafend an, also nahm ich noch einen Schluck und der Whisky brannte sich einen Weg meine Speiseröhre hinunter. Statt uns gleich zu küssen, entknotete Ryan uns. Dann legte er eine Hand in meinen Nacken und zog mein Gesicht auf seines zu. Bevor er seine Lippen auf meine legte, zögerte er und tauchte mit seinen Augen in meine. Ich hielt den Atem an. Sein Kuss war flüchtig, nur ein hauchzartes Streichen seiner Lippen über meine, trotzdem schossen Blitze durch meinen ganzen Körper und ich kämpfte gegen das Zittern an, das sich in meinem Körper ausbreiten wollte. Ryan ließ mich los und wandte sich von mir ab. Mit gerunzelter Stirn griff er nach der Fernbedienung und schaltete auf ein Fußballspiel.

»Keine Umräumaktionen mehr«, sagte er.

Ich lehnte mich verwirrt zurück und versuchte, die plötzlich unangenehme Stimmung zwischen uns zu ignorieren. »Warum wolltest du mich nicht hier haben?«

Nachdenklich sah Ryan mich wieder an und musterte mein Gesicht, als suche er nach etwas. Aber er würde die Antwort nicht bei mir finden, denn die kannte nur er.

»Ein Grund war, dass ich es nicht richtig fand, dass Elisabeth dir die Wohnung vererbt hat, wenn auch nur zum Teil.«

Ich sah ihn unsicher und auch etwas peinlich berührt an. »Du meinst, weil ich sie nicht einmal kannte?«

»Nein«, sagte Ryan entschlossen und seine Stimme nahm einen harten Tonfall an. »Weil sie bis zum Schluss sehr krank und auf Hilfe angewiesen war. Und keiner, wirklich keiner, aus ihrer Familie hielt es für nötig, sie zu besuchen. Ich war der einzige Mensch, der für sie da war und ich war nicht einmal mit ihr verwandt. Ich war nur ihr Untermieter und dann auch ihr Krankenpfleger.«

Schuldbewusst sah ich auf meine Hände, die in meinem Schoß lagen. Auch, wenn Ryan nicht richtig lag mit seiner Behauptung, wir hätten sie im Stich gelassen, ich verstand ihn. Besonders da meine Mutter auch nur noch mich hatte. Ich wollte diese Einsamkeit, die Elisabeth Donald erlebt haben musste, nicht für meine Mutter. Davor fürchtete ich mich, weswegen ich versuchte, sie so gut wie jeden Tag zu besuchen. Menschen, die so einsam waren, sind vergessen worden. Die Vorstellung, dass man meine Mutter vergaß, ließ mich schaudern. Dann wäre es tatsächlich so, als wäre auch sie gestorben.

»Ich verstehe, was du sagst. Aber du denkst falsch von mir. Ich wäre nie so kaltherzig, jemanden, der mir wichtig ist, so zu behandeln.«

»Warum hast du es dann getan?«

Ich schluckte schwer. »Weil ich bis vor wenigen Tagen nicht einmal wusste, dass es sie gab. Mein

Vater hat sie nie erwähnt. Und ich kann dir auch nicht sagen warum, weil er es mir nicht mehr sagen kann. Ich weiß nur, solange ich zurückdenken kann, hatten wir nie Kontakt zur Familie meines Vaters.« Tränen schwammen in meinen Augen, weil es mir schwerfiel, mit Ryan darüber zu sprechen, und weil ich mich von ihm ungerecht behandelt fühlte. Er hielt mich für eine Person, die ich nicht war.

Ryan sah mich an und forschte in meinem Gesicht nach einer Lüge, die er nicht fand. »Tut mir leid«, sagte er und nahm meine Hand. Ich wollte sie ihm entreißen, aber er ließ es nicht zu. »Ich bin ein Blödmann.«

Ich lachte und schniefte die Tränen weg. »Ich weiß.«

»Okay, unterhalten wir uns über wichtigere Dinge. Da wir nun mal alle zusammen hier wohnen, sollten wir bestimmte Dinge voneinander wissen. Was magst du? Was hasst du?«

»Du zuerst.«

»Ich mag Rockmusik, die gute alte. Nicht den Mist von heute. Ich hasse Drogen und alles, was damit zu tun hat. Und ich habe eine Exfreundin, die mein Fehler von letztens war.«

»Drogen? Warum gerade Drogen?«

Ryan zögerte und atmete tief ein. »Mein Bruder ist abhängig. Jetzt du.«

»Ich mag diese Stadt mit all ihren verschiedenen Facetten. Ich hasse Justin Bieber. Und ich habe einen Exfreund, der ein totales Arschloch ist.«

»Ich dachte, du bist im Justin-Bieber-Fanklub?«

»Das ist ewig her. Wir wollten dich nur ärgern«, gestand ich und verfluchte das sexy Grübchen, das auf Ryans Wange entstand, als er seinen rechten Mundwinkel hochzog. Ich hatte den plötzlichen Drang, es zu küssen, stattdessen wandte ich schnell den Blick ab.

»Und der Ex?«

Was sollte ich ihm sagen? Konnte ich es ihm sagen? Vielleicht würde er mich genauso wenig verstehen wie mein blöder Ex? Aber warum sollte mich das interessieren? Ryan war mein Mitbewohner und so gut er auch aussah, und so sehr ich mich auch danach sehnte, mich an ihn zu schmiegen und diese schlanken Finger auf meiner nackten Haut zu spüren, das würde nie passieren. An Typen wie Ryan verbrannte man sich die Finger. Nein, an ihm würde ich mir nicht nur die Finger verbrennen, an ihm würde alles an mir verbrennen. Und für unser gemeinsames Leben in einer Wohnung wäre das nicht angenehm. Also konnte die Wahrheit nicht schaden. Ich musste nichts vor ihm verbergen, nur weil ich Angst hatte, die Wahrheit könnte ihn vergraulen. Ryan war kein Jagdgebiet.

»Mein Ex kam nicht damit klar, dass ich mich jeden Tag um meine schwer pflegebedürftige Mutter kümmere, die seit einem Autounfall im Wachkoma liegt.«

Ryans Augen verengten sich und er wirkte auf einmal zornig. »Arschloch! Sei froh, dass du den los bist.«

Ich lachte leise. »Danke. Und ja, bin ich.«

Ryan wurde ruhig und sah in den Fernseher. Etwas arbeitete in ihm. Vielleicht hatte ich ihn doch falsch eingeschätzt. Das musste ich, immerhin hatte er sich auch um meine Großtante gekümmert. Eine Frau, die er wahrscheinlich nicht einmal besonders gut gekannt hatte, die ihm aber so dankbar gewesen war, dass sie ihm die Hälfte einer Wohnung hinterlassen hatte. Ich sah auf die Uhr und erschrak: Es war fast Mitternacht und ich hatte morgen einen Test vor mir.

»Das war ein netter Abend, Ryan. Danke dafür.« Ich stand auf und verließ das Wohnzimmer.

»Warte!« Ryan war mir gefolgt und blieb mit mir an meiner Zimmertür stehen. »Ich will mich an die Tradition halten.«

»Welche Tradition?« Ich sah ihn verwirrt an, als er mich angrinste.

»Ich bringe dich bis nach Hause, damit dir unterwegs nichts passiert.«

»Was? Aber ich bin zuhause. Und was sollte mir auf dem Weg vom Wohnzimmer in mein Zimmer schon passieren?«

Ryan sah sich um und sog dabei sein Piercing in den Mund. »Du könntest zum Beispiel über Annes High Heels stürzen.« Er zeigte auf ein silbernes Paar Schuhe, das im Korridor an einer der Wände stand.

»Dazu müsste ich schon ziemlich betrunken sein, um da drüberzustürzen. Außerdem ist das hier kein Date oder so was.«

»Oder so was«, sagte er und kam näher. Ich wich gegen meine Zimmertür zurück. »Ich sehe es als ›Oder so was‹.« Sein Körper war meinem so nahe, dass ich seine Wärme spüren konnte und Ryan entging nicht das Zittern, das mich durchfuhr.

»Was bedeutet das ›Oder so was‹ dann für dich?«, flüsterte ich atemlos. Ryan legte eine Hand auf das Holz hinter meinem Kopf und sah mit hypnotisierendem Blick in meine Augen. Mein Herz sprang kräftig gegen meine Brust und in meinem Hals fühlte sich mein Puls wie das wilde Schlagen von Flügeln an.

»Der Tradition zufolge muss ich dich zum Abschied küssen«, sagte Ryan und sein Atem strich heiß über meine Wangen. Er schlang seine freie Hand in meinen Nacken und zog mich gegen seine Brust. Flammen brannten in seinen Augen und sprangen auf meinen Körper über und ich sog stockend Luft in meine Lungen. Noch immer zögerte Ryan, den Blick auf mein Gesicht gerichtet. Die Sekunden dehnten sich zur Unendlichkeit und ich konnte nur daran denken, dass er mich küssen wollte, und dass er es doch verdammt noch mal endlich tun sollte.

Dann presste er seine Lippen auf meine. Nicht zärtlich, nicht zögernd, sondern gierig. Er saugte an meiner Unterlippe und sein Piercing rieb über meinen erhitzten Mundwinkel. Seufzend lehnte ich mich gegen ihn und schlang ihm meine Arme um den Hals. Begierig kostete ich seinen Geschmack und saugte das rauchig süße Aroma des Whiskys von seinen Lippen. Seine Zunge bahnte sich ihren Weg in meine Mundhöhle und focht mit meiner einen erotischen Kampf, der ein verlangendes Ziehen zwischen meine Schenkel schickte. Ich wollte in ihm ertrinken. Doch bevor ich überhaupt richtig in diesem brennenden Kuss aufgehen konnte, löste sich Ryan schon von mir, öffnete meine Tür und schob mich mit kalt glitzernden Augen in mein Zimmer.

Wie vom Blitz getroffen stand ich in der Dunkelheit. Was bitte war das gewesen? In einem Moment küsste er mich, als würde die Welt gleich untergehen und im nächsten verfrachtete er mich ohne Umstände wie ein unartiges Kind in mein Zimmer? Ich wollte wütend auf ihn sein, aber ich konnte es nicht. Das Kribbeln auf meinen Lippen hielt mich davon ab, denn es fühlte sich viel zu gut an, um etwas anderes als Überwältigung und Sehnsucht nach mehr zu empfinden. Ich schob diesen etwas merkwürdigen Abtritt einfach auf Ryans Art. Vielleicht war er ein Mann, der die Dinge in die Hand nahm. Eigentlich konnte das ja auch ganz sexy sein. Ein Mann, der die Kontrolle übernahm.

9. Kapitel

Als ich am Morgen aufwachte, war ich noch immer wütend auf mich. Ich musste mich nicht fragen, wie das passieren konnte. Ich wusste es. Den ganzen Abend hatte ich mich gefragt, wie es wäre, Lucy zu küssen. Zuerst waren es nur ihre trotzigen, verletzten Augen gewesen, die mich anzogen wie zwei flackernde Sterne. Jetzt war es auch sie; ihr Körper, die kleinen Brüste, die ihr so unangenehm waren, mich aber neugierig machten, und diese wundervollen, schlanken Beine, die sie seit dem ersten Tag nicht mehr in kurzen Hosen gezeigt hatte, obwohl man diese Beine zeigen sollte. Lucy schürte ein Verlangen in mir, das ich noch nie empfunden hatte. Nicht so intensiv. Ich musste nur in dieses zarte Gesicht schauen und ich vergaß all meine Vorsätze. Dabei war es so wichtig, mich von ihr fernzuhalten. Dieses Mädchen hatte genug Verletzungen erfahren. Sie hatte einen Mann verdient, der ehrlich mit ihr war. Und ehrlich würde ich nie mit ihr sein können.

Dieser Kuss hatte mich verbrannt. Es hatte mich erregt, ihre weichen, süßen Lippen auf meinen zu spüren. Und sie hatte es genauso genossen wie ich, das machte die Sache nicht leichter. Schon allein die Erinnerung an die Hitze ihres Körpers an meinem erregte mich. Ließ all mein Blut heiß durch meine

Adern pulsieren. Sie roch so gut: nach einem Regentag im Frühling und dem Duft ihres Fruchtshampoos, das im Bad stand und an dem ich in der letzten Nacht gerochen hatte, als ich vor brennender Sehnsucht nach ihr nicht hatte einschlafen können. Ich wollte sie so sehr, aber ich durfte sie nicht haben. Das wäre uns beiden gegenüber nicht fair. Als mich das Verlangen nach ihr zu überschwemmen drohte, blieb mir nur, sie unsanft in ihr Zimmer zu schieben, um mich selbst davon abzuhalten, mehr zu wollen. Ich musste sie aus meinem Kopf kriegen. Nur wie sollte das gehen? Wir lebten hier zusammen. Von jetzt an bis in alle Zeiten würde ich sie jeden Tag zu Gesicht bekommen. Und jeden Tag würde ich mir wünschen, die Vergangenheit wäre nie passiert. Mein Bruder wäre nie passiert. Verdammt, ich wollte sie so sehr, dass es mich zerriss.

Mit dem festen Entschluss, wenn nicht ich mich von ihr fernhalten konnte, dann musste ich sie dazu bringen, stand ich auf. Ich musste mir eben noch mehr Mühe geben, sie in den Wahnsinn zu treiben. Ich warf mir ein Shirt über und stieg in meine ausgewaschene Jeans und warf grinsend einen Blick auf die Uhr: 6:22 Uhr. Ich nahm meine Drumsticks, setzte mich auf den Schemel und begann wie ein Irrer auf mein Schlagzeug einzuhämmern.

Lucy

Was zur Hölle dachte sich der Kerl? Ich saß in meinem Bett und presste meine Hand gegen das Hämmern in meiner Brust. Wütend schlug ich mit der Faust gegen die Wand, bis ein stechender Schmerz mich durchzuckte und mir klar wurde, dass Ryan das niemals hören würde. Ich schwang die Beine aus dem Bett und stapfte nur mit einem Shirt bekleidet, das gerade so meinen Hintern bedeckte, auf den Flur hinaus. Es war mir egal, dass ich nicht gerade viel anhatte, ich wollte Ryan nur den Hals umdrehen und mich dann wieder schlafen legen, denn ich hatte wegen ihm die halbe Nacht wachgelegen. Ich hatte ihn einfach nicht aus meinem Kopf bekommen. Noch Ewigkeiten nach diesem Kuss glühte meine Haut vor Verlangen und die süße Qual, die er zwischen meinen Schenkeln entfacht hatte, hatte sich nach Erfüllung gesehnt. Und jetzt riss mich dieser Kerl, der mich gestern einfach so abgeschoben hatte, nachdem er mich heißgemacht hatte, aus meinen Träumen.

Ich schlug mit der Faust gegen seine Tür und wartete. Ich wollte nicht wieder in sein Zimmer platzen, wenn er nichts anhatte. Schon die Erinnerung daran ließ mich rot anlaufen und gleichzeitig vor Verlangen zittern. Ryan reagierte nicht. Konnte er gar nicht, denn noch immer donnerte und schepperte es in seinem Zimmer, dass meine Ohren dröhnten. Ich begann mir Sorgen wegen der Nachbarn zu machen. Streit im Haus wäre mir gar nicht angenehm. Nach nochmaligem Klopfen riss ich die Tür auf und stellte mich genau vor Ryans Schlagzeug, die Arme vor der Brust verschränkt. Ryan sah auf und um seine Mundwinkel zuckte es. Dann musterte er mich, sein Blick glitt über mein Shirt und dann meine Beine hinunter. Er beugte sich sogar um das Schlagzeug herum, um einen besseren Blick zu haben. Ich räusperte mich und versuchte, die Hitze in meinem Gesicht zu ignorieren.

»Du hast nicht zufällig einen Blick auf die Uhr geworfen?«

Ryan sah zu mir auf. »Doch habe ich.«

»Dann ist dir bewusst, dass unsere Nachbarn wahrscheinlich noch schlafen?«

Er stand auf, legte seine Sticks auf dem Fensterbrett hinter ihm ab und kam mit stechendem Blick näher. Mein Herz begann zu flattern und überall auf meinem Körper kribbelte es, aber ich wich nicht zurück. Ich blieb stur stehen und sah ihn vorwurfsvoll an.

»Vielleicht solltest du wieder in dein Zimmer gehen und dir etwas anziehen. Ich kann mich sonst nicht auf das konzentrieren, was du sagst.« Seine Stimme klang belegt und gleichzeitig bedrohlich.

»Wenn du ein Problem damit hast, mich nur in einem Shirt zu sehen, dann solltest du nicht dafür sorgen, dass ich morgens aus dem Bett falle.«

»Ich habe ein Problem damit, dass du nur ein Shirt anhast. Und ich wohne hier, wenn mir also nach meinem Schlagzeug ist, dann ist mir danach.«

Ich funkelte ihn an. »Du bist ein Blödmann.«

»Ich weiß. Deswegen solltest du dich von mir fernhalten.«

»Keine Sorge, das habe ich vor.« Damit wandte ich mich um und ging wutentbrannt unter die Dusche. Schlafen würde ich, so aufgewühlt wie ich war, ohnehin nicht mehr können. Ich verstand es einfach nicht. Gestern war er freundlich und wirklich ertragbar gewesen und heute war er wieder dieser Ryan, der mich in den Wahnsinn trieb und in mir das Bedürfnis weckte, ihn erwürgen zu wollen. Nur um dann vom Anblick dieses Körpers gefangen genommen zu werden, gezwungen, mich mit dieser Sehnsucht herumzuschlagen, ihn lieber überall zu streicheln und zu schmecken, statt umzubringen. Ich brauchte dringend Ablenkung. Ich brauchte einen anderen Mann, auf den ich mich konzentrieren konnte. Vielleicht musste ich all dieses sexuelle Verlangen nur umlenken?

***

»Anne, lange nicht gesehen!«, sagte ich betont genervt, als meine Freundin und Mitbewohnerin am späten Nachmittag das Café betrat.

Sie wirkte nicht minder genervt und setzte sich auf ihren Stammplatz. »Erinnere mich daran, dass ich nie wieder eine von Mutters Dinnerpartys besuche.«

»Warum?«

»Sie hat doch wirklich versucht, mich an so einen verwöhnten Berufssohn zu vermitteln?«

Ich lachte. »Ja, aber dann hättet ihr doch gut zusammengepasst, immerhin bist du Berufstochter.«

»Sehr witzig.«

»So schlecht kann der Abend nicht gewesen sein, immerhin hast du mich mit Ryan alleingelassen. Ich betone: Ryan!«

»Ja, genau. Erzähl, wie lief es gestern Abend?«

Ich überlegte, ob ich einige Details - wie den Kuss - auslassen sollte, aber dann entschied ich mich für die ganze Wahrheit. Anne und ich hatten noch nie Geheimnisse voreinander gehabt. »Zuerst war er ganz nett. Wir haben Pizza gegessen und einen Film angeschaut und Brüderschaft getrunken.«

»Brüderschaft? So richtig mit Kuss?« Anne richtete sich auf und beugte sich interessiert über den Tresen. Auf ihr Gesicht trat ein verschmitztes Lächeln.

»Ja, schon. Aber nur flüchtig. Nichts Besonderes. Aber dann ist es komisch geworden.«

»Komisch? Inwieweit?« Anne nickte dankbar, als ich einen Latte macchiato vor sie hinstellte.

»Ich wollte ins Bett und er hat mich bis an meine Zimmertür begleitet. Erst dachte ich, er macht sich wieder lustig über mich, aber dann hat er mich geküsst. Und er kann küssen, sag ich dir. Mir ist ganz anders geworden. Und plötzlich stößt er mich einfach in mein Zimmer.«

»Was? Was bitte stimmt mit dem nicht? Aber trotzdem, ich glaub, ich schmelze dahin.«

»Das ist noch nicht alles. Heute morgen holt er mich und die halbe Nachbarschaft aus dem Bett, weil er auf sein Schlagzeug einschlägt wie ein Irrer. Und natürlich ist er wieder zum Blödmann mutiert.«

»Blödmann, du sagst es. Trotzdem: Er ist so was von Badboy, ich werd ganz feucht!«

»Wer wird feucht?« Stephan kam auf uns zu und in seinen Augen glänzte es, als er mich ansah.

»Lucy!«

Ich warf ein Geschirrtuch nach Anne. »Anne erzählt mir gerade, wie heiß sie unseren Mitbewohner findet.«

»Ich enthalte mich der Stimme, das kann Ben besser beurteilen. Bleibt es bei Freitag?«

»Was ist Freitag?«, wollte Anne wissen. »Haben wir was geplant?«

»Ja, Lucy und ich haben ein Date, während du Ryan in deine Welt der dunklen Künste und Schmerzen einführen kannst.«

Annes Kinnlade klappte herunter und sie sah mich ungläubig an. »Ein Date? Wie ist das denn passiert?«

Ich zuckte verlegen mit den Schultern. »Es ist eben passiert.«

»Oh, ich bin begeistert! Du hast wirklich vor, Mr Powerfull in Rente zu schicken?«

Meine Wangen brannten und ich sah lieber gar nicht erst in Stephans Gesicht. »Es ist nur ein Date!« Und der Versuch, meine Gedanken von Ryan und seinem knackigen Jeansarsch abzulenken und weiteren Konfrontationen mit ihm aus den Weg zu gehen. Denn ich hatte das Gefühl, dass nicht nur Anne auf böse Jungs stand. Je mehr Ryan sich wie ein Idiot aufführte, um so wärmer wurde mir zwischen den Schenkeln, wenn ich nur an ihn dachte. Ich sog zitternd Luft in meine Lungen. Warum nur glühte mein Innerstes beim bloßen Gedanken an ihn?

»Ist egal, ich bin schon froh, dass du es mal unter Leute schaffst. Apropos Leute, am Freitag ist auch diese Studentenparty, die einer von den älteren Semestern schmeißt. Ich wäre dir sehr verbunden, Stephan, wenn du Lucys Hintern dorthin schleifst, nachdem ihr wo auch immer wart und was auch immer getan habt.«

»Es wird mir ein Vergnügen sein. Ich hatte sowieso vor, auf diese Party zu gehen, bevor Lucy in das Date eingewilligt hat.«

Ich rümpfte die Nase. »Du weißt, ich hasse Partys. Davon hatte ich genug mit meinem Lieblingsblödmann von Ex.«

»Das ist mir egal. Schluss mit dem Mauerblümchen-Dasein.« Anne klatschte untermalend ihre Hand auf den Tresen. Ich rollte mit den Augen, denn ich wusste, dass Widerspruch gar nichts brachte, wenn Anne sich erst mal etwas in den Kopf gesetzt hatte. Ich sah frustriert zu Stephan auf, doch der strahlte nur zufrieden. Wenn ich nur etwas Lust auf dieses Date gehabt hatte, dann war diese mir jetzt gehörig vergangen. Aber ich wusste, dass Anne recht hatte, wenn sie sagte, ich musste auch mal etwas anderes sehen als nur den Campus, das Pflegeheim und das Café. Und ich konnte mich nicht ewig vor einer neuen Beziehung drücken. Und wenn überhaupt, war Stephan die beste Partie, die weit und breit in Sicht war: Er sah nicht gerade schlecht aus - natürlich keineswegs heiß, so wie

Ryan -, er war hilfsbereit und einfach ein guter Kerl. Ganz anders als eben erwähnter Ryan. Es könnte also nicht schaden, ihm eine Chance zu geben. Vielleicht brachte ja auch er es fertig, die Kolibris in meinem Bauch aufzuwecken.

10. Kapitel

Ich hatte die ganze Woche, um mich geistig auf das Date heute vorzubereiten. Aber eigentlich gab es da nichts vorzubereiten. Ich fühlte mich entspannt und kein bisschen aufgeregt oder nervös, wie man es eigentlich vor einem ersten Date erwarten würde. Und ich war nicht zu stur, um nicht den Grund für meine fehlende Nervosität zu erkennen: Ich hatte kein Interesse an Stephan. Zumindest nicht auf diese Art. Aber dazu waren Dates ja da. Sie sollten einander näherbringen, so dass vielleicht zarte Knospen von Verliebtheit sprießen konnten.

Da wir im Anschluss noch auf diese Party wollten, hatte ich mich in etwas Bequemes geworfen. Eine enge Röhrenjeans, eine schwarze Seidenbluse und ein paar Riemchensandalen mit nicht ganz so hohem Absatz sollten reichen. Dazu steckte ich meine lange Mähne in einzelnen lockeren Strähnen nach oben am Hinterkopf fest, so dass die Frisur eine Frisur war, die trotzdem wild und ungezähmt wirkte. Den Look mochte ich. Meine Mutter hatte ihre Haare früher auch so getragen. Ich lächelte, als mir mal wieder auffiel, wie ähnlich ich ihr geworden war.

Anne war heute auch auf einem Date. Nach einem sehr langen Telefongespräch und einem ersten Treffen gestern Abend hatte sie entschieden, dass der Berufssohn gar nicht so schlecht war. Nate hatte sie mit seinem Charme überzeugen können, was mich wunderte, denn so häufig und schnell sich Anne auch verliebte, sie blieb den Männern fern, die ihre Mutter für sie ins Auge gefasst hatte. Und Ryan hatte ich die ganze Woche nicht mehr gesehen. Ich hatte ihn nur gehört, wenn er irgendwann in der Nacht nach Hause kam. Entweder ging er mir aus dem Weg, oder er war schon immer ein Nachtmensch.

Ihn nicht zu sehen, hatte mir dabei geholfen, weniger an ihn zu denken. Trotzdem hatte ich mich immer wieder dabei ertappt, wie ich unseren Kuss im Kopf immer und immer wieder durchgespielt hatte. Manchmal waren wir weitergegangen. Manchmal hatte ich es einfach nur genossen, seine Lippen auf meinen zu spüren. Aber immer hatte mich die bloße Erinnerung innerlich zum Vibrieren gebracht. Ich stand so sehr unter Anspannung, dass ich bei jedem Geräusch in der Wohnung zusammengezuckt war und mich danach umgewandt hatte, in der Hoffnung, einen Blick auf Ryan werfen zu können. Nur der Verdacht, er könnte hinter mir stehen, hatte kleine Schauer über meinen Rücken gejagt und dieses sehnsuchtsvolle Ziehen in meinen Unterleib gezaubert, das ich dort nicht haben wollte. Nicht wegen Ryan.

Aber so sehr ich mich auch dagegen wehrte, auf diese Art für ihn zu empfinden, konnte ich ihn nicht aus jeder vor Verlangen pulsierenden Zelle meines Körpers verdrängen. Er war einfach immer da: in meinen Gedanken, in meinem Bewusstsein und auch in meinen Träumen. Besonders, wenn ich allein in unserer Wohnung war, dann spürte ich ihn überall und war mir Seiner nur allzu bewusst. Jeder Winkel dieser Wohnung schien nach ihm zu riechen. Und nur ein Blick auf die Couch, auf der wir gemeinsam gesessen hatten, weckte den Wunsch nach mehr von diesen gemeinsamen Abenden und nach noch mehr Nähe. Das war auch der Grund, warum mich Erleichterung durchströmte, als Stephan mich dann endlich abholte und mich damit aus dieser Ryan-infizierten Welt erlöste.

Ich hatte mit allem gerechnet - Abendessen, Kino, die üblichen Verdächtigen eben -, aber nicht damit, dass Stephan mich mit zu seiner Familie nehmen würde. Die Familie bewohnte ein hübsches Reihenhaus in der Hyvots Bank Avenue. Ich sah Stephan verwundert an, als er seinen Fiat vor dem Haus parkte, doch der lächelte nur, stieg aus und öffnete mir mit geheimnisvollem Zwinkern die Autotür. Kaum waren wir ausgestiegen, wurde auch schon die Haustür aufgerissen und zwei kreischende, etwa elfjährige Mädchen kamen auf uns zugerannt.

»Na endlich«, quiekte die Schnellste und warf sich in Stephans Arme, der sie kurz drückte und sie dann absetzte, um die Zweite auch zu umarmen.

»Das sind unsere Nesthäkchen Maggy und Tammy.«

»Zwillinge«, stellte ich erstaunt und überflüssigerweise fest. Die Mädchen musterten mich argwöhnisch.

»Das ist Lucy.«

»Oh, die Lucy!«, machte Maggy, die eine neongrüne Jeans trug. Tammy trug eine schwarze Jeans und ich war dankbar für den Umstand. Auch wenn sie es wahrscheinlich gewohnt waren, verwechselt zu werden, fühlte ich mich wohler bei dem Gedanken, dass ich sie nicht beim falschen Namen nennen würde, sollte ich heute mit ihnen reden.

»Wollt ihr nicht endlich reinkommen«, rief ein älterer Herr, der dann wohl Stephans Vater sein musste.

Stephan nahm meine Hand und führte mich den schmalen Weg, der durch den Vorgarten führte, zur Eingangstür, wo der ältere Herr mich mit strahlenden Augen begrüßte. Von ihm hatte Stephan also seine hohe, schlaksige Statur.

»Mein Vater Roland«, stellte Stephan vor. Roland war komplett ergraut, trotzdem ließ sich schlecht sagen, wie alt er wirklich war, denn sein schlanker, sportlicher Körper könnte leicht über sein wahres Alter hinwegtäuschen.

Ich reichte Roland die Hand, dann trat er beiseite und ließ uns ins Haus, wo Stephans Mutter gerade eine alte Frau in einem Rollstuhl vor uns in das Esszimmer schob. Im Esszimmer saßen noch zwei weitere Personen, die mir Stephan als seinen Großvater und die Schwester seiner Mutter vorstellte. Die Dame im Rollstuhl war Stephans Großmutter, die sich zwar aufgrund einer Autoimmunerkrankung von der Taille abwärts nicht mehr bewegen konnte, aber geistig noch immer das Regiment in der Familie führte.

»Und ihr wohnt alle gemeinsam hier im Haus?«, hakte ich erstaunt nach, nachdem mir alle vorgestellt worden waren.

»Ja, außer Hannah, sie ist nur zu Besuch.« Großvater Henry zog mir einen Stuhl zurück und bat mich, an der langen Tafel Platz zu nehmen. Hannah war die jüngere Schwester von Stephans Mutter. Sie war eine wunderhübsche, kurvige Rothaarige mit Unmengen süßer Sommersprossen. Und sie war erst etwa Mitte zwanzig, während Stephans Mutter Joane gut zwanzig Jahre älter sein musste. Ich suchte nach einer Ähnlichkeit der beiden Frauen, aber da war nichts. Joane war dunkelblond und korpulent, aber ähnlich groß wie Stephan und ihr Mann. Und Hannah war klein, ungefähr so groß wie ich. Und ich war völlig fasziniert von ihren stahlgrauen Augen, die so hell waren, dass man von ihnen magisch angezogen wurde. Ich hatte mir auch immer eine so große Familie gewünscht, aber in meinem Leben hatte es immer nur meine Mutter und meinen Vater gegeben. Die Eltern meiner Mutter hatte ich nur wenige Male getroffen, sie lebten in Montreal. Meine Mutter war als Studentin nach Edinburgh gekommen und war geblieben, nachdem sie meinen Vater kennengelernt hatte.

Diese glückliche große Familie zu sehen, vermittelte mir, wie es hätte sein können, wenn der Unfall nicht passiert wäre, sich der Todestag meines Vaters nicht in ein paar Tagen jähren würde und ich vielleicht sogar noch Geschwister gehabt hätte. Wahrscheinlich hatte Stephan es nur gut gemeint, aber hier zu sitzen und auf eine perfekte Familie zu blicken, tat mir sehr weh. Ich blinzelte gegen die Tränen an. Gerade wenn sich mein Geburtstag und damit auch der Tag des Unfalls näherte, war ich oft nah am Wasser gebaut und extrem empfänglich für solche Einflüsse. In meiner Brust zog es schmerzhaft bei dem Gedanken, dass ich das hier nie für mich haben würde. Ich nahm es Stephan nicht übel, dass er gerade ein Essen im Kreise seiner Familie als gute Idee empfunden hatte, er wusste wohl einfach nicht, was er mir damit antat, da ich nie über meine Gefühle, die Schuld, die ich mit mir herumtrug und die Angst vor dem Vergessen redete. Nur Anne wusste, wie stark ich unter diesem Schicksalsschlag noch immer litt.

Nachdem Stephans Mutter Hackbraten, Kartoffelbrei und Gemüse aufgetischt hatte, verfielen alle am Tisch erst in Schweigen, bis Roland die Ruhe mit einem langgezogenen Seufzer durchbrach.

»Erzähl uns was von dir, Lucy. Wir sind alle schon ziemlich neugierig. Stephan spricht oft von dir.«

Ich spülte die Hitze in meinem Gesicht mit einem Schluck kühlem Wasser hinunter und konzentrierte mich auf Roland, um nicht in die vielen anderen neugierigen Gesichter blicken zu müssen. Stephan griff unter dem Tisch nach meiner Hand und drückte sie beruhigend.

»Ich studiere wie Stephan auch Literaturwissenschaften. Nebenbei arbeite ich in einem der Cafés auf dem Campus.«

»Und du hast eine Wohnung geerbt«, warf eine der Zwillinge ein. Leider konnte ich die Hosen, die die Mädchen trugen, gerade nicht sehen, da sie mir gegenübersaßen.

»Eine halbe«, sagte ich. »Die andere Hälfte gehört Ryan.«

»Stephan sagt, dieser Ryan ist ein Idiot.«

»Maggy!«, ermahnte Stephans Mutter. Maggy rechts, speicherte ich schnell ab.

»Da hat er nicht ganz unrecht«, gestand ich und am Tisch setzte Gelächter ein.

»Und du hast diese Tante nicht gekannt?«, wollte nun Henry wissen und schob sich einen Löffel Kartoffelbrei in den Mund.

»Nun sei doch nicht so neugierig«, ermahnte Großmutter Mary. »Das ist unhöflich. Wie war das mit dieser Tante doch gleich?«

Ich schmunzelte und Stephan unterdrückte ein Lachen hinter vorgehaltener Hand.

»Sie hieß Elisabeth Donald. Ich kannte sie nicht. Mein Vater hatte keinen Kontakt zu seiner Familie. Er kam als Teenager in eine Pflegefamilie und hatte von da an keinen Kontakt mehr zu seinen Eltern. Er hat nie viel von seiner Familie gesprochen.«

»Ja, ja. Joane und Hannah sind auch in einer Pflegefamilie aufgewachsen. Sie sind gar nicht wirklich Schwestern, weißt du, Mädchen. Sie sind nur Pflegeschwestern, wenn du so willst.«

»Und du hast keinen Kontakt zur Familie deines Vaters? Würdest du sie nicht gerne kennenlernen?« Joane sah mich traurig an.

»Ich habe vor einiger Zeit darüber nachgedacht, aber wenn ich ehrlich bin, will ich sie nicht kennenlernen. Als mein Vater starb, hat ein Anwalt seine Eltern ausfindig gemacht und sie informiert. Sie sind nicht einmal zur Beerdigung gekommen.« Damals hatte ich mich sehr darüber geärgert. Einige Zeit hatte ich mir sogar gewünscht, sie würden mit mir Kontakt aufnehmen, weil da nur noch meine Mutter und ich waren und ich so gerne Familie um mich gehabt hätte. Aber nachdem keine Reaktion von ihnen gekommen war, hatte ich diesen Teil der Familie aus meinem Gedächtnis gelöscht. Vielleicht hatte mich die Nachricht von einer Erbschaft dieses Familienzweigs auch deswegen so überrascht. Anne war nun meine Familie.

»Das ist schade, aber gerade Hannah und ich verstehen dich sehr gut. Wir haben beide ähnliche Geschichten erlebt. Umso besser ist es, dass wir einander haben.«

Großvater Henry wechselte das Thema und erzählte ein paar Anekdoten aus seiner Jugend und dann wie er kurz nach Ende des Zweiten Weltkrieges seine Mary kennengelernt hatte. Und Mary nickte immer wieder und ergänzte hier und da ein paar Sätze. Einige Minuten schaffte ich es, meine traurigen Gefühle zu ignorieren und mich auf diese Geschichten zu konzentrieren, aber je länger wir hier waren, desto schwerer fiel es mir, den Schmerz in meiner Brust zu ignorieren. Trotzdem versuchte ich mich so gut es ging an dem Tischgespräch zu beteiligen, nickte hier und da und beantwortete fast mechanisch Fragen zu meinen Zukunftsplänen, meinen Vorlieben und zum Wetter. Ich war fast dankbar, als Stephan dann endlich aufstand und verkündete, dass wir noch weitere Pläne für den Abend hätten.

Ryan

Die ganze Woche hatte ich es vermieden, Lucy zu sehen. Ich war so spät wie möglich nach Hause gekommen, um sichergehen zu können, dass sie längst schlief. Und war so früh wie möglich wieder gegangen, lange bevor sie aufstand. Die meiste Zeit hatte ich zwischen Uni, Bibliothek, Altenheim und Josh gewechselt. Josh ging es zusehends schlechter. Er sprach nicht viel über seine Gründe, nur dass er mit dem Gedanken nicht klarkam, einem Menschen das Leben genommen zu haben. Mit diesem Gedanken kam ich auch nicht klar. In den letzten Tagen noch weniger als schon vorher.

Es war ein Fehler, Lucy zu küssen, aber ich hatte einfach nicht anders gekonnt. Seit unserer ersten kleinen Auseinandersetzung im Café hatte ich nur einen Wunsch gehabt, sie zu küssen. Meine Lippen auf ihre zu drücken. Ich hatte wirklich versucht zu widerstehen. Aber dieser Wunsch, sie an mich zu ziehen, war so übermächtig gewesen. Es fühlte sich an wie ein Schlag des Schicksals, dass gerade sie mich so sehr anzog, dass mein Verstand aussetzte. Wenn sie in meiner Nähe war, konnte ich nicht klar denken, dann gab es nur dieses drängende Bedürfnis, mich in ihr zu verlieren. Und sie sagen zu hören, dass sie jetzt ins Bett wollte, hatte alle Sicherungen bei mir durchbrennen lassen. Ich wollte nur noch hinter ihr her und mit ihr gemeinsam in diesem Bett landen.

Unsere kleinen Streitereien waren über die Tage zu einer Art Sucht geworden. Sie zu provozieren, ihre Wut zu spüren und sie dann wieder lachen zu sehen, all das versetzte mich in einen Rausch, von dem ich mehr und mehr wollte. Ich war süchtig nach ihr, danach sie um mich zu haben und danach, Gefühle in ihr zu wecken, auch wenn diese Gefühle nur Zorn und Wut waren. Das war immer noch besser als gar nichts. An diesem Abend hatte ich die Kontrolle über mein Spiel mit dem Feuer verloren. Das durfte nicht noch einmal passieren. Aber ich konnte ihr unmöglich ewig aus dem Weg gehen, also musste ich eine Lösung finden, um das, was sie in mir weckte, in den Griff zu bekommen.

Ich war kein Fan von Partys, aber irgendwohin musste ich ja, wenn ich Lucy auch heute Abend aus dem Weg gehen wollte, also hatte ich mich Tyler und Steven angeschlossen, die heute unbedingt auf diese Party wollten. Die meisten in der nicht gerade riesigen Studentenwohnung kannte ich auch. Leider hatte ich nicht damit gerechnet, dass ausgerechnet sie ebenfalls hier sein würde.

Cassy hing jetzt schon seit über einer Stunde an meiner Seite. Wie immer hatte sie sich nicht stoppen können beim Zukleistern ihres Gesichts mit allen Pflegeprodukten, die die Drogerieabteilung so hergab. Sie sah aus wie Pamela Anderson zu Baywatchzeiten. Übertrieben rote Lippen, blauer Lidschatten und Make-up, das schon aus ihrem Gesicht blätterte. Das war das, was Cassy für sexy hielt. Wie hatte ich auf so was mal abfahren können? Cassy heute so zu sehen, entlockte mir höchstens noch ein müdes Lächeln. Lucy war so vollkommen anders. Natürlich schön. Schminkte sie sich überhaupt? Zumindest rannte sie nicht in Klamotten herum, die ihr drei Nummern zu klein waren. Ich schüttelte Cassy von meinem Arm, was sie nicht davon abhielt, gleich wieder nach mir zu greifen und mit flatternden Lidern zu mir aufzusehen. Ekel durchlief meinen Körper.

»Der Zylinderkopf!«, fluchte Tyler jetzt schon zum zehnten Mal. »Ich kann nicht fassen, wie teuer das jetzt wieder wird.« Tylers BMW 320i stand schon wieder in der Werkstatt. Und jedes Mal, wenn der zwanzigjährige Oldie in die Werkstatt musste, fluchte Tyler so herum wie eben, dabei hatte er es wirklich gut getroffen, denn sein Bruder besaß eine eigene Werkstatt.

»Als ob dich das wirklich fertigmacht. Du liebst dieses Auto. Gibt es irgendeine Reparatur, die du nicht blechen würdest für deinen BMW?«

Tyler schmunzelte mich an und schüttelte den Kopf. »Ich denke nicht. Trotzdem wäre es schön, wenn ich das Baby auch mal wieder fahren dürfte.«

Ich lachte und schob Cassy nebenbei von mir. Diese eine Nacht mit ihr war ein blöder Fehler gewesen. Das hatte ich ihr auch gesagt, aber sie glaubte wohl nicht daran. Sie wollte es unbedingt noch einmal versuchen. »Ich gehe davon aus, das wirst du bald. Oder gibt es auch nur ein Teil an dem Auto, das in den letzten Monaten nicht gewechselt worden ist?«

»Nein, er ist jetzt wohl einmal komplett durch den Teilekatalog von BMW durch. Jetzt geht es dann von vorne wieder los.«

»Steven, nimm das wieder zurück! Ganz schnell! Deine Sprüche haben die blöde Angewohnheit, sich zu bewahrheiten.« Tyler verzog schmerzhaft das Gesicht.

»Okay, okay. Dein Baby ist jetzt durch mit Werkstätten. Er schnurrt wie ein Kätzchen.«

»Geht doch.«

»Wie sieht es denn mit deinen Babys aus«, hakte Steven nach und sah mich schmunzelnd an. »Und ich rede nicht von dem Kleinkind an deinem Arm.«

»Du bist ein Idiot«, sagte Cassy und funkelte ihn an.

»Ich seh sie nicht oft, also läuft es wohl gut«, antwortete ich, ohne Cassys bettelnden Blick zu beachten.

»Sie haben sich also nicht gewundert, dass wir nicht zum Zocken da waren?«

»Nein, kein bisschen.«

»Schade. Vielleicht sollten wir überlegen, diese wöchentlichen Abende wirklich durchzuziehen. Wann sind deine zwei Hübschen denn immer zu Hause?«

Cassy schnaubte abfällig und löste sich endlich von mir, um irgendwo zwischen den anderen Gästen zu verschwinden. Als ich mich erleichtert umwandte, fiel mein Blick auf Lucy, die einige Schritte entfernt stand und mich beobachtete. Mist! Ich wusste nur zu genau, wie das mit Cassy auf sie gewirkt haben musste. Eigentlich war das genau das, was ich wollte: sie abschrecken. Warum fühlte es sich dann so beschissen an? Lucy wandte den Blick von mir ab und nahm ein Glas von jemandem entgegen, der gerade zu ihr getreten war. Stephan. Waren sie zusammen hier? Meine Laune sank unter den Nullpunkt. Ich wollte mir nicht vorstellen, wie er sie küsste, aber mein Gehirn spielte sofort verrückt. Ich war eifersüchtig, das hatte mir noch gefehlt! Ich stand nicht etwa nur auf Lucy, nein, da war viel mehr. Ich sollte froh sein, dass sie sich nun wohl doch mit diesem Stephan traf. War ich aber nicht.

Lucy

War ich hergekommen, um Ryan beim Rummachen mit seiner On-Off-Beziehung zusehen zu müssen? Die ganze Woche hatten wir ihn nicht zu Gesicht bekommen und jetzt musste er ausgerechnet die gleiche Party besuchen wie wir. War Edinburgh wirklich so klein? Ich ignorierte das dumpfe Pochen in meiner Brust. Ryan konnte sich treffen und rummachen mit wem er wollte. Ich nahm Stephan das Glas Martini ab, das er mir hinhielt.

»Und, wie war euer erstes Date?« Anne stand neben mir, den Blick in den Raum gerichtet und wiegte ihre Hüften zu einem Song von *Wild Novel*.

»Überraschend gut«, sagte ich und sah zu Stephan auf, der mich anlächelte. Dass ich noch immer gegen den Schmerz in meiner Brust ankämpfte, verschwieg ich lieber. Ich wollte Stephan nicht verletzen, also hatte ich ihm gesagt, dass der Abend mir gefallen hätte. Ich weiß, er hätte die Wahrheit verdient, aber es gab Ausnahmen und das hier war so eine. Und damit ich diese Lüge weiter aufrechterhalten konnte, hatte ich mich auch noch auf diese Party schleifen lassen. Doch jetzt hier zu sein, war die pure Folter, weil ich hier inmitten dieser tanzenden und lachenden Menschen stand und nur noch daran denken konnte, dass die nächsten Tage die schlimmsten im ganzen Jahr für mich werden würden. Ich hasste meinen Geburtstag, denn der war an allem Schuld. Und das machte mich zur Mitschuldigen.

»Dann seid ihr jetzt ein Paar?«

Wir schüttelten beide gleichzeitig den Kopf. »Immer noch nur Freunde, aber das war das netteste Date, das ich je hatte.«

»Ich hätte auch nicht gedacht, dass ihr ein Paar werdet. Ihr seid Freunde und ich denke, für uns alle ist das auch gut so. Wir sind doch eine tolle, kleine Gruppe.«

Stephan legte seinen Arm um meine Schulter. »Eigentlich war das auch nie wirklich als Date gedacht. Ich wollte Lucy einfach mal aus ihrem Alltag rausholen.«

»Dafür bin ich dir auch wirklich dankbar«, murmelte Anne und nickte im Takt der Musik. Ihre Augen wanderten ruhelos durch den Raum und checkten die männlichen Gäste ab.

»Und du und Nate?«, hakte ich nach und zog eine Augenbraue hoch.

»Du weißt ja, es läuft, so lange es läuft. Und diesmal lief eben gar nichts. Man könnte auch über uns sagen, dass wir nur Freunde sind.«

»Nur Freunde? Sag bloß, ihr hattet nichts am Laufen?« Ich klappte erstaunt den Mund auf.

»Nein, nichts. Es hat sich einfach nicht ergeben. Aber wir hatten unterhaltsame und gehaltvolle Gespräche.«

»Aha«, machte ich.

»Er mag kein Leder?«, wollte Stephan wissen.

»Wer mag kein Leder?«, hakte Tyler nach und stellte sich zu uns.

»Stephan«, sagten Anne und ich.

»Warum nicht? Die Weiber stehen auf Lederhosen. Solltest du mal versuchen.«

Wir prusteten los.

»Im Ernst!«

»Ja, wenn du das sagst.« Stephan schlug Tyler auf den Rücken. »Kennst du eigentlich schon Anne?«

»Klar kenne ich Anne. Wir hatten schon das Vergnügen in Ryans Wohnung.«

»Du meinst die Wohnung, die auch Lucy gehört«, korrigierte ihn Stephan. Anne und ich kämpften um Fassung.

»Du solltest mit Anne ausgehen. Sie steht auch auf Leder.«

Tyler musterte Anne argwöhnisch. »Steht dir bestimmt auch gut.«

Ich konnte nicht anders, ich fing wie irre an zu lachen, bis mir die Tränen kamen. Anne fiel mit ein und die Jungs schauten uns an, als hätten wir sie nicht mehr alle.

»Tut mir leid«, gackerte ich.

»Themawechsel! Unsere Kleine hat demnächst Geburtstag und wir alle haben vor, zu kommen. Ich hoffe, Ryan ist kein Partycrasher.« Stephan sah Tyler ernst an. Auf meiner Brust landete ein zentnerschwerer Komet. Er hatte das Wort mit G gesagt. Auf keinen Fall konnte ich meinen Geburtstag feiern. Dieser blöde Tag hatte meinen Vater getötet.

Ich schluckte schwer und mein Herz sackte mir in den Magen. »Stephan, du weißt doch, ich feiere meinen Geburtstag nicht.«

Er legte einen Arm um mich und zog mich an seine Seite. »Ich weiß, aber damit ist jetzt Schluss. Wir fangen auch klein an. Nur du und ich, und wenn sie ganz lieb ist auch noch Anne.«

»Hey, du kannst mich nicht ausladen, ich wohne da!«, entrüstete sich Anne.

»Und mich kannst du auch nicht ausladen, ich wohne auch da.« Ryan gesellte sich zu uns. Er warf mir einen flüchtigen Blick zu, dann wandte er sich wieder an Stephan. »Und wenn ich dabei bin, dann Tyler und Steven auch.«

Meine Stimmung sank auf einen Tiefpunkt und ich kämpfte gegen die Tränen an. Reflexartig griff ich an meine Seite, wo die Narbe sich durch meine Bluse zu brennen drohte. Anne hatte meine Reaktion bemerkt.

»Stopp! Sie feiert ihren Geburtstag nicht. Das hat seinen Grund und ich stehe da voll hinter ihr.« Ryan musterte mich kurz. War das Mitleid? Hatte er Mitleid mit mir, weil ich meinen Geburtstag nicht feierte? Hielt er mich etwa für eine dieser bemitleidenswerten Frauen, die nicht älter werden wollten und versuchten, das auf jedem erdenklichen Weg durchzusetzen?

»Okay, vielleicht eine kleine Feier unter uns«, lenkte ich ein, fühlte mich dabei aber gar nicht wohl.

Irgendwann in den letzten Minuten, während ich gegen die aufsteigende Panik in mir angekämpft hatte, hatte Stephan sich abgewandt, um Getränke zu holen, Anne war mit Tyler auf die Tanzfläche verschwunden und ich war allein mit Ryan zurückgeblieben, der schweigend neben mir stand und vor sich hinstarrte. Ich hielt es hier nicht länger aus. Es fühlte sich an, als würde ich ersticken. Mein Herz raste, Schweiß perlte auf meiner Stirn und mein Mund fühlte sich ganz trocken an. Es war wieder so weit, ich marschierte mitten in eine Panikattacke hinein. Diese Attacken häuften sich, je näher mein Geburtstag rückte und ich konnte nichts dagegen tun. Und immer wenn diese Attacken einsetzten, war es, als würde der Tod seine Klauen nach mir ausstrecken, denn ich hatte überlebt.

11. Kapitel

Lucy

»Ich denke, ich geh besser nach Hause«, sagte ich leise und versuchte, Ryan nicht die Unsicherheit in meiner Stimme hören zu lassen.

Er sah von der Tanzfläche, wo er Anne und Tyler beobachtet hatte, zu mir. »Soll ich dich begleiten?«

»Nein, ich nehme mir ein Taxi. Sag nur Stephan bitte, dass es mir nicht gut geht.« Mir fiel das Sprechen so schwer und ich musste mich zusätzlich darauf konzentrieren, nicht in Ohnmacht zu fallen. Der Sog wurde immer stärker, je länger ich hier stand. Ich musste nach Hause, damit ich wieder runterkommen konnte. Das konnte ich nur, wenn ich allein war oder wenn Anne mir half.

Er wandte sich komplett zu mir um und musterte mich mit gerunzelter Stirn. »Ich begleite dich. Wozu solltest du ein Taxi nehmen, wenn ich mit dem Auto da bin?«

»Nein, ich will dir deinen Abend nicht verderben«, sagte ich und winkte ab, dabei gab ich mir Mühe, Ryan nicht direkt in die Augen zu sehen.

»Vergiss es. Wir haben den gleichen Weg. Ich bringe dich, keine Widerrede mehr.« Er schnappte sich meine Hand, winkte Tyler kurz zu, der mit einem Nicken bestätigte, dass er verstanden hatte, dann zog er mich hinter sich her aus der Wohnung.

Wir saßen schweigend in seinem Ford Escort und ich starrte angestrengt zum Fenster heraus und zählte in Gedanken meine Pulsschläge. Meine Finger der rechten Hand lagen auf dem Puls der linken. Das Zählen beruhigte mich, manchmal half es mir sogar kurzzeitig runterzukommen.

Einen Tag vor meinem 18. Geburtstag hatten meine Eltern beschlossen, mit mir in den Hollyrood Park zu fahren, wo wir meinen Geburtstag nur unter uns feiern wollten. Nur wir drei, bevor am nächsten Tag all unsere Freunde kommen würden. Die ganze Zeit hatte ich meinem Geburtstag mit Furcht und Trauer entgegengesehen und ihn auch nicht gefeiert. Mein Geburtstag war seit dem Unfall kein Tag mehr, den es zu feiern galt. Dieser Tag war schuld. Ohne ihn wären wir nie in den Unfall verwickelt worden. Dieser Typ wäre in seinem Drogenrausch nicht in unser Auto gefahren, meine Mutter wäre noch immer die wundervolle, intelligente und liebevolle Frau eines verantwortungsvollen und guten Mannes. Ich wollte schreien, die Panik aus mir herauslassen, aber das ging nicht. Stattdessen kämpfte ich weiter gegen meinen Schmerz an, um ihn Ryan nicht zu zeigen.

»Ist alles in Ordnung mit dir«, wollte er wissen und legte eine Hand sanft auf meinen Oberschenkel. Ich erschauderte und wollte nicht fühlen, was diese Berührung in mir auslöste. Ich trauerte gerade um meinen Vater und nur eine unwichtige Berührung durch Ryan ließ mich erzittern und mich danach sehnen, dass er mir noch mehr gab. Ich zog meinen Oberschenkel weg.

»Alles okay, danke«, würgte ich hervor.

Ryan hielt vor unserem Haus und ich riss die Autotür auf, so schnell ich konnte. Ich wollte nur noch hoch in die Wohnung, mich in mein Zimmer sperren und die Panikattacke ausbrechen lassen, damit sie endlich vorbei war. Aber ich konnte nicht zulassen, dass Ryan mich dabei beobachtete, wenn ich auseinanderbrach. Und ich wollte auch nicht zusammengefügt werden. Nicht von Ryan. Er sollte mich so nicht sehen. Er sollte nicht sehen, was diese schlimmsten Sekunden meines Lebens mit mir gemacht hatten.

Ich lief die Treppen hoch und wollte in meinem Zimmer verschwunden sein, bevor Ryan hinter mir herkam. Leider machte der blöde Wohnungsschlüssel da nicht mit. Meine Hände zitterten so sehr, dass ich ihn nicht in das Schloss bekam. Ich fluchte noch immer vor mich hin, als Ryan hinter mir auftauchte und über meine Schulter blickte. Er nahm mir den Schlüssel aus der Hand und schloss auf. Ich betrat vor ihm die Wohnung und griff gerade nach der Klinke meiner Tür, als sich die Tränen mit einem lauten Schluchzer Bahn brachen, ohne dass ich es verhindern konnte.

»Mist«, stöhnte ich noch, bevor mein Puls unkontrolliert anfing zu rasen, meine Hände anfingen zu kribbeln und ich auf meine Knie sank.

Plötzlich fühlte ich Ryans Finger um meinen Oberarm und er hielt mich zurück, als ich mich in mein Zimmer flüchten wollte. »Es ist also alles okay«, sagte er vorwurfsvoll. Er drehte mich zu sich herum und legte einen Finger unter mein Kinn. Ich wehrte mich dagegen, zu ihm aufzusehen und wandte das Gesicht trotzig ab. Ryan seufzte, dann zog er mich an meinem Arm ins Wohnzimmer und zwang mich, mich neben ihn auf die Couch zu setzen.

»Reden wir«, sagte er ruhig.

Ich schüttelte den Kopf. Es fühlte sich schlimm an, wenn einem das Herz in der Brust rannte und man das Gefühl nicht losbekam, der Tod zerrte an einem. Es war wie ein Tauziehen, dem man fast machtlos ausgeliefert war. Ryan nahm meine Hand und verschränkte seine Finger mit meinen. Ich schluchzte auf und ignorierte die Nässe auf meinen Wangen. Wozu sollte ich die Tränen jetzt noch verstecken, er wusste längst, dass ich heulte wie ein Baby.

»Du kannst mir vertrauen«, drängte er wieder und ich lachte bitter auf und schnappte nach Luft, immer wieder, wie ein Fisch. 21, 22, 23 zählte ich meinen Puls, als er begann, sich zu stabilisieren.

»Okay«, sagte er. »Vielleicht habe ich dir bisher keinen Grund gegeben, mir zu vertrauen. Aber das war nur, weil ich ein Idiot war. Das ist jetzt vorbei. Ich mag dich und ich will auch bestimmt nicht mehr, dass du ausziehst. Vielleicht weißt du es noch nicht, aber du und ich und Anne, wir werden die coolste WG von ganz Edinburgh.«

Ich sah zu ihm auf und lächelte krampfhaft. Einseintausend, zweieintausend, dreieintausend. Langsam atmen, dir passiert nichts, der Unfall ist meilenweit entfernt. »Dazu musst du aber an Coolness zulegen. Anne und ich sind schon cool, aber du brauchst noch Nachhilfe.« Meine Stimme klang noch immer angestrengt, aber das Zittern ließ nach, meine Hände kribbelten nicht mehr.

»Ihr hört Bieber, wenn hier jemand uncool ist, dann ihr. Ich kann Gitarre spielen und Drums. Ich bin so was von cool! Aber wenn du unbedingt zweifeln willst, dann werden wir eben nicht die coolste WG. Aber wir sind definitiv die heißeste.« Er rückte ein Stück näher an mich heran, bis sein Knie meins berührte, und legte eine Hand an meine Wange. Sein Daumen strich die Tränen von meiner Wange und er sah mir direkt in die Augen. In meinem Bauch flatterten Schmetterlinge. Gar nicht gut, alles, was nicht normal war, konnte mich wieder in die Panik stürzen. Nervös schluckte ich den Kloß in meiner Kehle runter. Ich konnte das Klopfen meines Herzens überall in mir fühlen. »Du bist unglaublich heiß, selbst mit dem verlaufenen Make-up in deinem Gesicht«, flüsterte er mit dunkler Stimme.

Ich wollte mich in die Wärme seiner Hand schmiegen und mich in der flüssigen Schokolade seiner Augen verlieren, stattdessen wich ich vor ihm zurück, ließ ihn aber weiter meine Hand halten. Denn, ob ich es zugeben wollte oder nicht, ich brauchte diese intime Verbindung, denn sie spendete mir Trost und hielt mich zusammen. Und das, obwohl ich doch nicht von ihm zusammengehalten werden wollte.

»Also, was ist passiert? Es hat mit deinem Geburtstag zu tun?«

Ich sah wieder zu ihm auf und zögerte. Wenn ich nichts sagen würde, wäre dieses Gespräch gleich zu Ende. Er würde vielleicht aufstehen und einfach gehen und mich allein auf der Couch zurücklassen. Vor wenigen Minuten wollte ich auch noch genau das: allein sein, mich in meinem Mitleid suhlen und in meinen Schuldgefühlen ertrinken. Doch jetzt waren da seine Nähe, sein Geruch nach Aftershave und etwas Männlichem und seine Augen, die auf mir ruhten und mir das Gefühl gaben, dass es im Moment für ihn nichts Wichtigeres als mich gab. Ich fühlte mich so geborgen wie schon lange nicht mehr. Und diese Geborgenheit wollte ich nicht verlieren. Nicht, weil ich einfach hier saß und schwieg über etwas, das er ohnehin irgendwann erfahren würde. Man konnte nicht zusammen wohnen und Geheimnisse bewahren. Und weswegen sollte ich ihm nicht die Wahrheit sagen? Wir hatten keine Beziehung. Es würde ihn nicht stören, wenn ich meine Freizeit für meine Mutter aufopferte, um bei ihr sein zu können.

Ich holte tief Luft und starrte auf unsere ineinander verschränkten Hände. »Es ist nicht mein Geburtstag, sondern der Tag davor. Vor zwei Jahren, am 16. September, wollten meine Eltern mich mit einem Picknick im Park überraschen. Das war ein Tag vor meinem 18. Geburtstag. Auf der Fahrt nach Hause hatten wir einen Unfall und mein Vater starb. Meine Mutter liegt seitdem im Wachkoma.«

»Das tut mir leid«, murmelte Ryan. Seine Finger hatten sich um meine Hand verkrampft und er wich meinem Blick aus. Da lag Schmerz in seinem Blick. Anders als bei allen anderen, die immer mitleidig schauten, schien er schockiert zu sein. Und er wirkte wirklich, als fühlte er aufrichtigen Schmerz. Ich wunderte mich einen kurzen Moment über diese ungewohnte Reaktion, aber sie schien die ehrlichste von allen. Nicht, dass das Mitleid der anderen nicht ehrlich gewesen war, aber es war ein anderes, nicht so intensives Gefühl wie das, das gerade in Ryans Gesicht stand.

»Dann verstehe ich, warum du deinen Geburtstag nicht feiern möchtest. Ist das der Grund, warum du die Party plötzlich verlassen wolltest? Niemand kann dich zwingen, deinen Geburtstag zu feiern«, sagte er und seine Stimme klang unsicher und zittrig.

Ich wand mich etwas. »Die Wahrheit ist, wenn der Unfalltag näher rückt, frisst mich mein Schuldgefühl auf und dann bekomme ich diese Panikattacken, gegen die ich einfach nichts tun kann.« In meinen Augen brannten sofort wieder die Tränen. »Ich weiß, es ist dumm, aber ohne meinen Geburtstag und mich wäre das alles nie passiert. Und dann ist da auch noch die Angst, dass ich meine Eltern vergesse, dass sie einfach verschwinden. Ich versuche mich krampfhaft daran festzuhalten, wie mein Vater ausgesehen hatte, aber er verblasst. Das fühlt sich an, als würde ich ihn aus meinem Leben löschen.«

Ryan legte die Arme um meinen Rücken und zog mich an sich. »Und jetzt fühlst du dich schuldig?«

Ich nickte und schluchzte an seiner Brust. Seine Umarmung war sanft. Ich inhalierte seinen Duft und schmiegte mein Gesicht in sein Shirt.

»Das musst du nicht. Nur, weil du dich an manche Dinge nicht mehr erinnerst, sind dir deine Eltern nicht weniger wichtig. Sie werden immer ein Teil von dir sein. Du trägst keine Schuld an diesem Unfall. So was hätte an jedem anderen Tag auch passieren können. Auf dem Weg zur Arbeit, zum Einkaufen, zum Friseur.« Ryans Hände strichen beruhigend über meinen Rücken.

Ich schluchzte noch immer, weil ich es einfach nicht abstellen konnte. Es fühlte sich zu gut an, alles herauszulassen und hemmungslos zu weinen. Aber Ryans Worte drangen trotzdem zu mir durch und ich wusste, dass er recht hatte. Jedes einzelne Wort war wahr. Meine Eltern hätten niemals gewollt, dass ich mein ganzes Leben trauernd und mit Schuldgefühlen verbrachte. Aber ich lebte jetzt schon so lange mit diesen Gefühlen, ich konnte sie nicht einfach abstellen. Ich schloss die Augen und schmiegte mich tiefer in Ryans Umarmung und genoss seine Liebkosungen. Seine Hände fühlten sich heiß auf meiner Haut an und ich saugte jede noch so winzige Sekunde seiner tröstenden Nähe in mich auf.

Ryan

Wann hatte das Schluchzen und Zucken aufgehört? War sie eben erst oder schon vor einer Stunde eingeschlafen. Ich konnte es nicht genau sagen. Ich war viel zu sehr darauf konzentriert gewesen, wie wundervoll richtig es sich anfühlte, sie in den Armen zu halten und ihr Trost zu spenden. Wie richtig es sich anfühlte, sie so nahe an meinem Körper zu spüren. Die Wärme ihres Körpers durchdrang mein Shirt genauso wie ihre Tränen. Sie fühlte sich weich an und ich wünschte, diese Schluchzer an meiner Brust wären keine Zeichen ihres Schmerzes, sondern erotische Laute, die ich ihr entlockte. Aber es waren Schmerzenslaute.

Laute, die mich scheinheilig fühlen ließen, weil mein Bruder es war, der ihr das angetan hatte. Weil ich es war, der sie und ihre Familie in den letzten Jahren so oft verflucht hatte, weil ein Teil von mir ihnen die Schuld gegeben hatte. Weil sie zur falschen Zeit am falschen Ort gewesen waren. Ich dürfte nicht hier sitzen und sie trösten und ihr erzählen, dass alles wieder gut werden würde. Weil das nicht stimmte. In mir brannte die Panik davor, dass sie jemals die Wahrheit herausfand. Alles in mir schrie, einfach aufzustehen und diese Wohnung zu verlassen und aus Lucys Leben zu verschwinden. Es wäre richtig, das zu tun, weil ihr Schmerz nur noch größer werden würde, wenn sie erfuhr, wer ich war. Ich weiß nicht, ob ich einfach zu egoistisch war, oder ob mich der Gedanke, sie nicht mehr in meinem Leben zu haben, davon abhielt, das Richtige zu tun. Aber ich konnte nicht gehen. Sie fühlte sich richtig an. Nein. Wir fühlten uns richtig an. Wenn ich sie ansah, machte mein Herz einen Satz. Wenn ich ihren Blick auf mir spürte, rannte es in meiner Brust. Und wenn wir uns berührten, zog es sich vor Sehnsucht und Verlangen zusammen. Nur hier zu sitzen, sie in meinen Armen, war erregender als jeder Sex, den ich in meinem Leben gehabt hatte. Und zugleich war es befriedigender.

Ich sog den Duft ihrer Haare ein und zog sie noch fester an mich. Ich genoss es, ihre Atemzüge an meiner Brust zu spüren. Ich hätte die ganze Nacht so sitzenbleiben können. Trotzdem löste ich mich vorsichtig von ihr, hob sie auf meine Arme und trug sie in ihr Zimmer. Ich tastete mich langsam durch die Dunkelheit, bis ich mit meinen Knien an ihr Bett stieß, dann ließ ich sie sanft darauf ab. Sie murmelte etwas, das ich nicht verstand. Ich zog ihre Decke vorsichtig unter ihrem Körper hervor und deckte sie zu. Sie seufzte, streckte ihre Hand nach meiner aus und brachte mich zum Lächeln.

»Wärme weg«, murmelte sie und hielt mich weiter fest. Ich hatte noch nichts Wundervolleres erlebt als diesen Augenblick. Er zerriss mir fast das Herz. Ich schwor, egal was noch kommen würde, diesen Moment würde ich niemals vergessen. Vorsichtig setzte ich mich auf den Rand ihres Bettes und streichelte ihre Hand, die mein Handgelenk umschlossen hielt. »Kalt«, murmelte sie.

Ich lächelte und legte mich langsam zu ihr. Sie wandte sich auf die Seite und robbte mit ihrem Rücken zu mir, bis sie an meiner Brust lag. Mein Herz hämmerte so sehr, dass ich Angst bekam, es würde sie wecken, weil sie es unmöglich nicht in ihrem Rücken spüren konnte. Vorsichtig legte ich einen Arm um ihre Taille und zog sie noch enger an mich. Ich lag lange wach, weil ich keine Sekunde davon verpassen wollte, sie so nahe bei mir zu haben. Ihr sexy Hintern drückte sich gegen meine Erektion. Ich schämte mich schon fast dafür, dass ich jetzt so hart wie nie zuvor war. In dieser Situation! Sie brauchte Trost von mir und ich war erregt bis zum Zerreißen. Vielleicht lag es auch an diesem

Verlangen, das durch meine Zellen vibrierte und mir jedes bisschen Widerstandskraft abverlangte, das ich besaß. Vielleicht konnte ich deswegen erst in den frühen Morgenstunden einschlafen. Trotzdem war das die Nacht aller Nächte für mich. Eine Nacht, in der nichts passierte, aber alles mit mir geschah.

Ich musste nicht ganz wach sein, um zu wissen, dass meine Augen völlig verklebt und verschwollen waren von meinem Geheule in der Nacht. Und ich musste nicht wach sein, um im Halbschlaf zu fühlen, dass sich ein anderer Körper an meinen schmiegte. Einige Minuten versuchte ich mir einzureden, dass Anne sich zu mir gelegt hatte, so wie sie es in den schlimmen Monaten nach dem Unfall oft getan hatte, um mich vor dem Zerreißen zu bewahren. Aber das hier war nicht Annes Körper. Dieser Körper war viel härter, kompakter. Und die Hitze, die er in meinem Rücken entfachte, verteilte sich in meinem ganzen Körper und verursachte ein Ziehen in meinem Unterleib, das Anne nicht auslösen konnte. Und Anne konnte auch nicht von sich behaupten, eine so beachtliche Erektion dort unten zu besitzen, die sich gerade in diesem Moment gegen meinen Hintern drückte.

Ich wagte nicht, mich zu bewegen, weil ich Ryan nicht wecken wollte. Gleichzeitig fragte ich mich, ob die Härte an meinem Hintern nicht bewies, dass er längst wach war? Aber sein warmer Atem wehte gleichmäßig und sanft über meinen Nacken, seine Brust hob sich regelmäßig gegen meinen Rücken und auch sonst sprach alles dafür, dass er schlief.

Kleine Flammen züngelten über meine Haut überall dort, wo Ryan mich berührte. Sein Arm lag über meiner Taille und ich war mir seines Gewichtes auf angenehme Weise bewusst. Der würzige Duft seines Aftershaves umgab mich. In meinem Magen krampfte es aufgeregt bei dem Gedanken, dass er in meinem Bett lag. Und was mich völlig verwirrte, war, dass ich mich nicht einmal fragte, wie es dazu gekommen war. In diesem Moment konnte ich nur sagen, dass es sich gut anfühlte und verwirrend. Und dass diese Vertrautheit etwas mit mir anstellte, das ich jetzt noch nicht deuten konnte.

Ich fühlte mich nicht nur zu ihm hingezogen. Da war mehr. Er füllte ein Loch in mir aus. Er hatte mich gestern Abend überrascht mit seiner Geduld, mit seinen Worten und mit seiner Fürsorge. Er hatte mir gestern eine Seite von sich gezeigt, mit der ich nicht gerechnet hatte. Er hatte Verständnis und Mitgefühl gezeigt. Aber hätte mir das nicht schon viel früher klar sein müssen? Ryan hatte sich um Elisabeth gekümmert, eine Frau, die schwer krank gewesen war. Und er jobbte nebenbei in einem Altenheim. Natürlich studierte er auch Medizin. Aber die meisten Ärzte, die ich getroffen hatte, hatte ich immer als kalt und sachlich empfunden. Ich hatte keinen Arzt getroffen, der Wärme und Güte gezeigt hatte. Nicht einmal, als ich im Krankenhaus über den Zustand meiner Mutter aufgeklärt worden war - oder den Tod meines Vaters -, hatte ich das Gefühl gehabt, dass die Ärzte Mitgefühl hatten. Vielleicht war ich deswegen automatisch davon ausgegangen, Ryan müsste auch so sein. Ich hatte in ihm das gesehen, was ich in ihm von Anfang an sehen wollte. Und ich hatte mich getäuscht. Er war mehr als nur ein sexy gut aussehender Kerl mit einem Hass auf mich. Er war ein sexy gut aussehender Kerl, der es verstand, die richtigen Worte zu benutzen und auch nicht von meiner Seite zu weichen, wenn ich schlief. Obwohl er damit rechnen musste, dass ich ihm eine Menge Schimpfwörter an den Kopf knallen würde, wenn ich aufwachte. Ich grinste bei der Vorstellung in mich hinein.

Ryans Hand bewegte sich an meinem Bauch. Er streichelte sanft über die nackte Haut unterhalb meines Nabels. Meine Bluse war im Schlaf nach oben gerutscht. Ich hielt ganz still und tat so, als würde ich noch schlafen. Er stöhnte gedehnt, spannte sich an, seine Hand erstarrte auf meinem Bauch und sein Atem stockte.

»Oh mein Gott!«, rief er aus und sprang aus dem Bett.

Verwirrt wandte ich mich zu ihm um und er sah mich schüchtern lächelnd an. »Tut mir leid ...«

»Was? Dass du in meinem Bett geschlafen hast oder die Beule in deiner Hose?«, fragte ich grinsend.

»Beides.« Ryan stand neben dem Bett und sah mich erschrocken an. »Und«, er sah nach unten, »dafür kann ich nichts. Du weißt ja, es ist Morgen.«

Ich zog eine Augenbraue nach oben und stellte mich dumm. »Sollte ich wissen, was du mir sagen willst?«

»Was? Wie? Du hast keine Ahnung?«

»Beruhig dich wieder. Ich bin nicht von gestern, okay? Trotzdem, was bitte machst du in meinem Bett?« Ich sah ihn streng an. Es hatte mich vielleicht nicht gestört, in seinen Armen aufzuwachen - im Gegenteil -, aber mich interessierte schon, wie es dazu gekommen war, dass wir heute Morgen in enger Umarmung in meinem Bett aufgewacht waren.

»Du hast mich nicht gehen lassen.«

»Ich hab was?«

»Ja, du hast mich festgehalten und irgendwie hatte ich das Gefühl, dass du nicht allein sein wolltest.«

»Okay«, sagte ich lässig im Plauderton. »Wenn das so ist. Hab ich etwas getan, wofür ich mich schämen sollte?« Trotz des Plaudertons, in mir drin war ich ganz schön nervös.

»Nein, du warst ganz du, nur weniger zickig.«

»Ich bin nicht zickig!« Ich stand auf, schnappte mir frische Sachen aus meinem Schrank und öffnete die Zimmertür. »Da du eindeutig eine anregende Nacht hattest«, ich schielte auf seinen Schritt, »wirst du nichts dagegen haben, dass ich heute die Erste im Bad bin.« Ich trat in den Flur raus und rannte in Anne, die mich verwirrt anblinzelte, um dann wie ein Huhn zu gackern.

»Ist das Ryan in deinem Zimmer?«

»Ja«, sagte ich locker.

»Hat er ... OMG! Ihr habt doch nicht?«

Ich zuckte mit den Schultern. »Also wenn wir haben, dann kann ich mich nicht mehr daran erinnern, und das ist dann wohl kein gutes Zeugnis für ihn. An die Benutzung von Mr Powerfull kann ich mich immer erinnern.«

Anne kicherte. »Ich mache Kaffee.«

Ich ging in das Bad und legte meine Sachen auf dem kleinen Hocker ab, den Anne dort platziert hatte, und wandte mich der Dusche zu. Ich drehte das Wasser auf und zog mir meine Bluse über den Kopf. Als mein Kopf aus der Bluse auftauchte, stand Ryan plötzlich vor mir.

»War das dein Ernst?«, wollte er wissen und in seinen Augen schienen Flammen zu züngeln, mit solcher Kraft sah er mich an.

»Was? Das mit dem traurigen Zeugnis?«

»Genau das.« Er trat immer näher und näher an mich heran, bis ich gegen die Duschwand prallte und nicht mehr ausweichen konnte. Sein Atem strich über meine Wange. Seine Atmung ging schnell und flach. Wie meine. Aus seinem Blick sprach Verlangen. Ich erschauderte. »Das war nicht nett.«

»Nein, war es nicht.« War meine Stimme heiser?

»Du weißt, ich kann das nicht auf mir sitzen lassen?«

Ich nickte nervös und leckte mir über die Unterlippe. Ryan beobachtete meine Zunge dabei. Er stöhnte und lehnte sich mit seinem Körper gegen mich. Hinter mir rauschte das Wasser. Meine Beine zitterten und zwischen meinen Schenkeln zog es sehnsuchtsvoll. »Ich weiß«, sagte ich mit bebender Stimme.

Ryan legte eine Hand auf meine Taille und ließ diese dann langsam an meiner Seite nach oben gleiten. Jeder Zentimeter Haut, den er dabei berührte, erwachte kribbelnd und schickte kleine Blitze durch meinen Körper. Meine Brüste zogen sich zusammen und meine Brustwarzen streckten sich ihm unter der Seide meines BHs entgegen. Diese zärtliche Berührung schien mein Innerstes zum Klingen zu bringen und weckte einen Teil von mir, den ich glaubte, vor langer Zeit schlafen gelegt zu haben.

»Glaubst du wirklich, dass dein elektronischer Freudenspender es mit mir aufnehmen könnte?«

Ich schüttelte den Kopf. »Wenn ich ehrlich bin, Mr Powerfull schläft schon eine ganze Weile. Anne glaubt nur gerne, dass ich ihr Geschenk oft benutze.«

»Schade, die Vorstellung, wie du dich damit verwöhnst, macht mich unglaublich an.« Er drückte seine Härte zum Beweis gegen meinen Bauch. Mein Atem stockte.

»Okay, aber das reicht als Beweis nun wirklich nicht aus«, sagte ich stöhnend und legte meine Hände flach zwischen seine Schulterblätter.

»Ganz deiner Meinung.« Ryan lehnte seine Stirn gegen meine und atmete mehrmals tief ein. »Aber als Beweis dafür, dass es nicht mehr als meinen Körper an deinem braucht, um dich auf Touren zu bringen.« Er löste sich von mir und sein Grinsen reichte von einem Ohr bis zum anderen. »Versuch es mit kalt duschen. Hilft mir auch immer.« Er stieß sich schwungvoll von der Duschwand ab und verabschiedete sich mit einem Zwinkern von mir.

Mir klappte das Kinn bis auf meine Brust. Hatte er mich schon wieder einfach stehenlassen? Dieser Typ hatte eine treffsichere Art, es sich mit mir zu verscherzen. Ich atmete mehrmals durch und stellte die Dusche dann auf angenehme 37 Grad. Dieser Mann hatte ein übersteigertes Ego, wenn er glaubte, dass er mich so heiß gemacht hatte, dass ich kalt duschen musste. Musste ich nicht. Mir ging es sehr gut. »Ruhe da unten!«, schnauzte ich die pulsierende Hitze zwischen meinen Schenkeln an.

Panikattacken hatten eine komische Wirkung, wenn man erstmal eine hatte, mit all ihren grauenvollen Symptomen, dann war es, wie nach einem Marathon: Man fühlte sich befreit, gut und für einen winzigen Moment war die Welt geradegerückt. Aber das hielt nie lange an. Nach nur wenigen Stunden schon fühlte man, wie sich der Druck in der Brust langsam wieder aufbaute und das Atmen immer schwerer fiel. Erst einmal gefangen in dieser Spirale, war es schwer, diesen Attacken zu entkommen. Sie lauerten immer auf ihren nächsten Auftritt. Es gab für sie einen Trigger, einen Auslöser, der im Unterbewusstsein saß. Mein Trigger war der Unfall und die Schuld, die mich mit diesem Schicksalsschlag verband.

12. Kapitel

»Eine Schüssel Müsli für Lucy, eine für Ryan und eine für Mama«, sang Anne gut gelaunt, als ich in die Küche kam.

Ryan lehnte wie immer an der Küchenzeile. Der Blick, den er mir zuwarf, erinnerte mich bis ins kleinste Detail an das, was gerade im Bad geschehen war. Und ich war mir sicher, genau das sollte er auch. Ich stülpte die Lippen vor, tat so, als wäre ich cool wie die Antarktis und setzte mich an den Tisch. Anne rutschte aufgeregt hin und her und strahlte wie ein Kind an Weihnachten.

»Und jetzt, wo alle meine Kinder versorgt sind, will ich alles wissen. Warum seid ihr gestern Abend einfach verschwunden? Gab es da ein geheimes Codewort für ›Ich will Sex mit dir‹, das ich verpasst habe?«

Ich schob einen Löffel Müsli in den Mund und kaute übertrieben auffällig. Mit dem Finger zeigte ich auf meinen Mund und murmelte: »Kann grad nicht reden.«

Ryan stellte sein Müsli beiseite und strich sein vom Schlafen noch immer unordentliches Haar mit den Fingern glatt. Ich seufzte innerlich vor Wonne. »Lucy hat sich nicht so gut gefühlt, also habe ich sie nach Hause gefahren. Ich wollte sowieso gehen.«

Anne kniff argwöhnisch die Augen zusammen. »Hmm, und hier angekommen ging es ihr plötzlich wieder gut?«

Ryan stöhnte genervt auf.

»Okay, überspringen wir das und kommen zum Wichtigsten. Wie kann es sein, dass ihr miteinander geschlafen habt - und lieber Gott, danke, dass sie endlich mal wieder ihr Höschen ausgezogen hat ...«

»Aaaannnnneee!!!«, schrie ich und wollte sie stoppen, aber zu spät. Sie hatte es wirklich gesagt. Mein Gesicht fühlte sich plötzlich an wie ein Hochofen und ich versuchte verzweifelt, nicht in Ryans Richtung zu schauen.

»Was?«, fragte Anne unschuldig und beachtete mich gar nicht weiter. »Wo war ich? Ach ja. Wie kommt es, dass ihr zwei Sex hattet und noch eure Klamotten anhattet?«

»Weil wir zwar zusammen geschlafen haben, aber nicht miteinander. Erklärt es das?« Ryan schob die Hände lässig in die Taschen seiner Jeans und grinste heiter vor sich hin.

»Nein, das erklärt es nicht«, grummelte Anne. »Wie kannst du mit einem Kerl die Nacht verbringen und nichts passiert? Lucy! Ich dachte, ich hätte dich besser erzogen.« Sie sah Ryan an und hob drohend den Zeigefinger. »Und ich dachte, ich hätte dich schlechter erzogen.«

Ryan lachte, dann sah er mich an und etwas verdunkelte sich in seinem Blick. »Ich würde dir gerne Besserung versprechen, Mum, aber das kann ich nicht. Ich bin nicht der Typ, der ein Mädchen in Not zu seinem eigenen Vorteil missbraucht.«

»Du darfst sie missbrauchen. Du hast meinen Segen. Lucy war lange genug Single.«

»Mum, du bist peinlich«, sagte ich leise. Ich wollte im Boden versinken. Es war ja nicht so, dass ich nicht auch an schmutzige Sachen dachte, wenn ich Ryan sah. »Tut mir leid, dieses unterhaltsame WG-Meeting zu sabotieren, aber ich muss meine Mutter besuchen.«

Anne runzelte unwillig die Stirn. »Aber du besuchst sie sonst nie am Vormittag. Und mal ehrlich, wann sind Mums nicht peinlich? Ich darf also peinlich sein. Das ist Tradition.«

»Heute habe ich das dringende Bedürfnis, schon am Vormittag nach meiner Mutter zu sehen. Und, wenn du wirklich die WG-Mum bist, dann halte dich an eine weitere Tradition: Spül das Geschirr!«, verteidigte ich mich, stand auf und eilte aus der Wohnung, so schnell ich konnte, bevor Anne noch einfiel, uns zu erklären, wie wir es am besten miteinander tun sollten.

Erleichtert ließ ich mich in meinen Autositz sinken und schloss für eine kleine Ewigkeit die Augen. Ich war Annes rabiates Vorgehen gewohnt, wenn es um mein Liebesleben ging, aber das eben ging zu weit. Ich musste sie unbedingt davon abhalten, sich weiter auf Ryan einzuschießen. Ryan hatte heute Morgen die Möglichkeit gehabt, mir aus meinem Höschen zu helfen. Ich wäre nicht in der Lage gewesen, ihm zu widerstehen, soviel stand mal fest. Aber er hatte es nicht gewollt. Die Szene im Bad war nichts weiter als eine neue Provokation gewesen, mehr nicht. Egal also, was Anne in uns hineininterpretierte, Ryan hatte offensichtlich kein Interesse an mir.

Ich steckte den Schlüssel ins Zündschloss: klick, klick, nichts. Noch ein Versuch: klick, klick ... Der Motor blieb aus. Das fehlte mir noch zu meinem Glück. Das Auto war kaputt. Bei dem Gedanken an die Reparaturkosten schnürte es mir die Brust zu. »Lass es nur die Batterie sein«, flüsterte ich niemandem Bestimmtes zu. Aber wem machte ich etwas vor? Selbst die Batterie war eine erhebliche Belastung für mein Konto. Jede außerplanmäßige Zahlung war eine Belastung. Ich schluckte gegen die Tränen an und zog meine Geldbörse aus meiner Handtasche. »Nur zehn Pfund?« Das bedeutete wohl, wenn ich heute meine Mutter sehen wollte, musste ich an meine Reserve.

Ich zog den Schlüssel aus dem Schloss und stieg deprimiert und wütend aus dem Auto. Ich ging die Treppen zur Wohnung hoch und wäre im Flur fast in Ryan gelaufen.

»Schon wieder da?«

»Mein Auto springt nicht an. Ich will nur noch ein bisschen Geld holen für den Bus.«

»Dein Auto springt nicht an?«

»Ja, und die Reparatur wird mich bestimmt umbringen.«

»Ach, wird sie nicht. Tylers Bruder hat eine Werkstatt. Ich ruf ihn an, er soll sich dein Auto mal anschauen. Das kann ich von unterwegs machen.«

»Danke«, brach es erleichtert aus mir heraus. »Wo willst du denn hin?«

»Na, deine Mutter besuchen.« Ryan sah mich an, als wäre das doch vollkommen klar.

»Was? Warum?«

»Nun ja, ich habe ein Auto und ich habe heute frei und ich muss mich doch irgendwie für diese anregende Nacht bedanken.«

Ich war bestimmt so rot wie Annes Pumps. »Das ist nicht nötig.«

»Doch, ist es. Glaub mir.« Ryan presste die Lippen aufeinander und sein Gesichtsausdruck signalisierte deutlich, dass er keinen Widerspruch duldete.

Ich gab mich geschlagen. Doch das nur, um Ella ihren Wunsch zu erfüllen. Und ich machte es sogar noch besser. Ella hatte sich nur ein Foto von Ryan gewünscht, doch ich brachte ihr sogar das Original zur Begutachtung.

Zumindest körperlich war es das Original, denn Ryan wirkte angespannt und sprach kaum, nachdem wir das Zimmer betreten hatten. In seinem Gesicht hatten sich tiefe Furchen gebildet und ich hatte das Gefühl, dass er nur schwer mit der Situation, die sich ihm im Pflegeheim offenbarte, umgehen konnte. Dabei hätte ich erwartet, dass ein angehender Mediziner schon viele Patienten wie meine Mutter und Ella gesehen hatte. Aber Ryan schien so nachdenklich und tief verstört. Ich konnte mir nicht erklären, warum.

Er stand in der Mitte des Zimmers und sein Blick war tief versunken in den Anblick meiner Mutter. Sein Gesicht drückte einen Schmerz und Entsetzen aus, die mich fast glauben ließen, dass er persönlich Anteil an dem Leid meiner Mutter nahm. Er reagierte nicht einmal so, wie ich es erwartet hatte, dass er auf Ellas lustig lockere Flirtversuche reagieren würde. Schon auf der Fahrt nach Portobello hatte er abwesend gewirkt. Ich versuchte, Ryans Reaktion zu ignorieren und nicht allzu viel dort hineinzuinterpretieren. Zumindest schien er Anteil zu nehmen und mitzufühlen und damit tat er schon mehr als Kyle, mein egoistischer Ex. Ich kümmerte mich um meine Mutter und erzählte ihr alles über den gestrigen Tag und mein Date mit Stephan. Ich ließ meinen Zusammenbruch später aus. Ich erzählte meiner Mutter immer nur die Sachen, von denen ich glaubte, sollte sie doch mehr verstehen, als die Ärzte behaupteten, dass sie sie nicht traurig machen würden. Und während ich ihr alles erzählte, versuchte ich nicht daran zu denken, dass Ryan mit im Raum war.

Irgendwann fing Ryan an sich zu entspannen und ließ sich auf ein Gespräch mit Ella ein. Ich fing Worte wie kaputtes Auto, Date mit Stephan und Weltreise auf. Eine Weltreise war das, was sich Ella am allermeisten wünschte, das hatte sie mir einmal erzählt. Sie hätte gerne Athen, London, New York und Prag gesehen.

»Wie wäre es, wenn ich uns etwas Kaffee besorge?«, schlug Ryan irgendwann vor und ich lächelte ihm dankbar zu.

»Das wäre wirklich sehr nett, aber ich hätte lieber einen Kakao«, meinte Ella mit leuchtenden Augen. Und ich konnte deutlich sehen, dass ihre Augen nicht wegen der Aussicht auf Kakao leuchteten.

Ryan verneigte sich vor ihr und schenkte ihr dieses Zwinkern, das mein Herz flattern ließ und mir

Schwindel verursachte, dann verließ er das Zimmer.

Ella quiekte auf. »Oh Mann, du hast mir gar nicht gesagt, dass er so heiß ist! Ich meine, er ist extrem heiß! Mal echt! Ryan Gosling? Wer zur Hölle ist Ryan Gosling?«

Ich lachte. »Bekomm mir bloß keinen Herzinfarkt.«

»Ach«, sagte Ella und winkte ab. »Er ist einfach perfekt. Und hast du seine Reaktion gesehen, als ich dein Date mit Stephan erwähnt habe?«

Ich runzelte fragend die Stirn. »Nein, hab ich nicht. Ich hatte nicht den Eindruck, dass ihn das irgendwie interessiert hat.«

»Oh, das hat es.« Ella grinste geheimnisvoll und klatschte leicht in die Hände. »Er hat versucht, es zu überspielen, aber er war alles andere als begeistert. Und er hat wirklich Interesse an dir. Er wollte von mir wissen, ob du irgendwann mal über Stephan gesprochen hast.«

»Ich denke, er wollte nur nett zu dir sein und sich mit dir über irgendwas unterhalten.«

Ella zupfte ihre Haare zurecht. »Er steht auf dich. Wie viele deiner Freunde sind mit dir schon hierhergekommen?«

»Mein Auto ist kaputt. Er wollte nur helfen«, warf ich ein.

»Dann hätte er dich herfahren und dich später wieder abholen können. Aber er ist geblieben. Ich denke, er wollte etwas mehr über dich erfahren. Und das macht ein Kerl doch nur, wenn er wirklich Interesse an einem Mädchen hat.«

Ryan

Was hatte ich mir nur dabei gedacht, Lucy in das Heim zu begleiten? Ich hätte draußen warten oder später zurückkommen sollen. Stattdessen war ich mit ihr zusammen in das Zimmer ihrer Mutter gegangen. Und ich hatte nicht erwartet, das zu fühlen, was ich beim Anblick von Amanda gefühlt hatte. Die Schuld und Hilflosigkeit hatten mich regelrecht überrollt. Ich hatte fast nicht atmen können bei dem Gedanken, dass Josh ihr das angetan hatte. Eine Frau, die mitten in ihrem Leben gestanden hatte, die wahrscheinlich noch so viele Pläne für ihr Leben oder das ihrer Tochter gehabt hatte, war nicht mehr fähig, sich zu bewegen, zu interagieren, allein zu essen. Lucys Mutter hatte kein Leben mehr. Jedenfalls keines, das sie führen konnte. War es mir bisher einfach nicht richtig klargeworden? Hatte ich es nur verdrängt? Diese Frau zu sehen, schien den Unfall real zu machen, greifbar. Das hatte mein Bruder getan. Die ersten Minuten in diesem Zimmer hatten mich in ein Wechselbad der Gefühle gestürzt. Irgendwo war da auch ein Funken Hass auf Josh gewesen. Ein Funken, den ich sofort erstickt hatte, denn Josh war mein Bruder und ich konnte ihn nicht hassen, weil er mich brauchte.

Aber wenn mir die vergangene Nacht und der heutige Tag eins gezeigt hatten, dann, dass ich mein Leben teilen musste. Ab sofort würde Josh der eine

Teil sein und Lucy der andere. Und diese beiden Teile durften sich nie vereinen. Ich hatte mich seit Jahren für Josh aufgeopfert, alles für ihn getan. Ich hatte mein eigenes Leben hintenangestellt. Er schuldete mir das. Ich wollte Lucy, das war mir heute Nacht klargeworden, heute Morgen im Bad und als ich gesehen hatte, mit welcher Liebe sie sich um ihre Mutter kümmerte. Zuzusehen, wie sie versuchte, ihre Mutter an ihrem Leben teilhaben zu lassen, hatte mich ihren Zusammenbruch von letzter Nacht noch mehr verstehen lassen.

Sie wollte an ihrer Mutter festhalten, um sie nicht auch noch zu verlieren. Und sie wollte ihren Geburtstag nicht mehr feiern, weil sie ihm genauso die Schuld an dem Unfall gab wie Josh und sich selbst. Ihre Schuldgefühle ihrer Mutter gegenüber waren so überwältigend, dass sie glaubte, dass sie Amanda auch noch verlieren würde, wenn sie versuchte glücklich zu sein. Sie opferte sich für ihre Mutter auf, wie ich es für Josh tat. Wurde es vielleicht für uns beide Zeit, zu lernen, dass nichts Schlechtes passieren würde, wenn wir die Zügel etwas lockerer lassen würden?

13. Kapitel

»*Call of Duty* haben wir die letzten Wochen ständig gespielt. Wie wäre es mal wieder mit *GTA*?« Tyler wedelte mit der Hülle eines Videospiels herum. Ryan hatte das mit den Spielesamstagen also ernst gemeint. Die Jungs tummelten sich alle auf unserer Couch, auf dem Tisch lagen leere Pizzakartons, angetrunkene Flaschen mit Bier standen herum, und Anne saß im Ledersessel und grinste begeistert.

»Ist Tyler nicht süß?«, flüsterte sie mir eben zu.

»Warst du nicht erst vorgestern noch mit Nate aus?«

»Ach, vergiss Nate. Ein toller Körper ist nicht alles. Weißt du, wie langweilig so ein Date werden kann, wenn er nur über Aktien und Dow Jones und Aktien spricht?«

Okay, das verstand sogar ich.

»Außerdem, du musst dich grad beschweren. Du hast ein Date mit Stephan und verlässt die Party mit Ryan. Und dann schlaft ihr auch noch zusammen.«

»Zusammen, nicht miteinander, vergiss das nicht.« Ich warf Ryan einen kurzen Blick zu, den er erwiderte. In meinem Magen flatterte es. Etwas hatte sich seit dieser Nacht geändert. Zuvor hatte sein Anblick mir auch Schmetterlinge beschert, aber diese neuen Schmetterlinge wurden nicht von seinem

Aussehen ausgelöst. Sie wurden von ihm ausgelöst. Von der Art, wie er mich ansah, wie er sich in den letzten Tagen um mich gekümmert hatte und wie er mir und Ella heute einen der schönsten Nachmittage bereitet hatte. Er war mit Kuchen, Kakao und Kaffee ins Zimmer zurückgekehrt, hatte mit uns Karten gespielt, mit Ella geflirtet und ihr das Gefühl gegeben, wunderschön zu sein. Er war so liebevoll mit ihr umgegangen und hatte meiner Mutter sogar erzählt, wie stolz sie auf mich sein könne. Er hatte dafür gesorgt, dass ich das Gefühl hatte, meine Mutter wäre wirklich noch ein Teil meines Lebens. Sogar ein Teil seines Lebens. Es hatte sich real und greifbar angefühlt.

»Dir ist schon bewusst, dass du ihn anstarrst? Ganz ehrlich, ihr solltet es endlich hinter euch bringen. Die Luft zwischen euch schlägt Funken. Das ist nicht mehr auszuhalten.«

»Ich starre ihn nicht an. Ich bin ihm nur dankbar für das, was er heute für Ella und meine Mutter getan hat. Er war wirklich toll. Und das hat mich überrascht, mehr nicht.«

»Aha, dann willst du also noch mal mit Stephan ausgehen?« Sie sah mich mit hochgezogener Augenbraue an.

»Wer weiß?«

Tyler las eine Nachricht auf seinem Handy und grinste mich dann zufrieden an. »Gute Nachrichten, Kleine, es ist nicht die Lichtmaschine. Die schlechte, es ist der Anlasser.«

Ich stöhnte auf. Tylers Bruder hatte meinen Wagen vor etwa einer Stunde mit einem Abschleppfahrzeug geholt. »Das wird bestimmt teuer.«

Tyler schüttelte den Kopf. »Kev hatte noch einen gebrauchten auf Lager.«

»Siehst du, und du hast es nicht gut gefunden, mit einem Kerl zusammenzuwohnen. Dabei bringt uns das doch nur Vorteile.« Anne nahm einen Schluck von ihrem Bier. Ich war mir sicher, dass sie heute Abend schon ein oder zwei zu viel davon hatte. Zumindest sprachen ihre gut durchbluteten Wangen dafür.

»Es hat nicht nur Vorteile«, korrigierte ich sie. »Zum Beispiel blockieren sie den Fernseher, machen sich auf der Couch breit und trinken unser Bier weg.«

»Wir können aber auch gut warmhalten und trösten und man kann durchaus gut mit uns Spaß haben.« Ryan sah mich direkt an und in seinem Blick konnte ich ablesen, was er mit Spaß meinte. Nämlich meine Reaktion auf seinen Besuch im Bad heute Morgen.

»Zum Spaß haben brauchen wir Mädels keine Männer«, sagte ich.

Tyler und Steven schnaubten. Ryan zog eine Augenbraue hoch.

»Aber zum Mehr-Spaß-haben«, entgegnete Ryan und grinste mich vielsagend an.

»Hättet ihr wohl gerne?«, nuschelte Anne mit dem Flaschenhals an ihren Lippen.

»Dann lasst uns das doch mal ausdiskutieren«, schlug Steven vor. »Was müsste ein Mann tun, um einem Mädchen so richtig viel Spaß zu bereiten?«

Ich wurde heiß im Gesicht. Ich konnte mit Anne offen über das Thema Sex sprechen, aber nicht mit Jungs. Ich griff nach dem nächsten Gegenstand, den ich erreichen konnte, um abgelenkt zu wirken, und erwischte ausgerechnet Tylers Autoschlüssel, an dessen Ring eine nackte Hawaiianerin baumelte. Angewidert ließ ich den Schlüssel wieder auf den kleinen Beistelltisch fallen.

»Wenn du das erst fragen musst, dann bist du auf jeden Fall der Falsche für diesen Job«, antwortete Anne und streckte Steven die Zunge raus.

Ryan und Tyler lachten laut auf.

»Ihr habt eure Fähigkeiten auch noch nicht unter Beweis gestellt«, platzte ich heraus, bevor mir bewusst wurde, was ich da gerade gesagt hatte.

»Soll das ein Angebot sein?« Ryan schenkte mir eins dieser Augenzwinkern, die Blitze durch meinen Unterleib jagten. Abrupt senkte ich den Blick, in der Hoffnung, vor meinen Füßen hätte sich der Boden geöffnet. Fehlanzeige.

»Junge, du stehst wirklich auf der Leitung. Natürlich war das ein Angebot«, kam Anne mir unnötigerweise zur Hilfe. Ich rammte ihr meinen Ellenbogen in die Seite und nahm ihr das Bier aus der Hand.

»Ich glaube, du hast genug für heute.«

»Du bist gemein«, nörgelte sie und schmollte. »Ich wollte ihm doch nur auf die Sprünge helfen. Sonst muss ich demnächst noch Katzenklos putzen, nur weil du nicht zum Zug kommst.«

Die Jungs lachten im Chor und ich verzog schmerzhaft das Gesicht.

»Wie kommt sie auf Katzenklos?«, hakte Steven nach.

»Sie glaubt, ich werde demnächst sexuell so frustriert sein, dass ich mir zwanzig Katzen und eine Strickliesel zulege.«

Ryan zog verschmitzt eine Augenbraue hoch und die anderen verfielen in haltloses Gelächter. Ich stöhnte innerlich vor Scham. Eindeutig hatte ich heute auch ein oder zwei Bier zu viel gehabt, sonst würde ich nicht so über mich und mein Intimleben reden.

»Okay, das reicht!«, sagte ich verzweifelt und stand von dem Stuhl auf, auf dem ich gesessen hatte. »Du gehst jetzt in dein Bett«, befahl ich Anne, »und ich sorge hier für etwas Ordnung und gehe dann auch schlafen.« Ich schob Anne in Richtung Flur und beachtete ihre Proteste gar nicht.

»Drei Jungs sind zu viel für dich«, jammerte sie. »Gib mir doch zwei ab.«

»Heute nicht«, sagte ich bestimmt. »Du hattest heute genug.«

Als Anne in ihrem Zimmer war, begann ich die Pizzakartons und die leeren Bierflaschen aufzuräumen. Ich stellte das schmutzige Geschirr in den Geschirrspüler, und als ich wenige Minuten später wieder in das Wohnzimmer kam, waren auch Steven und Tyler gegangen. Ryan schaltete gerade die Spielekonsole aus und ordnete die CDs in ihre Hüllen.

»Danke«, sagte ich.

»Wofür?« Ryan sah mich verwirrt an.

»Weil du heute mein Taxi warst. Und du hast vielleicht mein Auto gerettet.«

Ryan wandte sich mir zu. Wir standen einige Schritte voneinander entfernt. Weit genug, damit ich mich wohlfühlte und nicht durch seine Nähe nervös gemacht wurde.

»Da gibt es nichts zu danken.«

»Dann danke für deine Zeit, die du mit Ella verbracht hast. Das hat ihr und auch mir viel bedeutet.«

Ryan runzelte fragend die Stirn. »Das war doch nichts Besonderes.«

»Doch, für sie schon. Sie hat da diese Liste, auf der Dinge stehen, die sie noch gerne erlebt oder getan hätte, bevor sie stirbt. Ich bin sicher, dank dir konnte sie heute einen Punkt von der Liste streichen.«

»Was für einen Punkt?« Ryan setzte sich auf den Stuhl, auf dem ich bis eben gesessen hatte, und sah mich ernst an. Er hatte die Augen leicht zusammengekniffen und wirkte sichtlich verwirrt.

»Sie wollte sich verlieben«, sagte ich. »Sie war noch nie verliebt. Ich denke, das hast du heute geändert. Danke dafür.«

Ryan nickte nachdenklich. »Und was steht sonst noch auf dieser Liste?«

»Eine Weltreise: Städte wie Paris, Venedig oder Athen. Von einem Jungen geküsst werden.« Dass sie nicht als Jungfrau sterben wollte, erwähnte ich lieber nicht.

»Sie ist noch nicht geküsst worden?« Ryan wirkte ernsthaft ergriffen.

Ich konnte die Trauer und Überraschung und auch das Bedauern in seinem Gesicht ablesen. Ich hatte mich wirklich in ihm getäuscht. »Sie ist ein tolles Mädchen. Es ist traurig, dass sie, ohne diese Dinge erlebt zu haben, sterben soll.«

Ryan stand grinsend auf und kam zwei Schritte auf mich zu. Er legte auf eine erotische Weise den Kopf schief und sah mich mit funkelnden Augen an. »Und, soll ich dich heute Nacht wieder warmhalten?«

Ich schluckte heftig und schüttelte den Kopf. »Nein danke, ich komme klar.«

»Schade, ich hätte kein Problem damit.«

***

»Kommt gar nicht infrage! Ich fahre dich nach Portobello. Heute ist Sonntag. Die Abfahrtzeiten der Busse sind eine Katastrophe.«

»Das ist nicht nötig«, entgegnete ich Ryan harsch. »Ich kann mir auch ein Taxi nehmen. Ich möchte dir deinen Sonntag nicht versauen. Du gehst die ganze Woche arbeiten und studierst nebenbei. Genieße deinen Sonntag.«

»Ich habe den gleich Weg wie du. Ich wollte Ella besuchen, also können wir zusammen fahren.«

Ich verschluckte mich an meinem Kaffee und hustete. »Du willst zu Ella?«

Ryan nickte ernst. »Ich habe den ganzen Vormittag damit verbracht, ihre Weltreise vorzubereiten.«

Anne sah zwischen uns hin und her. »Weltreise? Bist du verrückt?«

»Das wüsste ich auch gerne«, murmelte ich und sah Ryan fassungslos an.

»Keine echte. Eine virtuelle.«

Ich sah ihn erstaunt an. »Wie?«

»Lass uns zusammen fahren, dann wirst du es sehen.«

»So gerne ich das auch sehen würde, aber ich muss heute zu meinen Eltern. Meine Mutter hat mal wieder Gäste eingeladen.«

Ich grinste, weil ich wusste, auf was das hinauslaufen würde. Anne sollte mal wieder an den Mann, oder besser gesagt an den Berufssohn, gebracht werden. »Okay«, sagte ich an Ryan gewandt.

Als ich zehn Minuten später mit Ryan in sein Auto stieg, standen schon zwei Umzugskartons auf der Rücksitzbank. Er hatte wohl wirklich etwas vorbereitet und ich musste zugeben, ich war gespannt. Nervös rutschte ich auf meinem Sitz herum. Eine virtuelle Weltreise. Und er tat das für Ella. Mein Herz wurde ganz warm, als ich Ryan von der Seite musterte. Ich hatte mich so was von geirrt in ihm!

Ich half Ryan beim Tragen der Kartons und platzte fast vor Neugier, aber er hatte die Kartons verklebt, so dass ich nicht hineinsehen konnte. Aber roch es da nach Oregano?

Ella sah uns mit großen Augen fragend an, als wir in das Zimmer kamen. Meine Mutter lag in ihrem Bett, was auf einen schlechten Tag hindeutete. Ich seufzte leise, schwor mir aber, dass ich Ryans Überraschung nicht dadurch verderben würde, dass ich mir Gedanken um meine Mutter machte und dadurch hier herumsaß und Trübsaal blies. Was auch immer Ryan vorbereitet hatte, dies sollte Ellas Tag sein. Für mich hieß das, meinen bevorstehenden

Geburtstag, den damit verbundenen Todestag meines Vaters, den Unfall und auch die Schuldgefühle zu verdrängen, so gut ich konnte. Ich durfte dem Trigger keine Chance geben, Ella diesen Tag kaputtzumachen.

»Ich habe keine Ahnung«, begrüßte ich Ella achselzuckend. »Aber das alles ist für dich.«

»Für mich?« Sie richtete sich in ihrem Bett auf und ich stopfte ihr ein weiteres Kissen in den Rücken, gegen das sie sich lehnen konnte. Ryan begrüßte sie mit einem Kuss auf die Stirn und Ellas Augen strahlten verzückt auf. In ihre Wangen trat sogar etwas Farbe, was nicht mehr häufig der Fall war. Ich drückte aufmunternd ihre Hand.

Ryan nahm den kleinen Tisch, der an einer der Wände stand, und stellte ihn in die Mitte des Zimmers, darauf legte er eine weiße Decke, die er aus einem der Kartons gezogen hatte. Er legte ein Baguette auf den Tisch, Behälter mit italienischem, französischem und asiatischem Essen. War das griechischer Salat? Rotwein, Tiramisu und vieles mehr gesellten sich dazu. Zum Schluss packte er einen Projektor aus und schloss einen Laptop daran an. Er zog die Vorhänge zu und zauberte den Eifelturm auf die weiße Wand gegenüber von Ellas Bett.

»Willkommen auf Ihrer Weltreise, Mylady«, sagte er ernst. »Unsere Reise beginnt, wie Sie unschwer erkennen können, in Frankreich.«

Ryan tippte auf seinem Handy herum und sanfte, langsame Musik ertönte, wie ich sie mir in einem französischen Straßencafé vorstellen könnte. Ich sah mit einem riesigen Kloß im Hals zu Ella, der Tränen über die Wangen liefen. Ich hielt noch immer ihre Hand und drückte sie abermals.

»Das hast du für mich gemacht«, schluchzte sie mit brüchiger Stimme.

»Wie hast du das nur alles vorbereiten können?« Ich sah Ryan fassungslos an. Es war erst wenige Stunden her, als wir uns darüber unterhalten hatten.

»Ich hatte fast die ganze Nacht. Für eine hübsche Frau tu ich alles.«

»Er spricht sogar wie ein Franzose«, sagte Ella kichernd.

»Ja, das ging auch mir gerade durch den Kopf.«

Ryan grinste. »Wollen wir dann jetzt anfangen?«

»Aber natürlich, mein Herr«, sagte Ella und wischte ihr Gesicht trocken.

»Dann beginnen wir unsere kulinarische Reise mit Baguette, Rotwein - ich habe ersatzweise Traubensaft mitgebracht - und Austern.«

Wir bereisten auch noch Athen, Prag, Berlin, Singapur und Hongkong, und für jedes Land hatte Ryan spezifische Gerichte, Bilder und Musik mitgebracht. Er musste wirklich die ganze Nacht an dieser Weltreise gearbeitet haben. Mir wurde ganz schwindelig, zu sehen, mit welcher Hingabe er Ella von den einzelnen Ländern, Städten und ihren Sehenswürdigkeiten erzählte. Und ich bekam nicht genug, ihn dabei zu beobachten. Und mit jedem Wort, jedem Bild und jeder Geschichte schlich Ryan sich tiefer in mein Herz und ich bemerkte es erst, als er am Ende der Reise zu mir aufsah und ich das Gefühl hatte, meine Brust wäre mir viel zu eng geworden. Ich konnte fast nicht atmen bei dem Gefühl, das mich ergriff. Ich hatte noch nie so empfunden, doch in diesem Moment wollte ich ihn fest an mich drücken, wollte in ihn hineinkriechen. Ryan McFarlane hatte es geschafft, mir unter die Haut zu gehen.

Am Ende dieses Nachmittags hatte es Ryan nicht nur fertiggebracht, mein Herz heftig schlagen zu lassen, auch Ellas Herz schien nur noch für ihn zu schlagen. Zwei Punkte konnte Ella heute von ihrer Liste streichen. Drei! Denn als ich kurz beim Auto war, um ein paar der Weltreiseutensilien wieder ins Auto zu bringen, und dann wieder in das Zimmer kam, kam ich gerade rechtzeitig, um mitzubekommen, wie Ryan Ella in den Armen hielt und küsste. Er hatte sich über ihr Bett gebeugt, einen Arm um ihre Schultern gelegt, um sie zu stützen und eine Hand in ihrem Nacken. Es war nicht nur ein oberflächlicher Kuss, wahrscheinlich wollte er es richtig machen, um ihr auch diesen Wunsch zu erfüllen. Und obwohl ich den Grund für diesen Kuss kannte und ich mich für Ella freute, konnte ich nicht abstreiten, dass ich ein wenig eifersüchtig war. Ich wandte den Blick ab und räumte beschäftigt Plastikgeschirr in den zweiten Karton.

Dann stand Ryan plötzlich neben mir, so nah, dass sein nackter Oberarm meinen berührte. Meine Haut fing sofort an zu kribbeln. Als ich ihn nicht ansah, berührte er meine Hand. In seinem Blick lag ein Versprechen. Es war, als würde er sagen: »Ich würde dich auch gerne küssen. Auf eine andere Art.«

»Danke für das hier. Ich habe Ella schon lange nicht mehr so glücklich gesehen.«

»Dann habe ich erreicht, was ich wollte«, sagte er.

Ich verabschiedete mich noch von meiner Mutter, die heute etwas zu kurz gekommen war. Aber das stimmte mich nicht einmal traurig, denn dieser Tag war wirklich perfekt gewesen. Und das hatte ich nur Ryan zu verdanken. Ich wünschte, dieser Tag würde noch ewig so weitergehen, denn morgen war der Tag vor dem Todestag meines Vaters. Mit der hereinbrechenden Abenddämmerung brach auch der Schmerz wieder über mir zusammen. Die Angst, die mich jedes Jahr packte, wenn dieser Tag sich näherte. Er schlich sich langsam und bedrohlich an und brachte die Panikattacken mit. Ich sog zitternd Luft in meine Lungen.

14. Kapitel

Lucy

Dank Tylers Bruder lief mein Auto wieder und ich musste die Reparatur nicht einmal bezahlen. Es hatte also doch Vorteile, wenn man Jungs wie Ryan kannte. Ich hasste es, abhängig von anderen zu sein, aber diesmal hatte ich die Hilfe gerne angenommen. Und auch Ryan hatte ich so viel zu verdanken. Was er für Ella gemacht hatte, hatte mich tief berührt. Ich konnte mir gar nicht oft genug vorhalten, wie sehr ich mich in ihm getäuscht hatte. Aber er hatte es mir ja auch nicht besonders leicht gemacht, ihn zu mögen.

Irgendetwas hatte sich geändert. Anziehend und sexy hatte ich ihn vom ersten Tag an gefunden. Aber jetzt war es nicht nur sein knackiger Hintern in seinen Jeans, die durchtrainierten Brustmuskeln oder diese wirren Haare, die mich anzogen. Es war Ryan selbst, der mich mit seiner Fürsorge für andere in seinen Bann zog, den ich nicht mehr aus meinen Gedanken bekam und der jeden Zentimeter Raum in meiner Brust besaß. Ich sehnte mich mit einer Gewalt nach ihm, die ich nicht beschreiben konnte. Aber seit dem Abend, an dem er mich geküsst hatte, hatte er nicht mehr versucht, mich zu berühren. Es war, als stünde ich mit meinen Gefühlen allein da.

War ich nur ein Spielzeug, das er mal benutzte, wenn ihm danach war, und es dann wieder in die Ecke stellte?

»Du träumst! Das Bier läuft über.« Ben stand hinter mir und starrte grinsend auf den weißen Schaum, der über die Theke lief. Hastig ließ ich den Zapfhahn los.

»Verdammter Mist!«, fluchte ich.

»Kein Fluchen während der Arbeitszeit«, ermahnte er mich, lehnte sich neben mich an den Tresen und beobachtete mich schweigend dabei, wie ich meinen kleinen Patzer beseitigte.

Ich ließ ein neues Bier raus und brachte es an einen der Tische.

»Also, wer lenkt dich so ab?«, wollte Ben wissen, als ich zurückkam.

»Wer soll mich schon ablenken?«

»Stephan? Wie lief euer Date?«

»Gut. Es war nett.«

»Nur nett?« Ben zog verwundert eine Augenbraue hoch.

»Wir sind jetzt kein Pärchen. Das wollte ich mit nett sagen.«

»Ja, so ähnlich hat Stephan sich auch ausgedrückt am Samstag.«

Ich sah zu Ben auf und stellte das Glas ab, das ich gerade gespült hatte. »Hat er irgendwie enttäuscht gewirkt?«

»Wieso fragst du ihn das nicht selbst?« Ben nickte in Richtung Eingang. Ich wandte mich um und sah Stephan und Anne auf uns zukommen.

Anne nahm auf ihrem Barhocker Platz und Stephan blieb stehen. »Wir dachten, wir schauen mal, wie es dir so geht.«

Ich sah Stephan an, aber der wirkte überhaupt nicht verärgert, eher besorgt. »Mein Auto fährt wieder«, sagte ich beiläufig.

»Das klingt gut.«

»Oh ja, Tyler ist unser Held«, zwitscherte Anne und hielt einen Zeigefinger hoch, was so viel wie »einen Latte macchiato« bedeutete.

»Dann hat dich dein Auto von der Party weggetrieben?«, fragte Stephan und zwinkerte mir zu. Er meinte die Frage also nicht ernst. Ich atmete erleichtert aus.

»Nein, es war ...«

»Schon gut.« Er winkte ab. »Ich weiß schon. Anne hat mich schon aufgeklärt. Tut mir leid. Ich hab einfach nicht mehr daran gedacht. War ein blöder Fehler von mir.«

Ich kniff die Lippen zusammen, wandte den Blick ab und nickte. Mit zitternden Händen machte ich Annes Milchkaffee. Wieder überkam mich die Angst, davor, dass ich dabei war, meinen Vater aus meinem Leben zu verdrängen. Dabei hatte ich mir geschworen, ich würde an ihm festhalten, so wie ich an Mutter festhielt. Wer war ich denn noch, wenn die beiden Menschen, denen ich mein Leben zu verdanken hatte, nicht mehr existierten? Für die Welt da draußen existierten sie längst nicht mehr. Nur noch für mich. Ich war die einzige Person, die sie davor bewahren konnte, für immer vergessen zu werden. Ich schloss die Augen und verdrängte die brennenden Tränen. Morgen würde es zwei Jahre her sein. Zwei Jahre! Der Junkie, der an allem schuld war, war wahrscheinlich längst nicht mehr in Haft. Hatte seine lächerliche Strafe von sechzehn Monaten abgesessen. Vielleicht war er sogar vorzeitig entlassen worden. So was hörte man doch ständig. Er lebte längst wieder sein Leben und dachte nicht einmal mehr an meinen Vater. Und ich, ich sah sein Gesicht noch immer in meinen Träumen. Sah ihn im Gerichtssaal sitzen, auf der Anklagebank neben seinem Anwalt. Irgendjemand hatte ihn in einen Anzug gesteckt, aber der feine Stoff konnte sein verhärmtes, von der Drogensucht eingefallenes Gesicht nicht verstecken. Ich lachte bitter in mich hinein. Er hatte es überstanden. Ich würde das nie. Nicht jetzt, nicht hier! Die Attacke schlich sich langsam an, kroch meinen Nacken hinauf und fraß sich in mein Hirn. Einseintausend. Zweieintausend ...

»Alles in Ordnung?«, wollte Ben wissen und legte eine Hand auf meine Schulter.

»Ja, schon gut.«

»Du nimmst dir die nächsten paar Tage frei. Es ist besser so. Wenn du es immer verdrängst und nicht rauslässt, dann wirst du es nie verarbeiten. Es ist okay zu trauern, aber du bist noch hier, Mädchen. Du musst lernen, damit zu leben.«

»Ich weiß«, sagte ich mit brüchiger Stimme. Das sagten mir die Leute schon die ganze Zeit, aber keiner schien zu verstehen, dass gerade das mein Problem war. Ich war noch hier! Mein Vater nicht. Und meine Mutter hatte auch kein eigenes Leben mehr. Ich fühlte mich schuldig. Und natürlich wusste ich, dass ich das nicht sollte. Aber es war nun mal so und ich kam nicht dagegen an.

Eigentlich wäre es mir lieber gewesen, arbeiten zu dürfen, aber ich merkte ja selbst, wie unkonzentriert ich heute war. Entweder schwirrte Ryan in meinem Kopf herum oder es war der Unfall. An Ryan zu denken, gab mir ein schlechtes Gewissen, weil er mich für kurze Momente meine Schuldgefühle vergessen ließ. Und an meinen Vater zu denken, verschlimmerte mein schlechtes Gewissen noch, weil ich mir einredete, ich wäre dabei, ihn zu vergessen.

Ryan

Der Sonntag war einer der schönsten Tage seit Langem für mich gewesen. Diese kleine Weltreise für Ella zu veranstalten und ihre leuchtenden Augen zu sehen, das hatte mich glücklich gemacht. Und den ganzen Tag mit Lucy zu verbringen, hatte auch seinen Anteil daran. Diese Frau hatte sich in mein Herz geschlichen wie keine andere zuvor. Die Hingabe, mit der sie sich um ihre Mutter und Ella kümmerte. Die Zärtlichkeit in ihren Augen, wenn sie ihre Mutter ansah. Und die Liebe, die sie selbst für Ella empfand. Wenn ich je wirklich geglaubt hatte, sie hätte kein Interesse an ihrer Tante gehabt und ihr Erbe nicht verdient, dann hatte sie mich gestern eines Besseren belehrt.

Ich hatte mich fast sofort von ihr angezogen gefühlt, aber gestern hatte sich alles geändert. Sie nur anzusehen, sie in meiner Nähe zu wissen, brachte das Blut in meinen Adern in Wallung. Ich wollte sie berühren, sie fühlen und diese Ängste und Schuldgefühle aus ihr herausschneiden, um jeden Funken Traurigkeit aus ihrem Herzen zu löschen. Nur an sie zu denken, machte mich ganz schwindelig im Kopf, ließ meinen Puls rasen und mich wünschen, es gäbe eine Chance für uns. Mit jedem Tag fiel es mir schwerer, mich von ihr fernzuhalten. Ich wollte sie noch einmal küssen. Noch einmal ihren heißen Körper an meinem spüren. Aber da war noch immer Josh. Mir zu gestatten, mich meinen Gefühlen für Lucy hinzugeben, würde bedeuten, dass ich sie betrügen würde. Aber vielleicht fürchtete ich mich umsonst? Könnte es nicht möglich sein, dass sie es verstehen würde? Vielleicht könnte sie damit klarkommen, wer ich war? Könnte ich es ertragen, mit jemandem zusammen zu sein, dessen Bruder mir solches Leid zugefügt hatte? Um das zu können, müsste sie Josh wahrscheinlich verzeihen können und das war unmöglich.

Oder ich müsste Josh aus meinem Leben streichen, wenn ich mit der Frau zusammen sein wollte, die mein Herz berührte wie kein anderer Mensch. Aber zu was für einem Menschen würde mich das machen? Zu meinem Vater. Und es gab kaum jemanden, den ich gegenwärtig mehr hasste als ihn. Weil er meine Mutter von Josh fernhielt. Ich hatte heute Morgen mit ihr telefoniert und sie gebeten, sich gegen ihn durchzusetzen. Aber sie meinte, das wolle sie gar nicht. Sie würde ihn lieben und es wäre in ihrer Ehe nie so gewesen, dass sie sich gegen ihn aufgelehnt hätte. Sie wäre glücklich mit ihrer Ehe. Ich verstand es nicht. Vielleicht würde ich das irgendwann.

Ich betrat die Wohnung meines Bruders, in der einen Hand einen Korb mit den Resten der Weltreise - die meiste Zeit war der Kühlschrank meines Bruders und seines Kumpels leer - und in der anderen Hand einen Eimer mit Putzutensilien. Die Montagabende nutzte ich, um etwas Ordnung in das zu bringen, was die beiden ein Zuhause nannten. Ich konnte es nicht ertragen, dass mein Bruder so lebte. Schon an der Wohnungstür schlug mir der Gestank von ungewaschenen Körpern und Abfällen entgegen. Ich stellte Eimer und Korb ab und riss erstmal alle Fenster in der Zweizimmerwohnung auf. In der Küche erwartete mich der Abwasch von einer ganzen Woche; dreckiges Geschirr, schimmelnde Ravioli in einem kleinen Topf, schimmelnde Nudeln in einer offenen Büchse. Das größte Problem war, dass nicht nur die beiden eigentlichen Bewohner hier hausten, sondern auch Freunde von ihnen, die einfach vorbeikamen und auch mal für ein paar Tage blieben. Meist waren diese obdachlosen Trinker und Junkies die Ersten, die ich aus der Wohnung warf, wenn ich kam. Heute hatte ich Glück, nur Josh war da.

Sein letzter Schuss musste ein paar Stunden her sein, denn er war ansprechbar. Ich zwang ihn zuerst, seine dreckigen Klamotten auszuziehen. Manchmal war es so schlimm, dass er mich früh morgens anrief, weil er nicht schlafen konnte und schon wieder in seinem Zimmer saß und trank. Die meiste Zeit war er im Alkoholrausch und vergaß wohl darüber, dass Menschen ein gewisses Maß an Körperhygiene an den Tag legen sollten. Nur sich den nächsten Schuss zu setzen, das vergaß er nicht.

»Ist schon wieder Montag?«, wollte Josh mit rauer Stimme wissen.

Ich sah mich brummend im Wohnzimmer um, das nur aus einem alten Cordsofa und einer Kommode bestand, auf der ein kleiner Röhrenfernseher stand. »Ich denke, ja. Vielleicht hilfst du mir ja heute beim Aufräumen? Nach deiner Dusche!« Ich sammelte ein paar verteilte Werbeflyer auf. »Ich hab dir Essen mitgebracht und mach dir was warm, während du duschst und die Matte aus deinem Gesicht nimmst.«

Josh rieb sich grinsend über seine Bartstoppeln. »Vielleicht steht mir ja ein Bart?«

»Nein, kein bisschen.«

Josh stand von der Couch auf und schleppte sich ins Bad. Ich hoffte insgeheim, sie hatten die Dusche nicht wieder für dreckiges Geschirr zweckentfremdet.

Als Josh aus der Dusche kam, hatte ich das Wohnzimmer aufgeräumt, die Pasta von gestern aufgewärmt und angefangen, Geschirr zu spülen. Josh setzte sich an den kleinen Küchentisch und aß. »Du musst das wirklich nicht machen. Ich komm mir blöd dabei vor, wenn mein kleiner Bruder mir meinen Dreck hinterher räumt.«

»Wenn ich es nicht mache, wer soll es dann tun?«

Josh fuhr sich durch sein feuchtes Haar. Wenn es nass war, war es schwarz, sonst war es nur etwas dunkler als meins. Gerade noch hell genug, um als blond durchzugehen.

»Tut mir leid, Alter.«

»Müsste es nicht, wenn du wieder in Therapie gehen würdest.«

»Du weißt, ich kann das nicht. Diese Psychodocs helfen mir nicht dabei, den Unfall zu vergessen. Sie wärmen es immer und immer wieder auf, bis ich wie ein Kleinkind heule. Das hilft mir kein bisschen weiter.«

»Es ist nur am Anfang schwer, und das weißt du auch.« Ich weiß nicht, wie oft wir das schon durchgekaut hatten. Ich konnte mich selbst schon nicht mehr hören. Und ich fühlte mich immer wieder ohnmächtig vor Hilflosigkeit, wenn Josh sich verweigerte. Manchmal machte mich diese Hilflosigkeit so wütend, dass ich ihn anbrüllen wollte. Aber das konnte ich nicht tun, das machte es für ihn nicht besser. Ich wusste, wie sehr er sich davor fürchtete, dass ich mich von ihm abwandte. Er brauchte mich als letzten Anker in seinem Leben.

»Morgen ist es zwei Jahre her.« Josh sah mich ernst an und schob seinen Teller von sich. Er aß zu wenig. Er war viel zu dünn. Wenn ich ihn so sah, dann fragte ich mich, warum er wieder angefangen hatte, zu trinken und zu drücken? Es ging ihm doch gut, als er vor fünf Monaten aus dem Knast kam. Aber vielleicht war es nur das, was er uns alle hatte glauben machen wollen. Den Therapeuten im Strafvollzug, dem Richter, der ihn vorzeitig entlassen hatte, und mir. Dieser Unfall hatte ihn gebrochen, das konnte ich jetzt in seinen Augen sehen. Deutlicher als je zuvor.

»Ich weiß«, sagte ich. Wie konnte ich nicht wissen? Erst am Freitag hatte ich gesehen, wie dieser verdammte Unfall Lucy hatte zusammenbrechen lassen. War es nicht ironisch? Da war Josh auf der einen Seite und Lucy auf der anderen und ich mittendrin.

Josh sah zum Küchenfenster hinaus. »Wusstest du, dass ich mich kaum an den Unfall erinnern kann? Aber ich träume jede Nacht von diesem Mädchen. Ich sehe sie genau vor mir. Sie sitzt im Gerichtssaal und schaut mich aus diesen traurigen Augen an.«

Ich zuckte zusammen und der Teller, den ich gerade spülen wollte, rutschte mir aus den Händen und versank im Wasser. »Wusste ich nicht«, sagte ich mit heiserer Stimme, weil ein Kloß mir fast die Kehle zerdrückte. Ich sah diese traurigen Augen auch, nicht nur in meinen Träumen, sondern jeden Tag in meiner Wohnung. Sie brachten jede Zelle in meinem Körper zum Vibrieren. Und sie ließen mich wünschen, dass ich ihnen die Trauer nehmen konnte.

»Gibt es irgendetwas, das wir erledigen müssen? Rechnungen bezahlen? Einkaufen? Behördengänge?«

Josh schüttelte den Kopf. Ich beeilte mich an diesem Tag, aus Joshs Nähe fliehen zu können. Irgendwie ertrug ich es plötzlich kaum, ihn um mich zu haben. Es war immer schwer für mich gewesen, zu akzeptieren, was passiert war. Aber seit Lucy in mein

Leben getreten war, konnte ich es kaum noch aushalten. Diese Zerrissenheit trieb mich in den Wahnsinn. Lucy oder Josh? Gab es keine Möglichkeit, sie beide in meinem Leben zu haben?

15. Kapitel

»Du bist heute kaum bei der Sache. Warum hast du dir nicht einmal eine Auszeit genommen?« Stephan hatte sich zu mir heruntergebeugt und flüsterte mir ins Ohr. Professor Clemens erklärte uns gerade, dass Irving Washingtons Legende von Sleepy Hollow eigentlich ein Plagiat war. Der große amerikanische Autor hatte sich demnach bei Gottfried August Bürgers und Johann Karl August Musäus bedient. Das war auch schon alles, was ich aufgeschnappt hatte. Der Rest des Kurses zog unbeachtet an mir vorbei, obwohl ich mich damit abmühte, mich auf jedes Wort des Professors zu konzentrieren, um nicht mit meinen Gedanken abzudriften und jede Minute dieses schrecklichen Tages von vor zwei Jahren noch einmal erleben zu müssen. Schrecklich, weil mein Unterbewusstsein die schönen Stunden im Park einfach ausließ und mich nur immer wieder den Unfall, die Minuten danach, meine Befreiung durch die Feuerwehr und dann den schlimmsten Augenblick überhaupt - den Augenblick, als der Arzt mir sagte, dass mein Vater tot sei - immer und immer wieder erleben ließ.

So war es schon letztes Jahr gewesen. Ich hatte diese Szenen so oft durchlebt, dass ich am Ende schreiend zusammengebrochen war. Also versuchte ich dieses Jahr, krampfhaft an alles Mögliche zu denken, nur nicht an den schlimmsten Tag meines Lebens, damit ich die Panikattacken fernhalten konnte. Gleichzeitig verzweifelte ich an meinem Gewissen, das mir einreden wollte, ich würde meinen Vater vergessen, wenn ich nicht an ihn dachte. Ich hätte zu Hause bleiben können. Und dann? Wenigstens war ich hier auf der Uni nicht allein.

»Ich komm schon klar.« Kam ich nicht und das entging auch Stephan nicht, der missbilligend den Stift ansah, den ich mit meinen zitternden Händen festhielt.

»Soll ich dich auf den Friedhof begleiten?«

Ich schüttelte den Kopf. Das musste ich allein tun. Ich wollte nicht, dass jemand dabei war, wenn ich am Grab meines Vaters weinte.

»Geht Anne mit dir?«

»Nein, selbst wenn ich wollte, aber sie hat sich einen Magen-Darm-Virus zugezogen und liegt seit heute Morgen im Bett. Wenn sie nicht das Bad blockiert«, fügte ich augenrollend an.

»Oh Mann, bloß keine Details!«

»Ich werde mich hüten.«

»Als kleinen Zwischentest möchte ich bis zum nächsten Kurs einen Vergleich der drei Werke. Ihr wisst schon, Story, Figuren, Handlungsorte und, und, und«, sagte Professor Clemens und erhob die Stimme. Er warf mir einen scharfen Blick zu und ich zog den Kopf ein.

Nach dem Kurs fuhr ich zum Friedhof. Ich hatte immer ein mulmiges Gefühl, wenn ich hier war. Friedvoll fühlte ich mich hier auf keinen Fall. Es war mir vielmehr unangenehm, zwischen den Gräbern zu laufen. Auch nach zwei Jahren hatte ich mich nicht daran gewöhnt, den Namen meines Vaters auf dem Grabstein zu lesen: Aaron Keller. Es fühlte sich an wie ein Schlag in die Magengrube, der sich langsam nach oben arbeitete und dann auf meine Kehle drückte, bis mir die Tränen in die Augen stiegen. Ich musste ehrlich gestehen, ich besuchte das Grab nur selten, weil es sich für mich nie so anfühlte, als wäre mein Vater hier. Dieses Fleckchen Erde war nur der Ort, an dem seine Asche begraben war. Zwischen mir und diesem Grab gab es keine Verbindung. Ich kam nur aus einem Pflichtgefühl heraus hierher, um hin und wieder Blumen hier abzulegen. Viel näher fühlte ich mich meinem Vater, wenn ich Fotos von ihm betrachtete oder heimlich an dem schwarzen Anzug roch, den ich in meinem Schrank aufbewahrte. Er roch noch immer nach seinem Aftershave. Vielleicht bildete ich mir das aber auch nur ein. Und ganz nahe war ich Vater, wenn ich bei meiner Mutter im Pflegeheim war und fest an ihn dachte. Denn ich war überzeugt, dass er immer in ihrer Nähe sein würde, wenn es ihm irgendwie möglich wäre. Leider hatte ich in den letzten Wochen nicht allzu oft fest an ihn gedacht, weswegen ich die ganze Zeit diese Furcht davor mit mir herumschleppte, dass er für immer verschwinden würde. Ich legte eine dunkelblau gefärbte Rose auf sein Grab, weil er diese immer besonders gemocht hatte, dann ging ich wieder. Ich war hier gewesen. An seinem Todestag. Das musste doch zählen.

Mit verbissenem Gesichtsausdruck fuhr ich nach Portobello, um Mutter zu besuchen. Ich hoffte so sehr, dass Ella da wäre. Mich mit ihr zu unterhalten, würde mir gut tun. Würde die Erinnerungen aus meinem Kopf halten. Meine Mutter saß heute wieder in ihrem Krankenstuhl. Sie blickte aus dem Fenster. Das Radio war an und leise Musik ertönte. Sie passte zu meiner Stimmung und zu den langsam an den Strand rollenden Wellen. Ich begrüßte Ella kurz und dann meine Mutter. Ich drückte sie, heute kürzer als sonst, weil ich schon wieder mit den Tränen kämpfte. Ich hasste diesen Tag so sehr wie meinen Geburtstag. Warum waren diese Tage nur so schwer? Schwerer als alle anderem in Jahr?

»Du lächelst, Ella?«

Sie nickte. »Ich schwelge noch immer in den Erinnerungen von gestern.«

»Das ist es also.«

»Ja, und Ryan auch ein bisschen. Er ist so perfekt! Wieso hast du mir das nur verschwiegen?«

Ich zuckte mit den Schultern.

»Wie geht es dir?«

»Hmm, wie jeden Tag.« Sie musterte mich. »Versprichst du mir etwas?«

Ich nickte. Vielleicht hätte ich erst fragen sollen, was ich ihr versprechen sollte.

»Hör auf, an der Vergangenheit festzuhalten. Es gibt auch schöne Dinge in der Gegenwart. Wenn du die Vergangenheit nicht ruhen lässt, verpasst du das Morgen. Ich kenne dich jetzt schon acht Monate und es macht mich traurig, wie sehr du darum kämpfst, zu ignorieren, dass dein Leben weitergeht. Nur, weil du dein Leben lebst, verletzt du deine Eltern nicht oder liebst sie weniger. Mach die Augen auf! Du übersiehst sonst, wie Ryan dich ansieht.«

Ich runzelte abweisend die Stirn. »Wie sieht er mich denn an?«

»Als wäre er an dir interessiert.« Ella zog einen Mundwinkel hoch. »Nein, als fände er dich unglaublich heiß.«

»Ach Quatsch! Er versucht nur, wiedergutzumachen, was er in den ersten Tagen verbockt hat.«

»Ich denke nicht.«

»Du hast dich in ihn verliebt!«, quiekte ich aufgeregt.

Ellas Wangen verfärbten sich und sie sah nervös auf ihre Hände, die sie über ihrer Decke gefaltet hatte. »Ich gebe es wenigstens zu.«

Ich schnappte nach Luft. »Ich bin nicht in ihn verliebt. Ich finde ihn nur heiß.«

»Damit fängt es doch an, oder? Du solltest ihm eine Chance geben.«

»Selbst wenn ich das wollte, bis jetzt hat er nichts versucht.«

»Und was ist mit dem Kuss, von dem er mir erzählt hat?«

»Wann?«

»Bevor er mich geküsst hat.«

»Wahrscheinlich war das wieder einer seiner Versuche, mich zu verärgern. Seither hat er sich zumindest von mir ferngehalten.«

Ella grinste. »Und warst du verärgert?«

Jetzt war ich dran mit Rotwerden.

»Könnte man sagen.«

»Ich glaube dir kein Wort. Du hast es genossen.«

»Hat er das auch behauptet?«

»Ja, hat er. Du hast geseufzt, hat er gemeint.«

»Das ist nicht wahr!«, entrüstete ich mich. »Außerdem muss er doch erzählen, dass es mir gefallen hätte, schließlich geht es um seinen männlichen Stolz.«

Wir unterhielten uns noch ein wenig über Ryan. Ella schwärmte in den höchsten Tönen von ihm und ich versuchte alles, was sie an ihm lobte, zu widerlegen. Und die ganze Zeit war mir klar, dass ich nur versuchte, mir etwas vorzumachen. Denn ich genoss jede Sekunde unseres Gesprächs über Ryan und ich genoss es, dass Ella davon überzeugt war, dass er etwas für mich empfand. Auch wenn ich es nicht glauben konnte, die Vorstellung gefiel mir sehr. Und ohne, dass ich es wirklich bemerkt hatte, hatte Ella mich den ganzen Nachmittag auf andere Gedanken gebracht. Ich hatte nicht einmal - wie sie es nennen würde - in der Vergangenheit festgehangen.

Ryan

Als Lucy am frühen Abend nach Hause kam, wirkte sie weniger verstört oder unglücklich, als ich nach ihrem Zusammenbruch am Freitag erwartet hatte. Mit einem frischen Kaffee zog sie sich in ihr Zimmer zurück, um eine Hausaufgabe zu machen. Etwas in mir redete mir ein, dass das nur eine Ausrede war, um allein sein zu können, damit sie sich ihrer Trauer hingeben konnte. Aber ich wollte mich ihr auch nicht aufdrängen und sie durch mein Nachfragen erst noch in einen erneuten Anfall hinein schubsen, also presste ich die Kiefer aufeinander und versuchte, mich mit Hausarbeiten von Lucy abzulenken. Ich spülte das Frühstücksgeschirr und danach stellte ich die Möbel im Wohnzimmer wieder so um, wie die Mädchen es gemacht hatten. Ich wischte Staub und schaute eine Realityshow im TV.

Mit einer Kanne Kamillentee klopfte ich dann an Annes Tür und trat ein. Anne setzte sich stöhnend auf, als ich ihr Zimmer betrat, und lächelte gequält.

»Ich bringe dir Tee.«

»Ich danke dir, Doc«, flüsterte sie rau. Sie sah blass und müde aus. Ihr Haar wirkte stumpf und verschwitzt.

»Geht es dir besser?«

»Zumindest muss ich dank deiner Tropfen nicht mehr ständig zur Toilette rennen.« Ich hatte Anne am Nachmittag Tropfen gegen das Erbrechen gegeben. »Trotzdem solltest du mehr trinken.«

»Ja, Doc. Lieb, dass du dich um mich kümmerst. Ich weiß, ich bin kein vorbildlicher Patient. Und ich wollte dir vorhin auch bestimmt nicht auf deine Hosen ...«

Ich winkte ab. »Mach dir deswegen keine Sorgen, ich bin immun gegen den Geruch von Erbrochenem.«

»Das bringt dein Beruf wohl so mit sich«, sagte sie mit kratziger Stimme. Ich goss Anne etwas von dem Tee in ihre Tasse und hielt sie ihr dann vor die Nase.

Sie nahm die Tasse und nippte vorsichtig daran. »Hab ich dir eigentlich schon gesagt, wie sehr ich Kamillentee hasse?«

»Schon ein Dutzend Mal.«

Sie nickte und trank noch einen Schluck. »Ist Lucy zurück?«

»Ich hatte den Eindruck, dass es ihr ganz gut geht.«

»Sie ist gut darin, etwas vorzutäuschen. Letztes Jahr hatte sie schreckliche Albträume und ich musste mich zu ihr legen, um sie zu beruhigen. Dieses Jahr kann ich das nicht tun.« Sie sah mich ernst an. »Vielleicht solltest du?«

Ich schüttelte fast panisch den Kopf. »Ich kann mich doch nicht einfach zu ihr ins Bett legen.«

Anne grinste. »Das hast du doch schon.«

»Weil sie es wollte.«

»Unbeabsichtigt. Sie war nicht ganz bei sich. Und so wird das heute wieder sein. Es wäre besser, wenn du dich um sie kümmerst, bevor sie wieder zusammenbricht. Wenn es erst soweit ist ... Du hast keine Ahnung. Und sie war die letzten Tage nicht besonders gut drauf.«

Ich wusste, dass Anne recht hatte, was die letzten Tage betraf. Und dass Lucys letzter Zusammenbruch schon schwer zu bewältigen war für mich, hatte ich auch nicht vergessen. Trotzdem hatte ich ein komisches Gefühl bei dem, was Anne da von mir verlangte.

»Ich weiß nicht. Wenn ich mich einfach zu ihr lege, glaubt sie noch, ich wolle sie vergewaltigen.«

»Ach, sie wird dir dankbar sein. Und außerdem hast du doch schon eine Nacht mit ihr verbracht und hast deine Finger brav bei dir behalten.«

Ich verschwieg Anne lieber, dass mir das nicht einfach gefallen war. In meinen Lenden zog es allein bei der Erinnerung an diese Nacht. Ich schluckte schwer. Natürlich hätte ich nichts dagegen, diese wundervolle Nacht noch einmal erleben zu dürfen. Aber ich wollte auch nicht das Risiko eingehen, dass sie mich für einen irren Triebtäter hielt. Und diese Wahrscheinlichkeit war hoch, wenn ich einfach zu ihr unter die Decke kroch. Ich könnte sie einfach fragen. Aber ob das bewirkte, dass sie nicht dachte, ich wäre pervers oder irre?

»Wenn du nicht versprichst, dich heute Nacht um sie zu kümmern und so zu verhindern, dass sie die schlimmsten Albträume überhaupt hat, werde ich die nächste Ladung Mageninhalt in deinem Bett los«, sagte Anne drohend und kniff unterstreichend ihre Augen zusammen. Ich sog meinen Lippenring in meinen Mund und fühlte mich hin- und hergerissen.

»Okay, aber du wirst ihr erklären, dass du mich erpresst hast, wenn sie wütend auf mich wird und versucht, mir Teile meiner Anatomie in den Bauchraum zu treten.«

»Das könnte ich in Erwägung ziehen.« Anne rieb sich stöhnend über den Magen. »Und jetzt mach, dass du hier rauskommst und deinen Job erledigst, Soldat.«

Ich lachte leise und drückte kurz Annes Hand. »Du siehst heiß aus, hab ich dir das schon gesagt?«

»Noch nicht, aber lass dich in Zukunft durch nichts davon abhalten.«

Ich stand auf und warf einen Blick auf meine Armbanduhr, während ich das Zimmer verließ. Langsam zog ich die Tür hinter mir zu. Das war ein Hinauszögern, denn ich fühlte mich einfach nicht wohl bei dem, was Anne da von mir verlangte. Und doch flatterte es in meinem Magen vor Nervosität und mein Puls begann zu rasen. Ich musste an die letzte Nacht denken, die ich in Lucys Bett verbracht hatte. Ich würde alles dafür geben, das noch einmal erleben zu dürfen. Es hatte sich intensiv und nahe angefühlt, erregend und tiefgehender als jede andere Nacht, die ich bisher mit einer Frau verbracht hatte. Es kostete mich enorme Kraft, nicht einfach in ihr Zimmer zu stürmen und sie an mich zu reißen. Ich hatte mich in Lucy verliebt, wie sonst konnte ich dieses Chaos in mir erklären. Und die Angst, die mich aufzehrte und fast wahnsinnig machte, weil ich jede Sekunde daran denken musste, dass sie herausfinden könnte, wer ich war.

Ich sollte es ihr sagen, bevor das zwischen uns seinen Anfang nahm, weil es falsch war, es ihr zu verheimlichen. Aber dann dachte ich wieder: warum eigentlich? Es war ja nicht so, dass sie mir einen Grund gab, zu glauben, sie würde auch etwas für mich fühlen. Und wenn sie nichts für mich fühlte, wäre es für unser gemeinsames Leben in dieser Wohnung doch besser, wenn ich ihr nicht von Josh erzählte. Aber es wäre fairer ihr gegenüber. Egal, ob wir nun eine Beziehung führten oder nicht. Sie verdiente es, es zu wissen. Nur nicht heute. Heute konnte ich ihr das nicht antun.

Zitternd stand ich vor ihrer Tür und lauschte. Eigentlich wollte ich anklopfen und sie einfach in meine Arme ziehen und bei ihr bleiben, egal ob sie wollte oder nicht. Zumindest lief das so in meiner Fantasie ab. In der nächsten Szene wandte ich mich einfach von der Tür ab und verwarf alles, was mich glauben ließ, dass zu ihr zu gehen eine gute Idee war. Annes Idee war schlecht. Doch mit Fortschreiten der Szene in meinem Kopf sah ich sie vor mir: Zusammengebrochen, zitternd und das Gesicht nass von Tränen, so wie nach der Party. Und das schnürte mir die Brust zu. Sie leiden zu sehen, das würde mich umbringen. Wie ironisch, da sie doch garantiert leiden würde, wenn ich ihr von Josh erzählte. Josh zählt jetzt nicht, redete ich mir ein. Jetzt ging es nur darum, sie vor noch mehr Schmerzen zu bewahren. Und so lange ich dazu in der Lage war, würde ich das verdammt noch mal auch tun.

Ich machte mich bereit zu klopfen, doch dann hielt ich inne. Alles war ruhig in dem Zimmer. Eben hatte ich noch das leise Klackern einer Computertastatur vernommen und Musik hatte gespielt, jetzt war es still auf der anderen Seite der Tür. Ich klopfte leiser an, als ich es ursprünglich geplant hatte. Niemand antwortete. Ich öffnete die Tür, Blut rauschte in meinen Ohren. Ich hatte Angst, sie würde ausflippen. Ich war aber auch aufgeregt, weil ich ihren Körper vielleicht gleich nahe an meinem spüren würde. Ich schlich mich zu ihrem Bett, ihr Atem ging ruhig und gleichmäßig. Sie schlief schon. Ich war enttäuscht und doch auch erleichtert, denn obwohl ich erst mit ihr reden wollte, um sie nicht überfallen zu müssen, kam ich jetzt drum herum. Langsam schob ich mich hinter sie. Sie seufzte leise. So vorsichtig ich konnte, strich ich ihr ihre Haare aus dem Gesicht. Ihre Wange war feucht. Mein Herz zog sich zusammen. Anne hatte recht, ihr ging es nicht gut. Sie verstand es, über ihre Verzweiflung hinwegzutäuschen, das war alles.

»Du bist nicht Anne«, flüsterte sie, als ich meinen Arm um sie legte.

»Anne ist heute nicht im Dienst. Sie wollte, dass ich sie vertrete.« Meine Stimme war rau. Sie wieder so nah bei mir zu fühlen, ihre Hitze, die mich verbrannte, und den Duft ihres Shampoos in der Nase, das war überwältigend. Ich verbot mir zwar, jetzt solche Gefühle zuzulassen, aber mein Körper hatte andere Pläne.

»Du musst das nicht tun.«

»Muss ich nicht, aber ich will.« Mein Herz rannte in meiner Brust. Sie musste es spüren. Es war unmöglich, dass sie es nicht fühlte.

Lucy wandte sich in meinen Armen um. Sie hatte die Vorhänge nicht zugezogen. Die Laterne vor dem Haus schien gerade so noch in ihr Zimmer und leuchtete in ihr Gesicht. Sie lächelte und legte eine zarte Hand auf meine Brust. Genau dorthin, wo mein Herz herauszuspringen drohte. Ich glaubte, jeden Augenblick wahnsinnig vor Verlangen und Sehnsucht zu werden. Sie schien keinen Schimmer zu haben, wie unglaublich erregend diese zufällige Geste war. Sie sah mir direkt in meine Augen. Ihre

Augen, diese traurigen, trotzigen Augen, die ich schon immer geliebt hatte. Ein Zittern durchlief meinen Körper.

Ihre Hand lag noch immer auf meiner Brust. »Das fühlt sich gut an.« Ihre Stimme war so leise, dass ich erst glaubte, mich verhört zu haben.

»Was fühlt sich gut an?«

»Deine Arme um meinen Körper.« Sie drängte sich näher an mich und alles in mir zog sich zusammen. Ich konnte ein Stöhnen nicht unterdrücken.

»Es fühlt sich unglaublich gut an«, sagte ich heiser. Meine Stimme zitterte. »Aber ich kann das jetzt nicht genießen. Wir sollten ignorieren, wie gut es sich anfühlt.«

»Warum?« War das ein Schmollen in ihrer Stimme? Ihre Hand wanderte meine Brust hinauf und blieb in meinem Nacken liegen. Ich musste wirklich mit meiner Beherrschung kämpfen. Verdammt, was machte sie da? Wollte sie mich testen?

»Weil ich nicht will, dass du das nur tust, um dich besser zu fühlen.«

»Tut man das nicht, um sich besser zu fühlen? Man hat Sex, weil es sich gut anfühlt.«

Sex? Wollte sie mich umbringen? Aber ihr Argument war nicht von der Hand zu weisen. »Nicht heute. Lucy, du bist mir wichtig, sehr sogar. Ich möchte das wirklich. Aber wenn wir es tun, dann weil du es auch willst. Nicht, um dich abzulenken oder den Schmerz auszuschalten.«

»Bin ich nicht alt genug, um das selbst zu entscheiden?«

»Ja, aber ich möchte nicht, dass du morgen aufwachst und etwas bereust.«

Lucy schloss die Augen, dann sah sie mich wieder an. »Also gut. Aber darf ich mir etwas wünschen? Einen Kuss«, sagte sie, ohne auf eine Antwort auf ihre Frage zu warten.

Sie wollte mich wirklich foltern. Aber auch wenn es masochistisch war, weder ihr noch mir wollte ich einen Kuss verwehren.

16. Kapitel

Ryan legte seine Hand auf meine Wange, sein Daumen streichelte mich zärtlich. Ein Schaudern durchlief meinen Körper. Sehnsüchtig schob ich mich noch näher an ihn heran. Ich hatte in den letzten Tagen viel über diesen einen Kuss nachgedacht, den wir geteilt hatten - immer, wenn ich Ryan gesehen hatte. Und ich hatte mich gefragt, warum es bei diesem einen Kuss geblieben war. Warum er mir aus dem Weg gegangen war und es nicht noch einmal getan hatte. Auch in dieser ersten Nacht, die er bei mir verbracht hatte, hatte ich so sehr gehofft, dass er seine Lippen auf meine drücken und mir mit einem stürmischen Kuss alle Schmerzen nehmen würde. Und dann hatte ich an diesem Wochenende diesen anderen Ryan kennengelernt und meine Sehnsucht nach ihm war ins Unermessliche gestiegen. Ich fühlte mich sicher und geborgen bei ihm und ich wollte noch viel mehr von diesen neuen Gefühlen. Hatte nicht nur Ella sich in Ryan verliebt, sondern ich mich auch?

Seine Lippen näherten sich meinen und meine Haut begann zu prickeln. Ein ganzer Schwarm wundervoller Kolibris flatterte in meinem Bauch und mir stockte der Atem, als Ryans Lippen endlich auf meine trafen. Gierig bewegte sich sein Mund auf meinem. Seine Hand in meinem Nacken hielt mich fest und verhinderte, dass mein Kopf dem Druck nachgab. Ryans Lippen waren weich und hart zugleich. Er knabberte mit seinen Zähnen an meiner Unterlippe und entlockte mir ein Seufzen. Und ja, auch wenn er es nicht wollte, aber dieser Kuss nahm mir meinen Schmerz, löschte ihn aus und füllte das Loch mit brennendem Verlangen nach Ryan. Seine Zunge drängte gegen meinen Lippen und ich öffnete meinen Mund für ihn. Als seine Zunge meine berührte, durchfuhr mich ein Blitz. Ich stöhnte in Ryans Mund. Meine Finger krallten sich in seinen Rücken. Ryan saugte an meinen Lippen. Seine Zunge umkreiste meine, leckte über meine Unterlippe und entlockte mir weitere Seufzer. Nur dieser Kuss allein machte mich atemlos und schürte meine Begierde nach mehr. Ich drängte Ryan meine Brüste verlangend entgegen, die sich schwer und heiß anfühlten.

Grollend schob er sich über mich. Eine seiner Hände legte sich auf mein Nachtshirt und berührte sanft eine Brust. Durch den Stoff meines Shirts umkreiste er eine meiner harten Knospen. Ein wohliges Ziehen breitete sich von dort durch meinen Körper aus und schickte zuckende Blitze in meine Klitoris. Ich hob mein Becken und rieb mich an seiner Erektion. Ryan löste seine Lippen von meinen und stöhnte. Grinsend ließ ich meine Hände unter sein Shirt gleiten und seufzte wohlig, als ich die nackte, heiße Haut seines Rückens unter meinen Fingern fühlte. Ryans Lippen glitten zart wie Schmetterlingsflügel über die empfindliche Haut meines Halses. Er saugte an der kleinen Kuhle unter meinem Ohr und brachte mich zum Beben. Ich rieb mich noch einmal an ihm und entfachte die wundervollsten Empfindungen in mir. Nichts zählte mehr, nur noch die Zärtlichkeiten, die Ryan mir schenkte, die ich wie ein vertrockneter Schwamm in mich aufsaugte, bis mir klar wurde, was ich hier eigentlich tat. Ich benutzte Ryan, um zu vergessen. Ich tat genau das, was er nicht gewollt hatte. Ich erstarrte unter ihm und eine Träne löste sich aus einem meiner Augenwinkel.

Ryan fühlte sofort, dass sich etwas verändert hatte. Er hielt inne und sah mich an.

»Es tut mir leid«, flüsterte ich.

Ryan legte sich neben mich und schlang seine Arme um mich. »Nein, mir tut es leid. Ich hätte nicht so weit gehen sollen. Ich habe gewusst, dass das passieren würde, wenn ich dich küsse. Ich sehne mich schon seit Tagen danach, dich zu berühren, da war dieser Kuss wirklich keine gute Idee.« Er hauchte mir einen Kuss auf die Stirn, dann setzte er sich auf. »Ich sollte besser gehen.«

»Nein«, hielt ich ihn auf. »Wir könnten einfach nur hier liegen, bitte.«

Er legte sich wieder zu mir und ich kuschelte mich an seine Brust. Ich bereute keine Sekunde von dem, was wir getan hatten. Aber Ryan hatte recht, ich hatte es aus dem falschen Grund gewollt. Und das wäre ihm gegenüber nicht fair. »Vielleicht könnten wir einfach nur reden?«

»Du hast Angst, einzuschlafen«, stellte Ryan richtig fest.

»Ja, wegen der Träume.«

»Anne hat mir davon erzählt. Sie sagt, letztes Jahr war es am Tag des Unfalls auch so schlimm.«

Ich nickte. »Ich träume eigentlich immer wieder von dem Unfall, aber um die Zeit herum, wo es passiert ist, da wird es schlimmer. Und dann an dem Tag, da ist es ganz schlimm. Deswegen hab ich Angst vor dem Einschlafen und auch vor dem Alleinsein.«

Ryans Hand lag auf meinem Oberarm und sein Daumen streichelte mich. »Das ist dein Unterbewusstsein. Je näher der Tag kommt, desto mehr denkst du daran. Und je mehr Angst du davor hast, desto schlimmer wird dein Unterbewusstsein dich mit diesen Träumen bestrafen und das setzt die Panikattacken in Gang.«

»Ich weiß. Ich sollte loslassen, aber ich kann nicht.«

»Weil du Angst hast, dass du deine Eltern und speziell deinen Vater dann aus deinem Leben lässt und er einfach verschwindet.«

»Ja«, sagte ich um den dicken Kloß in meinem Hals herum.

»Das wird nicht passieren. Deswegen ist diese Angst in dir eigentlich unnötig. Warum solltest du deinen Vater vergessen? Niemand kann dir die Erinnerungen an ihn nehmen. Die werden immer da sein. Du hast doch bestimmt schöne Dinge mit ihm erlebt?«

»Ja, ich weiß noch genau, wie er mit mir zusammen ein Puppenhaus gebaut hat. Und wir haben ein Schiff aus Streichhölzern gebaut.«

»Und sind diese Erinnerungen nicht viel schöner als die, an die du dich so verzweifelt krallst, dass sie dich selbst im Schlaf verfolgen?«

Ryan hatte recht, ich hielt an den letzten Sekunden im Leben meines Vaters fest und hatte die schönen Dinge vergessen. Dabei waren es die schönen Erinnerungen, die meinen Vater ausmachten, und nicht seine letzten Sekunden.

»Dass du dich an den Unfall erinnert hast, als er gerade passiert war, das ist normal. Du musstest den Schock und den Schmerz erst verarbeiten. Aber du hast diese Erinnerungen nicht wieder losgelassen. Du hast am Schmerz festgehalten und die glücklichen Momente vergessen. Aber die wird dir niemals jemand nehmen können. Die werden immer in dir drin bleiben.« Er stupste mit seinem Zeigefinger gegen meine Brust.

Ich schloss die Augen und dachte an unser letztes Picknick, wie meine Mutter gelacht hatte, als mein Vater sich mit der Torte bekleckert hatte. Mein Vater hatte seinen Löffel mit Torte beladen und damit nach meiner Mutter geworfen, die aufgestanden und lachend geflüchtet war. Später hatten wir einen Frisbee hin und her geworfen. Ich hatte dieses Picknick wirklich fast vergessen. Alles, was ich die ganze Zeit mit mir herumgetragen hatte, war der Unfall danach gewesen. Ich hatte meine Eltern und mich um diesen Tag betrogen, dabei hatten sie sich so viel Mühe gegeben, mir einen besonderen Geburtstag zu bereiten.

***

»Was machst du hier?« Verwirrt sah ich Ryan an, der lässig gegen ein Fenster gelehnt vor dem Hörsaal stand, in dem ich meinen letzten Kurs für heute hatte. Zwei Mädchen verließen hinter mir den Hörsaal und schoben sich an mir vorbei, wobei die eine der anderen gackernd erklärte, wie scharf der Typ sei, der da mit den Händen in den Taschen seiner Jeans zu ihr rüber grinste. Ich lächelte zufrieden in mich hinein, denn eigentlich galt Ryans Grinsen mir, denn jetzt löste er sich von dem Fenster und schlenderte gemächlich auf mich zu. Dabei funkelten seine Augen auf eine Art, die einen Schauder durch meinen Körper schickte.

»Begrüßt du so den Mann, mit dem du die Nacht verbracht hast?« Er legte einen Arm um meinen Rücken und zog mich an sich. Noch immer lächelte er auf mich herab und dieses Lächeln löste einen Feuersturm in meinem Magen aus. Er küsste mich nicht, aber er strich mit seiner Wange an meiner entlang und flüsterte: »Alles Liebe zum Geburtstag.«

Ich versteifte mich in seinem Arm. Den ganzen Tag hatte ich es geschafft, den Gratulationen aus dem Weg zu gehen. Trotz unseres Gespräches in der Nacht konnte ich noch immer nicht über meinen Schatten springen, und die düstere Stimme in meinem Inneren flüsterte mir zu, dass es nicht recht war, seinen Geburtstag nur einen Tag nach dem Todestag des eigenen Vaters zu feiern. Ryans Griff wurde fester und er sah mich ermahnend an.

Ich schob ihn von mir und ging auf den Ausgang zu. Unmöglich konnte ich jetzt wieder auf mein kleines Problem eingehen. Ich nannte es doch immerhin schon Problem, das war ein Fortschritt.

Das zeigte doch, dass mir bewusst war, dass etwas nicht mit mir stimmte.

»Du hast meine Frage nicht beantwortet. Was machst du hier?« Ryan lief neben mir her, noch immer hatte er dieses widerlich himmlische Lächeln im Gesicht.

»Ella hat mich angerufen. Ich soll meinen Hintern zu dir in die Uni schwingen und dann mit dir nach Portobello kommen.«

Wie auf Kommando blieb ich stehen. Das passierte ausgerechnet direkt vor dem Ausgang, was uns beiden einige mürrische Blicke bescherte, was mich wiederum überhaupt nicht interessierte, denn gerade war ich nur aufnahmefähig für die Panik, die ihre schmerzenden Krallen nach mir ausstreckte. »Ella? Geht es ihr gut?« Seit ich sie kannte, war da immer dieses glimmende kleine Stück Holz in meinen Tiefen, das darauf wartete, zu einem ausgewachsenen Feuersturm zu werden, an dem Tag, an dem ich in das Heim kommen würde und Ella nicht mehr da war.

Ryan griff nach meinem Oberarm und bugsierte mich durch den Ausgang nach draußen, die Stufen vor dem Gebäude hinunter und weiter zum Parkplatz, wo sein Ford stand. »Es geht ihr ... unverändert.« Er sah mich an, während er mir die Beifahrertür aufhielt. »Irgendwie kann ich nicht gut sagen, weil das gelogen wäre.«

»Ich versteh das.« Ich legte ihm eine Hand auf den Oberarm. Es berührte mich, wie sehr er in dieser kurzen Zeit mit Ella zusammengewachsen war. Ich stieg in das Auto und legte den Gurt um. Ryan setzte sich auf den Fahrersitz. Obwohl wir uns in der vergangenen Nacht so nahegekommen waren, wurde mein Körper von einem aufgeregten Kribbeln durchzogen. Er saß neben mir, ich mit ihm allein in seinem Auto, und das machte mich noch immer nervös. Und es fühlte sich gut an. Trotz des Abstandes zwischen unseren Körpern schien es, als könnte ich die Wärme seines Körpers, die ich jetzt schon in zwei Nächten genossen hatte, spüren. Mein Mund war plötzlich ganz trocken und meine Hände schwitzten, und obwohl ich mir Sorgen um Ella machte, wurden diese Symptome nicht durch meine Angst um sie ausgelöst. Es war Ryans Schuld, denn er hatte sich eben über die Mitte gebeugt und mir einen Finger unter das Kinn gelegt, damit ich ihn anschauen musste.

»Ich könnte behaupten, ich habe vergessen, dich zu küssen, aber das wäre gelogen. Etwas, das sich so gut anfühlt, kann man nicht vergessen. Ich wollte nur mit dir allein sein, wenn ich dich küsse.«

Hitze spülte durch meine Adern. Wie kam es nur, dass er etwas sagte und mich mit seinen Worten in bibbernde Götterspeise verwandelte. Ich biss mir auf die Unterlippe und sah sehnsüchtig auf seinen Mund. Dieser Mann verstand es zu küssen, und etwas würde absolut nicht mit mir stimmen, wenn mich der Gedanke, noch einmal von ihm geküsst zu werden, nicht verzücken würde. Und ich würde mich selbst belügen, wenn ich behaupten würde, dass ich nicht wollte, dass er mich küsste. Oh und wie ich es wollte! Zwischen meinen Schenkeln begann es zu pulsieren und er hatte mich noch nicht einmal berührt. Meinem Körper reichte offensichtlich schon die Vorstellung, dass er es tun würde. Nur warum zögerte er noch?

»Wolltest du mich nicht gerade küssen?«, hakte ich ungeduldig nach.

»Wollte ich, aber zuvor wollte ich es genießen, dabei zuzusehen, wie deine Augen sich vor Erregung verdunkeln, deine Unterlippe anfängt zu zittern, und wie die Hitze deinen Körper durchflutet und deine Wangen färbt. Und soll ich dir was verraten? Zu sehen, wie dein Körper auf meinen reagiert, ist das Erregendste, das ich je erlebt habe.«

Ich schluckte und versuchte seinem intensiven Blick auszuweichen, aber sein Finger unter meinem Kinn verhinderte das noch immer. Ob ich ihm sagen sollte, dass auch seine Augen sich verdunkelt hatten: Vollmilchschokolade hatte sich in Zartbitter verwandelt.

Ryan kam näher und strich mit seinen Lippen zärtlich über meine. Seine Hand wanderte von meinem Kinn an meine Wange, wo sein Daumen mich sanft streichelte. Sein Kuss wurde drängender und ich gab mich ihm wohlig seufzend hin. Ryans Lippen verzogen sich an meinen und er lachte leise.

»Genau deswegen wollte ich keine Zeugen. Dieses Stöhnen soll nur mir gehören.« Er flüsterte das an meinen Lippen und jeder Buchstabe strich dabei zärtlich über mich. Noch einmal knabberte Ryan an mir, dann löste er sich von mir und ließ mich vor Sehnsucht zitternd zurück. »Dann wollen wir mal«, sagte er lächelnd und startete den Motor.

»Und mein Auto?«, wollte ich völlig deplatziert wissen, aber mein Denken war gerade stark eingeschränkt. Wieso zur Hölle interessierte ich mich gerade für mein Auto? Nein, interessierte ich mich gar nicht. Diese Worte hatten sich einfach aus meinem Mund geschlichen.

»Das kann bis morgen hier auf dich warten. Ich fahre dich morgen früh her.«

Ryan parkte seinen Wagen auf dem Parkplatz vor dem Heim. Ich fühlte mich unsicher, wollte zum einen sofort aussteigen und nach Ella sehen, um mich zu beruhigen, und hatte zum anderen aber auch zu viel Angst davor, dass es ihr schlechter ging und ich bald Abschied von ihr nehmen musste. Ich nahm meinen Mut zusammen und stieg aus, als Ryan mir die Tür aufhielt. Er musste mir meine Angst wohl angesehen haben, denn er nahm meine Hand und strich mir mit seiner anderen Hand beruhigend über die Wange.

Vor der Zimmertür küsste er mich noch einmal auf die Stirn, dann wandte er sich dem Türgriff zu. Aus dem Augenwinkel bemerkte ich ein Zucken um seinen Mundwinkel. Ich runzelte die Stirn. Hier passte etwas nicht. Ryan stieß die Zimmertür auf und mir stockte der Atem: Luftballons schwebten unter der Decke, eine Papiergirlande hing zwischen zwei Wänden und in der Mitte stand auf dem Tisch eine Torte, auf der groß eine 20 stand. Meine Mutter saß in ihrem Rollstuhl, und obwohl ich wusste, dass das unmöglich war, war ich überzeugt, ihre Lippen umspielte ein Lächeln. Ella saß auch in einem Rollstuhl am Tisch und klatschte aufgeregt in ihre

Hände. Mein Mund war pelzig und das Atmen fiel mir schwer. Ich ließ Ryans Hand los und wollte hier weg. Erinnerungen an das zu meinem Geburtstag geschmückte Haus, das wir bewohnt hatten, überrollten mich.

Als ich vor zwei Jahren aus dem Krankenhaus entlassen wurde, war die Dekoration noch da gewesen. Es hatte sich so erdrückend angefühlt, in das Wohnzimmer zu kommen und auf die Deko zu blicken. Ich hatte wütend alles von den Wänden gerissen und dabei sogar ein Hochzeitsfoto meiner Eltern heruntergerissen. Die Scheibe war zersprungen und ich hatte eine Scherbe aufgehoben und mir gewünscht, ich würde den Mut dazu aufbringen, sie über mein Handgelenk zu ziehen. So hatte ich auf dem Boden gesessen, als Anne mich fand.

Ich wollte aus dem Krankenzimmer fliehen, doch Ryan hielt mich zurück. Er sah mir direkt in die Augen. Ich kämpfte nicht einmal gegen die Tränen an, ich ließ sie einfach fließen und ich unterdrückte auch nicht das Zittern. Warum hatte er das getan? Er wusste doch, dass ich das hier nicht wollte. Wie sehr ich davor Angst hatte.

»Lauf nicht weg! Sieh dir deine Mutter an. Vor zwanzig Jahren war dieser Tag der wohl schönste in ihrem Leben. Das war der Tag, an dem sie dich zum ersten Mal in den Armen gehalten hat. An diesem Tag hat sie erste Pläne für dich und dein Leben geschmiedet. Wahrscheinlich hatte sie genaue Vorstellungen, wie dein Leben verlaufen würde.« Ryan zog mich langsam in das Zimmer und schloss die Tür hinter uns, dabei hielt er meinen Blick mit seinem fest. Mein Herz hämmerte panisch, aber ich hörte ihm zu, weil ich wusste, dass er die Wahrheit sagte, und weil ich verzweifelt hoffte, dass er etwas sagen würde, das mein Problem mit diesem Tag lösen würde. Und irgendwie hatte ich das Gefühl, dass er auf dem richtigen Weg war. Denn etwas fügte sich in mir zusammen.

»Diese Dinge, die den Tag deiner Geburt zu so einem wichtigen Tag für sie gemacht haben, die haben auch jeden einzelnen deiner Geburtstage für sie so wichtig gemacht. Denn ich weiß genau, sie hat an jedem Geburtstag an diesen ersten Kontakt mit dir zurückgedacht, sie hat sich an jede Einzelheit erinnert: die Farbe deiner Haut, wie du geduftet hast, wie zart du dich angefühlt hast und wie du zum ersten Mal deine Augen geöffnet hast. Und von der ersten Sekunde an war sie stolz auf dich gewesen und sie wusste, dass du deinen Weg gehen würdest und sie mit jedem Geburtstag noch stolzer auf dich sein würde. Deine Geburtstage, jeder einzelne davon, waren die wichtigsten Tage für deine Mutter und auch für deinen Vater.« Er sah mich ernst an. »Glaubst du, deine Mutter hätte jemals einen verpassen wollen? Dass du den für sie wichtigsten Tag im Jahr nicht mehr feiern möchtest, würde sie traurig machen. Mich macht es traurig und Ella auch. Und auch Stephan, sonst hätte er das Thema nie angesprochen. Ihn nicht zu feiern, sondern um das Schicksal deiner Mutter oder das deines Vaters zu trauern, das hätte sie nicht gewollt.«

In meinem Hals drückte ein Kloß, so groß wie Edinburgh Castle. Ich sah meine Mutter an und ich wusste, dass jedes einzelne Wort stimmte. Wie immer hatte Ryan es genau auf den Punkt gebracht. Meine Mutter hätte diese Feier gewollt, diese Luftballons dort unter der Decke und diese Torte mit der hellblauen 20 auf der weißen Creme. Sie hätte schrecklich mit mir geschimpft, wenn ich keine Party gemacht und keine Freunde eingeladen hätte und wenn sie nicht eines ihrer Rezepte für Kuchen hätte ausprobieren können. Ryan stellte sich hinter mich und legte die Arme um mich, genau im richtigen Moment, denn meine Knie sackten einfach weg. Ich lehnte mich schwer gegen ihn. Meine Eltern hätten nicht nur diese Feier gewollt, sondern auch, dass ich nach vorne blickte und das Leben lebte, das sie für mich gewollt hätten - seit dem Tag, an dem meine Mutter mich zum ersten Mal in den Armen gehalten hatte. Ich atmete zitternd ein und warf Ella ein Lächeln zu.

»In meiner Familie ist es Tradition, sich an Geburtstagen zu sagen, wie sehr man sich liebt.« Ich machte mich von Ryan frei und ging zu meiner Mutter. Ich umarmte sie und flüsterte meiner Mutter ins Ohr, wie leid es mir tat, dass sie die letzten beiden Geburtstage verpasst hatte, ab jetzt würde ich jeden weiteren hier bei ihr feiern. Dann ging ich zu Ella und bedankte mich bei ihr für die Überraschung.

»Ella, ich liebe dich, das weißt du, oder?«

Ella schlang mir ihre Arme um den Nacken. »Ich weiß, und ich liebe dich auch. Und weißt du, wie schwer es war, das hier geheim zu halten?«

Ich lachte und wischte mir die Tränen von den Wangen. »Du wusstest das?«

»Ryan und ich hatten gestern ein Date.«

»Ah«, sagte ich gedehnt und blickte zwischen beiden hin und her. »Der Herr fährt also zweigleisig?« Ich richtete mich auf und blieb zwischen Ella und meiner Mutter stehen. »Obwohl wir noch kein Date hatten.«

Ryan kam auf mich zu und zog mich in seine Arme. »Wir hatten aber schon einen Nach-dem-Date-Kuss.«

»Der ein unschönes und abruptes Ende genommen hat, ja.«

Ryan drückte sich enger an mich und grinste. »Glaubst du, du könntest das hier als Date durchgehen lassen? Und mit unserem ersten gemeinsamen Abend in der Wohnung und Ellas Weltreise wären wir dann jetzt schon bei Date Nummer drei.«

»Hmm, ich könnte ein Auge zudrücken, aber warum ist dir das so wichtig?«

Ryan zog mich um den Tisch herum und setzte sich auf einen der Stühle, dann zog er mich auf seinen Schoß. »Ich würde es gerne offiziell machen. Glaubst du, du könntest es in Erwägung ziehen, mit mir eine Beziehung einzugehen?«

Ich formte meinen Mund zu einem Oh und sah Ella gespielt erstaunt an. Die lachte und rutschte nervös in ihrem Stuhl umher.

»Hmm«, machte ich wieder. »Da wir ja nun schon zusammen wohnen, wäre es nur logisch, wenn wir eine Beziehung führen würden.«

Ryan grinste schief. Ich konnte nicht anders, ich küsste dieses süße Grübchen auf seiner Wange. »Gemäß der Familientradition muss ich dir dann sagen: Lucy, ich habe mich in dich verliebt. Du kannst unglaublich zickig sein und aufbrausend, aber genau das ist es, was ich so an dir liebe, dass du es schaffst, mich in den Wahnsinn zu treiben und ich trotzdem nur daran denken kann, Dinge mit dir zu tun, die deine Mutter besser nicht hören sollte«, flüsterte er mir ins Ohr.

Ella kicherte. »Ich war noch nie auf einer Party und meine Schulzeit weist auch riesige Lücken auf, also muss ich euch dafür danken. Ich wollte das schon immer einmal sagen: Das ist wirklich romantisch, aber nehmt euch ein Zimmer.«

Ich zwinkerte Ella zu. »Ich glaube, das muss ich gar nicht. Ich bezahle für dieses Zimmer. Aber da du meine Freundin bist, verschone ich dich mit nackten Tatsachen, auch wenn ich diesen Mann gerade unbedingt vernaschen will. Da das jetzt nicht geht, vernasche ich die Buttercremetorte.«

»Zucker soll ja ein guter Ersatz für diese Gelüste sein, habe ich gelesen«, warf Ella ein und sah dabei so ernst aus, dass ich laut lachen musste.

»Ryan hat mir erzählt, dass es eine kalte Dusche auch tut.«

»Hat er da Erfahrungen gesammelt, von denen er uns berichten mag?«

Ryan räusperte sich hinter mir. »Ich bin genau hier.«

»Ich weiß nicht«, fuhr ich unbekümmert fort, »wir könnten ihn fragen.« Ella lachte und nahm den

Teller mit Torte entgegen, den ich ihr hinhielt. Ich sah zu meiner Mutter und Bedauern ergriff mich, weil mir einfiel, wie gerne sie Torten gegessen hatte, und jetzt gab es für sie nur noch künstliche Ernährung. Ich kämpfte die Traurigkeit herunter und reichte auch Ryan einen Teller.

Der Nachmittag war wunderschön und ich verschwendete keinen Gedanken mehr daran, meinen Geburtstag nicht mehr feiern zu wollen. Nur dass mein Vater nicht hier sein und meine Mutter nicht richtig teilnehmen konnte, das stimmte mich traurig. Damit zurechtzukommen, fiel mir nach wie vor schwer. Sie würden mir immer fehlen, weil sie noch viele Geburtstage hätten mit mir erleben sollen. Ryan hatte mir so viel zurückgegeben, meine Eltern würde er mir nicht zurückgeben können.

17. Kapitel

Lucy

»Ich nehme ein Strahlen wahr. Ja, eindeutig, du strahlst so, wie ich strahlen würde, wenn ich eine gute Nacht gehabt hätte. Was ich nicht hatte.« Anne schnupfte in ein Taschentuch. Sie saß nur mit einem Shirt und einer kurzen Baumwollhose bekleidet im Sessel. Die Beine hatte sie angezogen und stützte ihr Kinn auf ihre Knie. Sie war noch immer blass und beobachtete Ryan und mich aus wässrigen Augen.

Ryan und ich waren eben nach Hause gekommen. Wir hatten einen wundervollen Nachmittag. Ich hatte lange nicht mehr so viel Spaß gehabt. Ich fühlte mich verändert. Da war eine neue Leichtigkeit in mir. Natürlich hatte diese noch Risse und diese Risse würden nie wieder verheilen. Aus diesen Rissen quollen auch immer noch dunkle Gedanken, aber ich ließ sie nicht mehr zu. Heilen konnten die Risse auch gar nicht, denn niemand konnte den Tag, an dem mein Vater einen sinnlosen Tod gestorben und meine Mutter zum Pflegefall geworden war, ungeschehen machen. Dieser Tag würde immer ein Teil meiner Vergangenheit sein und er würde mich immer irgendwie beeinflussen. Aber zukünftig würde dieser Tag mich nicht mehr beherrschen, er würde nur noch ein Schatten aus meiner Vergangenheit sein. Denn jetzt würde ich das tun, was auch meine Eltern gewollt hätten. Ich würde die Vergangenheit hinter mir lassen und in der Gegenwart leben. Nur weil ich das tat, hieß das nicht, dass ich meine Eltern vergaß, den Unfall, oder Schuldgefühle haben musste, weil ich glücklich war und sie es nicht mehr sein konnten. Wie könnte ich sie jemals vergessen? Und wie hatte ich je glauben können, dass sie aus meinem Leben verschwinden würden, nur weil ich sie losließ und anfing, mein eigenes Leben mehr in den Vordergrund zu rücken. Mein Vater war vielleicht nicht mehr hier bei mir, aber er würde immer ein wichtiger Teil meines Lebens sein. Ich würde immer noch an ihn denken, ihn vermissen und um ihn trauern, aber ich würde diese Trauer nicht mehr mein Leben bestimmen lassen. Ich war eine Überlebende, aber das machte mich nicht zur Schuldigen. Ich hatte zwei Jahre an dieser Schuld festgehalten, um dann von Ryan gerettet zu werden. All meine Freunde hatten den Schmerz in mir gesehen und gefühlt, doch keiner hatte gewagt, daran zu rühren. Weil sie wie ich geglaubt hatten, dass der Schmerz ein Teil von mir sein musste. Erst Ryan hatte mir gezeigt, dass weder Schuld noch Schmerz mich ausmachen sollten. Ich war noch nicht wieder zusammengesetzt, aber ich war auf dem Weg dahin.

»Ich hatte keinen Sex, wenn es das ist, was du wissen wolltest.«

»Nein, ehrlich gesagt, wollte ich das nicht wissen. Ich wollte hören, dass du Sex hattest: guten, heißen, weltverändernden, glücklich machenden Sex.«

Ryan reichte mir ein Glas Whisky, das ich dankend annahm, und Anne stellte er eine Tasse Tee auf den

Tisch. »Du solltest deinen Tee trinken. Der hebt deine Laune.«

»Weniger Toilettenbesuche und mehr Alkohol würden meine Laune heben«, murrte Anne.

Ich trank von dem Whisky und seufzte. »Du solltest dich wieder hinlegen.«

»Ich bin zu schwach zum Gehen. Ich hab es versucht, ungefähr eine Stunde bevor ihr gekommen seid.« Annes Stimme klang weinerlich und sie tat mir schrecklich leid.

»Warum hast du dich denn überhaupt bis ins Wohnzimmer geschleppt.«

Sie sah mich wütend an. »Auch wenn ich es ungern zugebe, aber meine Teekanne war leer und ich hatte Durst. Und ich wollte nicht die ganze Zeit im Bett liegen und an die Decke starren und zur Toilette kriechen. Ich wollte ... Ich weiß auch nicht. Und ich war so allein.«

Ryan lachte laut auf. »Ist das deine Art, mich zu bitten, dich in dein Bett zu bringen?«

Anne kicherte. »Sag das noch einmal. Ich glaub, mir geht es schon besser.«

Ryan schob seine Arme unter Annes Körper und hob sie aus dem Sessel. »Soll ich dich in dein Bett bringen?«

»Oh Gott, ja!«

Ich schüttelte mich aus vor Lachen. Anne konnte noch so krank sein, sie verlor doch nie das Wesentliche aus den Augen.

Als Ryan zurückkam, setzte er sich neben mich. »Deine Freundin ist eine Irre.«

»Ich weiß«, sagte ich kichernd.

»Aber sie hat nicht ganz unrecht, was den weltverbessernden Sex angeht.« Ryans Augen funkelten mich an. Er legte seine Hände auf meine Hüften und hob mich über seine Beine. Ich setzte mich auf seinen Schoß und schlang ihm meine Hände in den Nacken.

»Weltverbessernder Sex? Nimmst du da den Mund nicht etwas voll?«

»Bestimmt nicht.« Er hob mir seine Hüften entgegen und drückte seine Härte gegen mein Lustzentrum. Mein Atem beschleunigte sich und mein Puls begann zu rasen. Mein Unterleib zog sich voller Erwartung zusammen und ich schloss seufzend die Augen.

»Ist Sex nach dem dritten Date für dich okay?«, wollte er schwer atmend wissen.

»Ich denke schon. Für mich stellt sich eigentlich nur die Frage: zu mir oder zu dir?« Ich rieb mich schnurrend an ihm und konnte fühlen, wie feuchte Hitze sich in meinem Höschen ausbreitete.

Ryans Augen nahmen diesen dunklen Glanz an, den ich schon an dem Morgen im Bad gesehen hatte, als er mich fast in den Wahnsinn getrieben und mich dann einfach stehen gelassen hatte. Er schlang eine Hand in meinen Nacken und zog mich zu sich herunter. Sein Kuss war brennend heiß und gierig. Er war nicht zärtlich und er forderte alles von mir. Ich hielt mit allem, was ich hatte, dagegen. Unsere Zungen fochten miteinander. Ich saugte an seiner Zunge, schmeckte den Whisky, den er kurz zuvor getrunken hatte. Ryan verschlang mich begierig und ich wollte noch mehr. Noch mehr von dieser Leidenschaft, die er in mir entfachte. Noch mehr von dem Feuer und der Hitze und dem Gefühl, ihn wie einen Schwamm in mich aufsaugen zu wollen. Stöhnend drängte ich mich an ihn. Ich wollte ihn so sehr, mit einem Begehren, das mir Schmerzen verursachte. Ryan hatte mein Leben verändert, er hatte es wieder gerade gerückt, hatte mit seiner Geduld offene Wunden vernäht und die Heilung in Gang gesetzt. Ich hatte nicht erwartet, dass er solche Gefühle in mir auslösen könnte, doch ich war dabei, mich in ihn zu verlieben. Nein, ich liebte ihn bereits. Und ich sehnte mich nach allem, was er mir geben konnte. Er war das Beste, was mir seit Langem passiert war. Und er würde mich nicht im Stich lassen, nur weil meine Mutter ein so wichtiger Teil von mir war und anders als andere Mütter mehr Pflege und Aufmerksamkeit brauchte. Ihn störte das nicht, das hatte er bewiesen.

Ryan stöhnte in meinen Mund, als ich mich gegen seine Erektion drängte. »Zu dir?«, flüsterte er rau. Seine Hände legten sich auf meinen Hintern und drückten ihn kraftvoll.

»Sofort!«, befahl ich. Ich schlang meine Beine um ihn und er stand mit mir auf. Wir stolperten fast in mein Zimmer, mit einem lauten Krachen trat Ryan die Tür wieder zu. Ich löste meine Beine und stellte mich hin. Ryan hielt einen Moment inne und sah mich an.

»Auch wenn es mir sehr schwer fallen wird aufzuhören, aber bist du dir sicher?«

Ob ich mir sicher war? Ich verbrannte! Ich konnte an nichts anderes mehr denken als an Erlösung.

Ryan in mir, auf mir, um mich herum. »Weniger fragen, mehr ausziehen.«

»Ich liebe deinen Befehlston«, stöhnte Ryan und riss sich das Shirt über den Kopf.

»Yummy«, keuchte ich, als mein Blick auf seinen Oberkörper fiel. Ich ließ meine Hände über seine Brustmuskeln wandern und dann hinunter über den harten, flachen Bauch. Nervös nestelte ich am Knopf seiner Jeans. Ich war noch nie schüchtern, wenn es um Sex ging, vielleicht lag das daran, dass Sex mich all den Schmerz für einige Minuten ausblenden ließ. Ryan jetzt hier bei mir zu haben, zeigte mir, dass ich selbst die Lust auf Leidenschaft seit der Trennung von Kyle einfach vergessen hatte. Ich hatte sie unter all den schlechten Gefühlen begraben und Ryan hatte sie wieder ausgegraben. Und jetzt brannte diese Leidenschaft in mir. Das war eine neue Leidenschaft, eine, die nur Ryan galt und den Gefühlen, die ich für ihn hatte. Keine, die ich benutzen wollte, um den Schmerz zu vergessen. Gierig ließ ich meine Hände über Ryans glatte Haut streicheln, bevor ich genussvoll die Jeans von seinen Hüften strich. Ich ließ meinen Blick über Ryan wandern: Er war einfach perfekt. Da war das verführerische Sixpack, das ich schon die ganze Zeit bewundert hatte und das ich jetzt mit meinen Fingern nachfuhr, der dunkelblonde Pfad aus winzigen Härchen, der im Bund seiner engen Unterhose verschwand, die eine beachtliche Beule im schwarzen Stoff hatte. Seine Oberschenkel waren muskulös, aber nicht zu ausgeprägt. Ich erkundete auch sie mit den Fingerspitzen und liebte das Gefühl dieser kurzen Härchen.

»Ich mag es zwar, wie du meinen Körper mit deinen Augen verschlingst, aber jetzt bin ich dran.« Ryan kam wieder näher und zog mich ganz eng an seinen Körper heran. Unter meinen Fingern konnte ich sein Herz hämmern spüren. Es rannte wie meins. Das zu fühlen, machte mich glücklich.

Ryan senkte seinen Mund auf meinen und küsste mich, dieser Kuss war viel zärtlicher als der erste. Es war, als würde er all seine Gefühle für mich in diesen Kuss legen, als wollte er mir damit zeigen, dass er wirklich etwas für mich empfand. Dann intensivierte er den Kuss. Seine Hände glitten unter den Saum meines Shirts und strichen über meinen Bauch. Meine Haut kribbelte dort, wo er mich berührte, und kleine Flammen züngelten durch meinen Unterleib. Ryan löste sich von mir und zog mein Shirt über meinen Kopf. Ohne eine Pause einzulegen, entledigte er mich auch noch meiner Hose. Kühle Luft strich über meine erhitzte Haut, als ich nur in meiner schwarzen Seidenunterwäsche vor ihm stand. Er trat einen Schritt zurück und betrachtete mich mit blitzenden Augen. Sein Blick blieb an meinen Brüsten hängen. Ich zuckte innerlich zusammen. Die kleinen Brüste verunsicherten mich immer. Ich schämte mich fast für sie, aber bei Ryan hatte ich eigentlich ein gutes Gefühl, er war nicht so oberflächlich.

»Du bist unglaublich heiß«, sagte Ryan mit heiserer Stimme. Er kam wieder näher und legte eine Hand auf meine Schulter. Ich schluckte nervös, weil sein Blick sich so tief in meine Augen bohrte, dass es sich anfühlte, als würde er bis in meine Seele sehen.

Aber was sollte er da schon finden? Es gab nichts, das er nicht schon wusste. Er kannte alle meine Abgründe und er hatte begonnen, diese Abgründe aufzufüllen. Ihnen die Finsternis zu nehmen. »Du kannst dir nicht vorstellen, wie sehr ich dich schon die ganze Zeit will. Du machst etwas mit mir.«

Ich grinste unsicher. »Das kann ich sehen.« Ich legte meine Hand auf die Beule in seiner Unterhose und strich darüber. Die Kolibris flatterten in meinem Bauch und ein paar flogen von dort in tiefere Regionen, wo sie ein Vibrieren anstimmten.

Ryan zog keuchend Luft in seine Lungen. Sein Blick verdunkelte sich. Er küsste mich und beförderte mich mit einem kräftigen Schubs in mein Bett. Langsam beugte er sich über mich, mit einer Hand stützte er sich neben meinem Kopf ab, die zweite begann zärtlich, meinen Körper zu erkunden. Streichelte über meinen Bauch, in dem es noch immer flatterte, fuhr zwischen meinen Brüsten nach oben und blieb auf meinem Brustansatz liegen. Ein Finger fuhr unter einen der Träger meines BHs und zog ihn von meiner Schulter. Dann senkte Ryan seine Lippen auf meine Schulter und küsste mich. Mit seiner Zunge malte er kleine Kreise und wanderte meinen Hals hinauf. Er saugte an der Stelle unter meinem Hals, die so empfindlich war, und Blitze schossen durch meinen Körper. Ich stöhnte, meine Atmung wurde schwerer und ich schob mich ihm seufzend entgegen.

Seine Hand wanderte zurück zwischen meine Brüste, während er weiter an meinem Hals leckte und saugte und kleine Schauer durch mich hindurch jagte. Geschickt öffnete er den Verschluss vorne an meinem BH und schob die Seide von meinen Brüsten. Ich hielt den Atem an, als er eine Hand auf eine meiner Brüste legte.

»Passt perfekt«, flüsterte er. Sein Adamsapfel bewegte sich, als er einen Kloß hinunterschluckte. Ich drängte mich seiner Hand entgegen, Hitze floss in meine Hügel. Sie fühlten sich schwer an und schmerzten. Er umkreiste mit seinem Daumen meine harte Brustwarze. Ich bebte unter ihm und wand mich, als träge Lava durch meine Adern floss. Ryan senkte seinen Mund auf meine Brust, saugte und leckte an mir. Ich stöhnte auf, mein Puls raste und in mir steigerte sich das Verlangen nach Erlösung so sehr, dass ich meine Hüften hob und mich in kleinen Kreisen an Ryans Erektion rieb.

Ryan lachte leise. Sein Daumen malte weiter träge Kreise um meine Brustwarze und sein Mund küsste einen heißen Pfad über meinen Bauch. Keuchend krallte ich meine Hände in sein Haar, als er einen Daumen auf den empfindlichen Punkt zwischen meinen Schenkeln presste. Ein leiser Schrei drang aus meiner Kehle. Ryan hielt meinen Blick mit seinem gefangen. Mir entging nicht das stolze Grinsen in seinem Gesicht. Langsam begann er meine Klitoris durch den Stoff meines Höschens hindurch zu reiben. Meine Hüften zuckten und ich krallte meine Finger in mein Bettlaken. Hitze flutete durch mich hindurch. Ryans Daumen verschwand und ich konnte ein enttäuschtes Seufzen nicht unterdrücken.

»Nur eine Sekunde«, murmelte Ryan. Seine Finger schoben sich unter den Bund meines Höschens, dessen Nässe ich deutlich an mir spüren konnte. Er streifte mir den störenden Stoff von den Hüften und dann enervierend langsam meine Beine hinunter. Sein Blick fiel auf meine feuchte Hitze, das kleine lockig dunkle Dreieck. Ich lag ganz still, weil sein Blick mich erschaudern ließ und ich nervös auf sein Urteil wartete. Aber der dunkle Schleier, der sich über seine Augen legte, und die erregte Anspannung sagten genug. Stöhnend schob er sich über mich. Seine Härte drückte gegen meine Scham, genau auf den kleinen Punkt, der sich so sehr nach Erlösung sehnte. Ryan begann wieder, mich zu streicheln, geduldig meinen Körper zu erkunden. Er leckte die empfindliche Haut meines Halses und knabberte an meinem Schlüsselbein. Jede seiner Liebkosungen ließ die Flammen höher schnellen und schürte die Hitze in mir ins Unermessliche. Ich drängte mich an ihn, suchte Erlösung, indem ich mich an ihm rieb, und wünschte mir so sehr, ihn dort unten tief in mir zu spüren.

Ich schickte meine Hände auf Wanderschaft, ließ sie über die harten Muskeln seines Rückens gleiten und schlüpfte unter seine Shorts. Ich berührte seinen Hintern und stellte zufrieden fest, er sah nicht nur knackig aus, er war es auch. Ich strich seine Shorts so weit ich konnte nach unten und befreite seinen Penis. Ryan richtete sich auf seine Knie auf, wie ein griechischer Gott kniete er zwischen meinen Beinen. Seine pralle Erektion wippte leicht. Ich streckte eine Hand danach aus und berührte zunächst nur seine Eichel. Ryan stöhnte dunkel, er sog zischend die Luft ein. Ich verteilte die Feuchtigkeit auf seiner

Eichel und legte meine Faust um ihn. Gierig erkundete ich jeden Zentimeter seiner Länge. Ryans Hüften zuckten und er stieß keuchend in meine Faust. Mein Unterleib reagierte sofort darauf und zog sich verlangend zusammen.

Ich hob ihm meine Hüften entgegen, zum Zeichen, dass ich ihn wollte. Er lächelte sanft und ließ sich auf mich hinunter. Sein schwerer Penis lag auf meinem Bauch. Ryan bewegte sich langsam auf mir. Mein Puls rannte vor Anspannung und Erregung. Ohne Vorwarnung schob Ryan einen Finger in mich. Meine Muskeln zogen sich um ihn zusammen und ich stöhnte. Sein Daumen lag auf dem kleinen Nervenbündel, in dem all diese wundervollen Empfindungen zusammenliefen. Er massierte mich, umkreiste mich und stieß zugleich mit noch einem weiteren Finger in mich. Ein leiser Schrei kam über meine Lippen, als die Wellen der Lust über mir zusammenschlugen und meine inneren Muskeln sich in heftigen Zuckungen um Ryans Finger zusammenzogen.

Ich hatte mich noch nicht von meinem Orgasmus erholt, als ich Ryans Penisspitze an meinem Eingang spürte. Er strich durch meine erhitzte Scham, und als er meine noch immer leicht zuckende Perle berührte, katapultierte er mich in den nächsten Höhepunkt. Ich schrie auf, Ryan sah mich überrascht und überwältigt an. Er küsste mich und drang nur wenige Zentimeter in mich ein, gerade genug, um seine Spitze in mir zu fühlen, zu fühlen, wie er meinen Eingang weitete. Er zog sich zurück und wiederholte dieses Spiel. Ich bewegte mich ungeduldig unter ihm, versuchte mich auf ihn zu schieben, aber Ryan wich zurück. Ich kniff die Augen zusammen und funkelte ihn an.

»Fühlt sich das besser an als Mr Powerfull.«

Ich zog überrascht die Luft in meine Lungen. »Bitte!«, wimmerte ich. In mir pulsierte alles in freudiger Erwartung. Ich stand vor dem Abgrund und wollte, dass er mich schubste.

»Sag es! Ich sollte es wissen, noch könnten wir deinen kleinen Freund diesen Part übernehmen lassen.«

»Ich will, dass du diesen Part übernimmst«, presste ich angespannt heraus. Und wie ich wollte, dass er diesen Part übernahm.

Mit einem zufriedenen Lächeln und einem kräftigen Stoß schob Ryan sich in mich. Meine Muskeln dehnten sich um ihn und ich krallte meine Nägel in seinen Rücken. Ich schlang meine Beine um ihn und drängte mich gegen ihn. Ryan begann sich langsam zu bewegen. In seinem Gesicht standen Anspannung und Verlangen. Er sah mir in die Augen, während er langsam wieder in mich stieß. Mit jedem Stoß wurde er schneller und kraftvoller. Ich stöhnte und wand mich, kam ihm mit meinen Hüften entgegen und forderte mehr von dem, was er mir gab. Immer stärker zuckten die Flammen in mir, baute sich die Erregung auf. Mein Körper war wie elektrisiert, heiß und empfindlich, und reagierte auf jede Berührung von Ryan. Mein Denken war ausgeschaltet, ich fühlte nur noch Ryan, seine Nähe, seine Zärtlichkeit und meine unendliche Sehnsucht nach diesem Mann. Ich wollte ihm noch näher sein, wollte ihn verschlingen und von ihm verschlungen werden. Und dann schubste Ryan mich in die Erlösung, ich stürzte den Abgrund hinunter und ließ mich von den Wellen meines Höhepunktes hinforttragen. Ryan erstarrte über mir und kam pulsierend.

Augenblicke später legte Ryan sich neben mich, sein Atem ging noch immer schwer. Er zog mich an sich. Ich fühlte mich herrlich ermattet und noch immer zuckten die letzten Ausläufer eines unglaublichen Höhepunktes durch meinen Körper.

»Jetzt weiß ich, warum Anne wollte, dass ich guten, heißen, weltverändernden, glücklich machenden Sex mit dir habe.«

»Warum?«, hakte Ryan nach.

»Sie wollte, dass ich mich daran erinnere, wie gut es sich anfühlt, mit jemandem zusammen zu sein.«

»Mit jemandem oder mit mir?«

Ich kuschelte mich näher an Ryan und lauschte seinem langsamer werdenden Herzschlag. »Mit dir.« Das war es wirklich, was ich fühlte. Ich wollte mit ihm zusammen sein, weil es sich richtig anfühlte und weil er mein Fühlen beherrschte. Es war, als wäre alles so viel leichter zu ertragen, wenn er bei mir war.

Ryan küsste mich sanft auf meine geschwollenen Lippen. »Das höre ich wirklich gerne. Einen Moment lang hatte ich wirklich Angst, du würdest dich für Stephan interessieren.«

Ich sah erstaunt zu ihm auf. »Du meinst unser Date?«

»Ja, ich hab dich die ganze Zeit gewollt. Wenn wir uns gestritten haben, dann waren da Gefühle in mir, die haben mir Angst gemacht. Und dann warst du mit Stephan auf diesem Date und ich dachte, jetzt habe ich dich verloren.«

»Und da hast du beschlossen, mich zu verführen, indem du mir zeigst, dass du doch kein Blödmann bist?«, fragte ich lächelnd.

»Ja, so war es.« Ryans Hand glitt über meinen Rücken hinunter zu meinem Po und knetete meine Pobacke.

»Dann sollte ich wohl öfter auf Dates mit anderen Männern gehen.«

»Für den Anfang reicht es, wenn du mit mir gehst. Oder besser noch, wir verzichten auf Dates und sperren uns in deinem Zimmer ein.« Ryan schob sich über mich und küsste mich. Ich seufzte glücklich, als ich die Erektion an meinem Oberschenkel spürte.

18. Kapitel

Lucy

Hatten wir überhaupt schon geschlafen? Mir kam es so vor, als hätte ich eben erst die Augen geschlossen, als es an der Tür klingelte. Ryan richtete sich auf und sah mich verwirrt an.

»Hat es geklingelt?«

Ich nickte und grinste ihn an. Sein Haar war noch zerzauster als sonst am Morgen und ich wusste, dass ich diese Unordnung mit meinen Händen verursacht hatte. Bei dem Gedanken kehrten die Kolibris zurück in meinen Bauch. Zwischen meinen Beinen konnte ich die Folgen der letzten Nacht deutlich spüren. Ryan musste meine Gedanken in meinem Gesicht abgelesen haben, denn er hatte sein schiefes Lächeln aufgesetzt.

»Reservier uns schon mal die Dusche, ich habe da Visionen von feuchter Haut und Schaum.«

»So, hast du?«

Das Funkeln in seinen Augen war Antwort genug. Er schlüpfte in seine Jeans und stolperte zur Zimmertür. Ich arbeitete mich auch unter den Decken hervor und schlüpfte in ein Höschen und warf mir ein T-Shirt über. Als ich aus dem Zimmer kam, standen Anne und Ryan im Flur an der Sprechanlage. Anne hängte gerade mit glänzenden Augen den Hörer wieder auf. Sie war wohl schneller als Ryan und jetzt musterte sie glücklich Ryans nackten Oberkörper.

»Habe ich das richtig mitbekommen? Du bist aus Lucys Zimmer gekommen?« Sie wandte ihren Blick mir zu und begann hysterisch zu kreischen. »Ich hab es gewusst, nicht dass ich die verdächtigen Geräusche aus deinem Zimmer heute Nacht hätte überhören können, aber es hätte ja sein können, dass du wieder Spaß mit meinem Geschenk hattest.«

Ich rollte mit den Augen und gab mich ganz locker. In Wirklichkeit wand ich mich innerlich. Das würde Anne jetzt bestimmt den ganzen Tag auswerten wollen. Und zu allem Überfluss ging es ihr wohl auch wieder gut, was bedeutete, ich brauchte einen Fluchtplan.

»Wer war das?«, fragte ich, um von mir abzulenken.

»Oh, das ist nur für Ryan. Irgendein Typ, der gestern schon mal hier geklingelt hat.«

Ryan runzelte die Stirn und öffnete die Wohnungstür, als wir draußen Schritte hörten.

Dann passierten mehrere Dinge gleichzeitig: Ryan versteifte sich und sämtliche Farbe wich aus seinem Gesicht, Anne riss ihm die Türklinke aus der Hand und lugte neugierig nach draußen und mir versagte die Atmung in dem Moment, wo mein Blick auf den Mann fiel, der vor der Tür stand. Meine Beine begannen zu zittern, mein Herz raste und ich hörte das Blut in meinen Ohren rauschen. Ich musste mich am Rahmen der Tür festhalten, um nicht umzufallen. Das blanke Entsetzen hatte mich gepackt. Es war, als würde alles noch einmal geschehen. Bilder vom Unfall blitzten vor mir auf, das Blut, das meiner Mutter von der Stirn floss, die Feuerwehrleute und die Menschen am Straßenrand. Die Zuschauer im Gerichtssaal und das Gesicht des Unfallfahrers. Er stand hier, vor meiner Wohnung, und er starrte mich an. Auch er hatte mich wiedererkannt. Er trug ein schmutziges, dunkelgrünes Shirt und eine Jeans, beides passte viel besser zu ihm als der Anzug, den er zur Verhandlung getragen hatte. Er wirkte verwirrt und er sah Ryan an und dann wieder mich. Ich war unfähig, mich zu bewegen, dabei war mir nach Flucht und nach schreien und danach, meine Finger um den Hals dieses Mannes zu legen.

Und dann wandte sich Ryan um und sah mich an. In seinem Gesicht standen Fassungslosigkeit, Panik, Verzweiflung und Wut. Und ich verstand diese Reaktionen nicht, bis Ryan seine Hand um den Oberarm des Mörders meines Vaters legte und ihn von der Wohnungstür wegschob. »Josh, was willst du hier«, hörte ich ihn sagen. Dann folgte ein letzter verzweifelter Blick auf mich, bevor Ryan die Tür hinter sich zuzog.

Ryan

Als ich die Tür hinter mir zuzog, fühlte es sich unendlich an. Ich hatte sie in Lucys Gesicht gesehen, die Fassungslosigkeit. Sie hatte gezittert und sah so verletzt aus, dass es mir das Herz zerriss. Ich hatte geahnt, dass das passieren würde, doch ich hatte gehofft, dass ich vorher mit ihr reden, ihr alles erklären konnte. In diesem Augenblick, als ich die Panik und die Frage in ihren Augen gesehen hatte und mir klar wurde, dass ich sie verloren hatte, hatte ich es bemerkt: Ich war nicht nur verliebt in sie, ich liebte sie mit jeder Faser meines Herzens. Und jetzt hasste sie mich.

Ich war so wütend auf Josh, dass ich meine Finger grob in sein Fleisch drückte, während ich ihn aus dem Haus und zu meinem Auto führte. Ich konnte nur noch daran denken, ihn von hier wegzuschaffen. Weg von Lucy. Und dann musste ich so schnell es ging zurück zu Lucy und versuchen, zu retten, was ich konnte. Bevor ich in meinen Wagen einstieg, warf ich einen letzten Blick auf das Fenster ihres Zimmers. Ich nahm noch immer ihren Duft an mir wahr, konnte die Hitze ihres Körpers spüren und ihre kleinen, entzückten Seufzer hören, die sie mir ins Ohr gestöhnt hatte, als ich in ihr war. Alles war so perfekt gewesen und jetzt hatte ich sie verloren.

»Was wolltest du hier?«, herrschte ich Josh wütend an.

»Du warst gestern nicht da.« Aus dem Augenwinkel konnte ich die Enttäuschung in seinem Gesicht sehen. Er roch nach Alkohol und dieser widerliche Gestank überdeckte ihren Duft. Das machte mich noch wütender. Er hatte Lucy schon ihr Leben genommen, jetzt nahm er mir auch noch meins. Ich musste es ihr erklären, aber ich wusste schon, dass sie mir nie verzeihen würde. Trotzdem musste ich es versuchen. Das war ich ihr schuldig. Ich konnte mich kaum auf den Verkehr konzentrieren. Ich sah immer nur diesen Schmerz in ihrem Blick. Denselben Schmerz, der schon damals im Gerichtssaal in ihrem hübschen Gesicht gewesen war. Damals hatte er mich berührt, heute zerriss er mich in tausend Teile.

»Ich hatte keine Zeit«, sagte ich harsch. In Wirklichkeit hatte ich gedacht, Josh würde auch mal einen Tag ohne mich auskommen. Ich wollte doch einen perfekten Tag für Lucy. Nur einen, bevor ich ihr die Wahrheit sagen musste über mich und Josh. Aber ich hätte wissen müssen, dass Josh das nicht packen würde. Wie bei Lucy hatte ich auch bei ihm die Veränderung in den letzten Tagen wahrgenommen. An ihm nagte die Schuld genauso wie an ihr.

»Du hattest keine Zeit, weil du mit ihr gevögelt hast. Mit ihr!«

Ich zuckte zusammen und lenkte den Wagen in die Straße, in der Josh wohnte.

»Wusste sie es? Hast du ihr gesagt, dass du mein Bruder bist?«

Ich antwortete nicht, stattdessen parkte ich das Auto am Straßenrand und schaltete den Motor aus. Ich sah in Joshs vom Alkohol glasige Augen. »Sie wusste es nicht«, sagte ich leise. »Bis jetzt«, sagte ich lauter und sah Josh zornig an.

Josh wich meinem Blick aus und starrte auf das Haus, in dem er wohnte. »Verlässt du mich jetzt? Ich würde verstehen, wenn du mich jetzt auch aufgibst. Wäre ja nicht so, als wäre ich etwas anderes gewohnt.«

Ihn im Stich lassen? Ich hatte darüber nachgedacht. Ein Teil von mir wollte das. Der Teil, der glaubte, dass ich so Lucy zurückbekommen könnte. Der andere Teil war nicht so dumm, der wusste, dass nichts mir Lucy zurückgeben würde. Sie würde mir nie verzeihen können. »Nein, werde ich nicht. Jetzt steig aus, ich komme später vorbei und seh nach dir.«

Josh sah mich zweifelnd an. »Ist sie dir wichtig, oder so?«

»Du meinst, ob ich nur Spaß mit ihr haben wollte?«

Josh nickte.

»Sie ist mir wichtig.«

»Ich hoffe, du bekommst das wieder hin. Tut mir leid. Auch wegen ihrer Eltern.«

»Ich weiß.«

»Sag ihr, dass es mir leid tut.«

Sie würde es nicht hören wollen, selbst, wenn sie je wieder ein Wort mit mir sprach. »Versprochen. Jetzt verschwinde schon.« Damit ich mal wieder hinter dir her räumen kann, dachte ich. Aber wenn ich ehrlich war, hatte diesmal ich einen Fehler gemacht, ich hätte ihr von Anfang an die Wahrheit sagen müssen.

Josh stieg aus dem Wagen und ging in das leicht heruntergekommene Wohnhaus, ohne sich noch einmal umzusehen. Ich startete den Motor. Ich hatte keine Ahnung, was ich Lucy sagen sollte.

Lucy

War das eben wirklich passiert? Ich starrte sprachlos auf die Tür, die Ryan zugezogen hatte. Er war mit diesem Josh abgehauen und hatte mich hier stehenlassen? Was war nur mit diesem Kerl los, dass er mich ständig stehenließ? Aber der Ausdruck in seinem Gesicht, bevor er gegangen war, hatte mich tief verletzt. Er hatte mir verraten, dass Ryan wusste, wer dieser Josh war und was er mir angetan hatte. Er hatte es gewusst und hatte so getan, als wäre alles in Ordnung. All seine weisen Ratschläge der letzten Tage waren nichts weiter als ein perfides Spiel gewesen. Ein Versuch, mich ins Bett zu bekommen. Nein, das glaubte ich nicht. Ich hatte die Zärtlichkeit in seinen Augen gesehen, als wir uns geliebt hatten. Vielleicht war auch diese Zärtlichkeit nur gespielt? Ich ließ mich an der Wand hinunter auf den Boden gleiten. Ich war zu schockiert, um zu weinen, und das kam in letzter Zeit nicht oft vor.

»Was zur Hölle war das?« Anne hockte sich neben mich auf den Boden.

»Ich weiß nicht.«

»Warum siehst du dann aus, als wärst du meiner Mutter begegnet, bevor sie morgens ihr Make-up aufgelegt hat?«

Ich sah mechanisch zu Anne rüber. »Das war Josh! Der Josh McFarlane. Oh Gott!« Ich erstarrte, als mir etwas klar wurde. »McFarlane? Das ist Ryans Bruder!«

»Ja und? Ich versteh nicht, worauf du hinaus willst.«

»Dieser Typ hat den Unfall verursacht!«, keifte ich Anne an. Ich war wie betäubt. »Warum ist mir das nicht eher aufgefallen? Der gleiche Nachname.«

»Weil es Hunderte McFarlanes in Edinburgh gibt? Bist du dir sicher, dass er das ist?«

»Ryan hat gesagt, sein Bruder ist drogenabhängig. Spätestens da hätte ich es merken müssen. Und ja, ich bin mir sicher. Ich saß ihm im Gerichtssaal gegenüber, schon vergessen?«, sagte ich ungeduldig. Ich zitterte am ganzen Körper. »Ryan hat mit mir gespielt.«

Gerade eben hatten die Wunden in mir begonnen zu heilen - dank Ryan. Und jetzt war ausgerechnet Ryan daran schuld, dass die frischen Narben wieder aufrissen, viel tiefer als sie ursprünglich waren. Wie hatte das nur passieren können? Wieso hatte Ryan das getan? In meinem Magen breitete sich Übelkeit aus und mir war kalt. In jedem Knochen konnte ich diese Kälte spüren. So wie damals, als ich in der Klinik wieder zu mir kam und ich realisierte, dass mein Vater für immer weg war.

Anne sah mich nachdenklich an. »Das glaube ich nicht. Selbst ein Blödmann wie Ryan würde so etwas nicht tun.« Sie legte einen Arm um meine Schulter und zog mich an sich.

»Wir hatten Sex und er lässt mich einfach stehen und geht mit diesem Josh weg, obwohl er gesehen hat, dass ich ihn wiedererkannt habe«, sagte ich geistesabwesend durch den Nebel in meinem Kopf hindurch. »Er hat es gewusst.«

Ich fühlte mich komisch, so als wäre in mir drin alles leer. Als wäre mit einem Schlag alles Fühlen und Denken aus mir herausgesaugt worden, nachdem mein Blick auf den Menschen gefallen war, der seit zwei Jahren meine Albträume dominierte. Wenn ich mir vorgestellt hatte, dass ich ihm wiederbegegnen würde, war das immer anders abgelaufen. Dann hatte ich geträumt, ich würde ihm auf offener Straße begegnen und ich würde vor ihm stehenbleiben und ihm meine Faust ins Gesicht rammen. Immer und immer wieder. Eigentlich war ich kein gewalttätiger Mensch, aber in meiner Vorstellung machte mich dieser Mann zum Berserker. In meiner Vorstellung war es nie so abgelaufen wie heute, dass ich bewegungslos dastand und dass der Mensch, den ich gerade angefangen hatte, in mein Herz zu lassen, den Menschen, den ich am meisten auf dieser Welt verabscheute, mir vorziehen würde. So war es nie abgelaufen.

Die Lähmung fiel von mir ab und ich begann zu weinen. Anne hielt mich in den Armen und sagte nichts. Ich kannte Anne gut genug, um zu wissen, dass sie genauso erschrocken war wie ich. Plötzlich wurde die Tür aufgerissen und Ryan stand vor uns. Mit weit aufgerissenen Augen starrte er auf uns runter. Ich vergrub mein Gesicht an Annes Schulter. Ich war noch immer so schockiert, dass ich nichts sagen konnte. Ich wollte nicht mit ihm sprechen. Ich wollte ihn nicht sehen. Und schon gar nicht wollte ich seine Ausreden hören.

Anne löste sich von mir und stellte sich schützend vor mir auf. »Hast du eine Ahnung, was du da angerichtet hast? Wie falsch muss ein Mensch sein, um einem anderen so etwas anzutun? Ich hoffe, du hattest deinen Spaß.« Annes Stimme war brüchig, als sie Ryan anschrie.

Ich hielt den Blick von Ryan abgewandt, ihn jetzt anzusehen war unmöglich. Ich schob mich wieder an der Wand nach oben und steuerte mein Zimmer an. Nur nicht hinsehen, betete ich im Geist herunter. Ich wusste nicht, ob ich ertragen konnte, was ich zu sehen bekommen würde.

»Es tut mir leid«, sagte Ryan jetzt. Zitterte seine Stimme? »Ich wusste nicht, wie ich es dir sagen sollte.« Er sprach mit mir.

Ich sah jetzt doch zu ihm hin und in seinem Gesicht stand alles andere als Spott oder Belustigung. Er wirkte sichtlich ergriffen und verzweifelt. »Ich kann jetzt gerade nicht mit dir sprechen«, antwortete ich nur. »Ich muss das erstmal verdauen.« Ich war nicht zornig auf ihn. Nicht, nachdem ich gesehen hatte, wie betroffen er scheinbar war. Und er hatte es ja auch nicht getan. Sein Bruder war der Mann, der mir meine Eltern genommen hatte. Obwohl sich mein Hirn wie Nebel anfühlte, war mir zumindest das klar. Aber er hatte die ganze Zeit gelogen, er hatte mich absichtlich getäuscht. Und ich wusste noch nicht, wie ich damit umgehen sollte. Ich brauchte erstmal Abstand. Und Ryan schien das auch bewusst zu sein, denn er hielt mich nicht auf, als ich mir meine Handtasche von der Kommode schnappte und so schnell ich konnte an ihm vorbei aus der Tür stürmte.

Anne rief mir noch etwas hinterher, aber ich hörte nicht hin. Ich wollte hier nur schnell weg, dorthin, wo ich mich wohlfühlte. Zu meiner Mutter.

Ryan

Ich hatte damit gerechnet, dass Lucy mir nicht freudig um den Hals fallen würde, wenn ich nach Hause kam. Aber sie dort hocken zu sehen, völlig aufgelöst, das fühlte sich an, als würde mir jemand seine Faust in die Brust bohren und mir das Herz herausreißen. Da lag eine Enttäuschung in ihren Augen, die mir zeigte, wie sehr ich sie verletzt hatte. Ich hatte es verbockt! Die ganze Zeit hatte sie mir nichts als Ehrlichkeit und Vertrauen entgegengebracht und ich hatte sie auf die wohl schlimmste Art hintergangen, die sie kannte. Dass sie nicht mit mir reden wollte, verstand ich. Deswegen ließ ich sie auch gehen.

Anne sah mich zornig an. Ihr Blick schoss Pfeile auf mich, die ich verdient hatte.

»Es schien ihr gerade wieder besser zu gehen und dann kommst du«, sagte sie drohend.

»Ich wollte es ihr sagen, ich wusste nur nicht wie. Wie hättest du das denn gemacht? Ich glaub, ich hab mich in dich verliebt, aber Hallo, mein Bruder hat deinen Vater umgebracht?«

Anne runzelte die Stirn. »Du hättest es tun müssen. Stattdessen steigst du mit ihr ins Bett. Sie glaubt, du hast mit ihr gespielt. Sie denkt, du hast dich über sie lustig gemacht. Kannst du dir vorstellen, wie sie sich gerade fühlt?«

Ich zuckte innerlich zusammen. Das konnte ich. Sie würde mir nie verzeihen. Ich ballte meine Fäuste. Ich wollte auf etwas einschlagen, am liebsten auf den Kerl, der mir jeden Morgen im Spiegel entgegensah. Danach auf Josh. Dieses Mal ließ ich die Wut auf ihn zu, ohne ein schlechtes Gewissen zu haben. Bisher hatte ich immer, wenn mich der Zorn auf ihn einholte, zurückgerudert und Entschuldigungen für ihn und sein verkorkstes Leben gesucht. Aber wenn ich ehrlich war, gab es die nicht. Es gab keinen verdammten Grund, warum er mit nicht einmal siebzehn Jahren angefangen hatte zu trinken, Drogen zu nehmen und sein ganzes Leben nur Party war. Wir hatten eine glückliche Kindheit. Wir hatten tolle Eltern und eine sehr gute Schulzeit. Als Sportler waren wir beide beliebt an der Schule gewesen. Ja, er hatte alles versaut.

»Was willst du jetzt tun?« Anne lief hinter mir her in die Küche.

Ich rieb mir resigniert über das Kinn. »Ich weiß es nicht.«

»Komm mir nicht mit ›Ich weiß es nicht‹. Dein ›Ich weiß es nicht‹ hat uns das erst eingebrockt«, keifte sie und boxte mir gegen die Brust. Wenn ich nicht gerade so verzweifelt und panisch wäre, hätte ich diese Geste süß gefunden.

Ich fuhr mir durchs Haar und sah Anne nervös an. »Dann abwarten. Ich warte ab, bis sie sich etwas beruhigt hat und dann rede ich mit ihr. Glaubst du, sie kommt klar?«

Anne presste die Lippen aufeinander und schüttelte den Kopf. »Ich kann das gerade gar nicht sagen. Um den Tag des Unfalls herum ist sie immer unberechenbar. Da braucht es nur einen Funken, um sie zum Explodieren zu bringen. Obwohl ich mir manchmal wünschen würde, dass sie endlich alles rauslässt, damit sie danach wieder durchatmen kann.« Anne legte eine Hand auf meinen Unterarm. »Sie hat dich gemocht. Sie hat schon ewig niemanden mehr so nah an sich herangelassen.«

Dieser Satz traf mir wie ein Pfeil ins Herz. Ich hatte sie nie verletzen wollen. Aber beschützt hatte ich sie auch nicht. Ich fühlte mich wie ein Versager. Mein Handy vibrierte in meiner Hosentasche und in meinem Magen flatterte es sofort, in der Hoffnung, dass es eine Nachricht von Lucy war. Ich hoffte nur, dass es keine schlechte war. Gerade hatte ich Horrorvisionen von Unfällen und Verzweiflungstaten. Ich fischte das Telefon aus meiner Tasche und schaute auf das Display: *Du musst schnell kommen! Tim.*

In meinem Magen bildete sich ein unwilliger Knoten. Gerade eben hatte ich keine Lust auf Joshs Ärger. Eigentlich lief er sogar Gefahr, meine Faust statt meiner Hilfe zu spüren zu bekommen. Ich atmete tief ein.

»Ich muss weg.« Ich konnte eben doch nicht über meinen Schatten springen. Was mich am meisten ärgerte, war die Tatsache, dass eine abartige Stimme in mir flüsterte, dass Larry McFarlane vielleicht doch recht hatte.

Ich antwortete Tim, dass ich unterwegs wäre. So groß konnte Joshs Problem nicht sein. Ich hatte ihn vor nicht einmal einer Stunde zu Hause abgesetzt. Vielleicht würde ich dieses eine Mal um das Aufwischen von Erbrochenem herumkommen.

Ich bog in die Straße ein, in der Josh wohnte, und wäre fast in einen Krankenwagen reingefahren, der in zweiter Reihe parkte. Erstaunt zog ich eine Augenbraue hoch. Tim hatte tatsächlich mal den Notruf gewählt. »Aber ist ja auch noch früh am Tag, da war er wohl noch nüchtern genug«, murmelte ich sarkastisch.

Ich ließ mein Auto hinter dem Krankenwagen stehen und stieg aus. Ich lief die Treppen hoch und durch die offene Wohnungstür. Der übliche Geruch schlug mir entgegen. Und in dem Moment, als ich die Tür durchquerte und die Wohnung betrat, spülte zum ersten Mal seit Tims SMS eine dunkle Vorahnung über mich hinweg. Diese bestätigte sich, als ich in Joshs Zimmer trat, wo zwei Sanitäter und ein Arzt über dem Körper meines Bruders standen. Mein Herz schlug mir bis zum Hals, denn das Erste, was ich wahrnahm, waren die betretenen Gesichter, aller Anwesenden. Der Arzt füllte gerade ein Protokoll aus. Aber das nahm ich nur noch nebenbei wahr, denn als Nächstes blickte ich direkt in die aufgerissenen, leeren Augen meines Bruders. Aus seinem Mund quoll Erbrochenes, neben ihm lag ein Defibrillator, leere Spritzen, ob seine oder die der Sanitäter, konnte ich nicht sagen. Mein Magen zog sich krampfartig zusammen und Blut rauschte durch meine Ohren. Die Welt um mich herum schien zu verschwimmen und auseinanderzureißen. Erst die Stimme des Arztes riss mich wieder zurück und bewahrte mich davor, bewusstlos auf dem Boden zusammenzubrechen.

»Sie sind der Bruder?«

Ich nickte wie betäubt. Jemand zog ein Laken über Josh.

»Es tut mir leid. Wir konnten nichts mehr tun.«

»Was …?«, stammelte ich. Mein Blick war noch immer auf das weiße Laken geheftet.

»Überdosis.«

Tim trat neben mich. Er musste geweint haben, so verquollen, wie seine Augen waren. Er legte eine Hand auf meine Schulter und ich schüttelte sie angewidert ab. »Er hat vorhin die ganze Zeit von der Schuld gesprochen und dass er es nicht mehr erträgt. Ich hab nichts drauf gegeben. Er hat in letzter Zeit öfters davon gesprochen.«

Meine Kehle schnürte sich zu. Ich hatte gemerkt, dass sich etwas verändert hatte, und hatte es nicht ernst genommen. »Was muss ich jetzt tun?«, sagte ich leer zu dem Arzt. Ich zitterte und mein Puls begann zu hämmern, in meinen Ohren baute sich Druck auf und ich wollte nur noch schreien. Fühlte sich so an, was Lucy ständig ertragen musste?

19. Kapitel

Ich lag die ganze Nacht wach. Da war so viel, das gestern auf mich eingestürzt war. Erst die Sache mit Ryan und seinem Bruder. Und dann komme ich ins Pflegeheim, ich hatte mich auf ein Mädchengespräch mit Ella gefreut, doch Ellas Bett war leer. Es war nicht nur leer, es war frisch gemacht für den nächsten Patienten. All ihre Sachen waren weg und ganz plötzlich hatte sich das Heimzimmer meiner Mutter so kalt angefühlt. Ich hatte mir nicht einmal die Zeit genommen, mit meiner Mutter zu reden. Ich war einfach geflüchtet, weil ich den Anblick des leeren Bettes nicht ertragen konnte. Weil ich wusste, was dieses leere Bett für Ella bedeutete. Ihre Tage auf dieser Welt waren gezählt und ich konnte nur daran denken, sie noch einmal zu sehen. Aber ich hatte ihr versprechen müssen, sie nicht zu besuchen.

Als ich nach Hause gekommen war, war da nur Anne gewesen. Sie hatte mich mit ihrer Sorge um mich regelrecht überfallen. »Ich hab gefühlte hundert Mal auf deinem Handy angerufen.«

»Ich weiß, ich brauchte etwas Zeit für mich. Und musste über Ryan nachdenken.«

Anne zwang mich, mich auf die Couch im Wohnzimmer zu setzen. Sie setzte sich zu mir und hielt meine Hände. Mir war nicht nach Reden, ich wollte mich nur in mein Zimmer flüchten und in Tränen ausbrechen. Auf meiner Brust lag ein Felsbrocken. Heute war ein beschissener Tag.

»Ich werde es wahrscheinlich bereuen, aber es tut ihm wirklich leid. Er wollte mit dir reden, wusste nur nicht, wie er es dir sagen soll.« Anne setzte dieses kindliche Bettelgesicht auf. Schon zu Beginn unserer Freundschaft hatte sie gelernt, dass ich diesem Hundeblick nicht widerstehen konnte. Aber diesen Blick brauchte es gar nicht.

»Ich bin nicht wütend auf Ryan. Ich war viel mehr geschockt, dieses Gesicht wiederzusehen, und das ausgerechnet vor meiner Tür. Ryan kann nichts dafür, dass sein Bruder im Drogenrausch eine Familie zerrissen hat. Er hat nichts falsch gemacht, außer mir nicht zu sagen, dass dieser Kerl sein Bruder ist.«

»Und das tut ihm auch wirklich leid«, sagte Anne hastig.

Ich lachte bitter. »Und wo ist er jetzt?« Ich wollte später gern mit ihm reden, ihm erklären, was ich gefühlt hatte, als ich seinen Bruder gesehen hatte. Ihn fragen, warum er nicht den Mut hatte, mir die Wahrheit zu sagen? Ich konnte ihm vielleicht nicht sofort alles verzeihen, was passiert war. Und vielleicht würde diese Sache noch eine Weile zwischen uns stehen, aber ich wollte uns trotzdem noch eine Chance geben. Vorausgesetzt, er meinte es ernst mit mir und hatte nicht doch nur mit mir gespielt. Aber ich musste ihm auch begreiflich machen, dass es Zeit brauchen würde, bis ich ihm wieder vertrauen konnte, obwohl ich verstand, dass er es mir nicht hatte sagen können. Ich hätte wohl auch Angst gehabt.

»Er hat eine Nachricht bekommen und musste weg.«

»Eine Nachricht? Ich hatte fest damit gerechnet, du hast ein Killerkommando kommen lassen.«

»Ich doch nicht. Ich bin die harmloseste Person ever. Aber es könnte sein, dass Stephan kurz hier war ...«

»Du hast es Stephan erzählt?« Ich sah Anne ungläubig an.

»Ja, und als er ging, hatte er den gleichen Ausdruck im Gesicht, den Sylvester Stallone in Rambo hatte, bevor er alles abgeschlachtet hat, was so durch den Dschungel gekrochen ist.«

»Rambo?«, fragte ich grinsend.

»Na ja, vielleicht war das etwas übertrieben. Aber er sah aus wie ein sehr, sehr wütender Pudel.«

Nach dem Gespräch mit Anne nahm ich eine ausgiebige Dusche und legte mich ins Bett. Seitdem lag ich hier, starrte an die Decke, lauschte auf die Autos, die vor dem Haus vorbeifuhren, und wartete auf Ryan. Aber auch, als die Sonne aufgegangen war, war Ryan noch immer nicht zurück. Und in mir breitete sich dieses dumpfe Gefühl aus, der Vorläufer für eine neue Panikattacke.

***

»Da war dieser Kerl, groß und breitschultrig und unglaublich gut aussehend. Meine Mutter stellte ihn mir als Samuel Preston vor. Natürlich war er Berufssohn, aber glaub es oder nicht, der wird auch nie etwas anderes sein.« Anne nahm einen großen

Schluck von ihrem Milchkaffee, bevor sie fortfuhr. »Ich hatte das Gefühl, ich unterhalte mich mit einem Zwölfjährigen! Das einzige Thema, das er kannte, war sein Hamster Freddy! Freddy schafft doch tatsächlich hundert Umdrehungen in seinem Laufrad in einer Minute.«

Ich lachte übertrieben laut, damit Anne es auch ja nicht überhören konnte, denn sie versuchte mich jetzt schon seit einer Woche aufzumuntern. Ich gebe zu, ich war ein extrem schwerer Fall von schlecht gelaunt seit dem Morgen, an dem Josh McFarlane mein Leben zum zweiten Mal zerstört hatte. Seit diesem Tag war Ryan nicht wieder zurückgekehrt. Sein Zimmer war verlassen, sein Bett unbenutzt, genauso wie die Hälfte meines Bettes, in der ich nicht mehr schlief seit unserer gemeinsamen Nacht. Ich robbte nur manchmal kurz hinüber, um an dem Kissen zu riechen, das noch immer ganz leicht nach Ryan roch. Und wenn ich etwas mehr Ryan brauchte, ging ich in sein Zimmer und inhalierte dort sämtliche Reste von seinem Aftershave.

Seit diesem Morgen tat ich so, als wäre alles in Ordnung. Als würde in meiner Brust nicht wieder das dunkle Loch klaffen, das Ryan geheilt hatte, um es wieder aufzureißen. Er war einfach verschwunden und das hatte mich mehr verletzt als alles andere, das geschehen war. Ich versuchte zu funktionieren und Ryan zu vergessen. Aber das war nicht so einfach, denn jedes Mal, wenn ich die Augen schloss, war da sein Gesicht, die schokoladenbraunen Augen, das verwuschelte Haar. Manchmal hörte ich ihn sogar lachen.

Stephan rollte genervt mit den Augen und bestellte einen Kaffee für sich. Das Swann Café war fast leer, was bedauerlich war, denn so konnte ich Annes Versuchen, mich aufzumuntern, nicht entgehen. Stephan hatte Ryan übrigens nicht mit seinem bissigen Pudelblick den Hintern versohlt, weil er ihn gar nicht gefunden hatte. Ryan ging nicht nur mir aus dem Weg, sondern der ganzen Uni. Ich machte mir große Sorgen um ihn. Er antwortete nicht auf Annes Nachrichten, nicht auf die von mir und auch nicht, oder besonders nicht, auf die Drohungen von Stephan. In seiner letzten Nachricht hatte Stephan ihm versprochen, dass er ihn finden würde, auch wenn er dafür sämtliche Ozeane überqueren müsste.

Annes Nachricht war einfallsreicher, sie schrieb: *Ich vermiete dein Zimmer an ein Hängebauchschwein und erzähle sämtlichen Studentinnen auf dem Campus, dass du mich mit Genitalherpes infiziert hast.*

Ryan war es offensichtlich egal, dass Anne sein Zimmer zum Schweinestall umfunktionieren wollte und dass bald jede Frau in Edinburgh glauben würde, er hätte ein Problem in seinen tiefer gelegenen Regionen. Zumindest diese wüste Drohung hatte mir ein echtes Lachen entlockt.

Ben trat zu mir hinter den Tresen und legte einen Arm um meine Schulter. Er sah Stephan an und grinste dann breit. »Ich hab gehört, mein Mädchen hat euer erstes Date fluchtartig verlassen?« Auch er hatte sich der laufenden Verschwörung gegen mich angeschlossen und war dazu übergegangen, mich aufmuntern zu wollen.

Stephan warf ihm einen Leck-mich-Blick zu.

»Zu seiner Verteidigung muss ich sagen, es hatte nichts mit ihm zu tun.« Ich fühlte mich irgendwie dazu verpflichtet, Stephan zu verteidigen.

»Da du also noch immer Single bist, wollte ich dich fragen, ob du nicht mit mir ausgehen möchtest.« Ben zwickte mir unauffällig in den Rücken, um mir zu signalisieren, dass er plante, Stephan aufzuziehen.

Stephan fuhr sich nervös durch die Haare. Sein Gesicht leuchtete wie eine Reklametafel. »Anne will mir zeigen, wie man mit einer Lederpeitsche umgeht.«

Mir klappte der Mund auf und ich sah Anne erstaunt an. »Ist das wahr?«

»Hat er Lederpeitsche gesagt? Ich meinte Streckbank für Penisse.«

»Du hättest ruhig mal auf meiner Seite stehen können.«

»Wenn du ein Date mit mir willst, musst du doch nur fragen«, antwortete Anne und klimperte Stephan mit ihren Wimpern an.

»Nein«, sagte Stephan. »Ich hab die Ablehnungen satt. Dann versuch ich es doch lieber mit Ben. Bezahlst du das Essen, Ben?«

»Nur, wenn du dafür mit Sex bezahlst.«

Ich kicherte, als Stephan das Kinn bis auf die Brust fiel. Doch dann blieb mir die Luft weg und mein Herz begann zu hämmern, als mein Blick auf den Gast fiel, der gerade durch die Tür kam.

»Tyler«, wisperte ich Anne zu. Anne wandte sich nicht weniger erstaunt als ich um.

»Guten Tag, schöne Frauen und Herren.« Tyler sah jeden in unserer kleinen Runde kurz an, dann sah er zu mir. Ich kam hinter dem Tresen vor und folgte Tyler an einen der Tische. Sein Blick war ernst und beunruhigte mich.

»Ist Ryan etwas zugestoßen?«

»Nicht Ryan direkt.«

Mein Magen krampfte. Ich biss mir auf die Unterlippe und wünschte, ich müsste Tyler nicht zuhören. Ich hatte zu große Angst vor dem, was ich vielleicht zu hören bekam. Aber es war wohl besser, es zu hören, als im Ungewissen zu leben, also bereitete ich mich innerlich auf das vor, was Tyler mir vielleicht gleich sagen würde. Schlechte Nachrichten gehörten wohl zu meinem Leben dazu wie Atmen und Essen.

»Ryan ist vor ein paar Tagen an die New York University gewechselt. Ein alter Professor hat ihm dabei geholfen.« Ich konnte ihm ansehen, welche Überwindung es ihn kostete, mir das zu sagen.

Eine Faust schloss sich um meinen Magen. »New York?« Bis eben hatte ich immer noch gehofft, dass er nur Zeit für sich brauchte und wiederkommen würde, wenn er bereit dazu war. Dieser Hoffnungsschimmer hatte mich die letzten Tage weitermachen lassen. Ich hatte ihm längst verziehen. Ich war sogar bereit, die Verletzung hinzunehmen. Alles war nicht so schlimm wie die Sehnsucht nach ihm.

»Ja, er ist vor drei Tagen abgereist.«

»Er ist einfach gegangen?« Hatte sich wie ein Dieb aus meinem Leben geschlichen, ohne sich zu verabschieden? Warum hatte er das getan? Ich war bereit, ihm so viel zu vergeben, hatte die Verletzung unter all den guten Erinnerungen, die er mir geschenkt hatte, vergraben, und dann verließ er mich einfach. Verschwand aus meinem Leben, wo er doch wusste, wie sehr ich mich davor fürchtete, von Menschen, die mir wichtig waren, verlassen zu werden. Und gerade jetzt hätte ich ihn so sehr gebraucht.

»Er brauchte wohl den Abstand. Sein Bruder ist tot, Überdosis. Das hat ihn ziemlich mitgenommen.«

Ich kaute noch immer an der Tatsache, dass Ryan Tausende Kilometer weit weg war und das wohl auch für immer bleiben würde. »Was? Wann?« Mir wurde übel.

»An dem Tag, als er bei euch aufgetaucht ist.«

Meine Brust wurde ganz eng. Ich wusste nicht, wie ich mit dieser Nachricht umgehen sollte. Es tat mir leid für Ryan. Ich wusste, wie sich der Schmerz anfühlte, den er jetzt empfand. Und ich fühlte Schuld, obwohl ich Josh McFarlane so oft den Tod gewünscht hatte. Weil es sich anfühlte, als hätte ich ihn getötet mit meinem Hass und meinen Verwünschungen.

Ryan war in New York, und den Mann, auf den ich die letzten zwei Jahre all meinen Hass projiziert hatte, gab es nicht mehr. Mein Leben war ein Strudel, der mich hilflos mitriss, egal wie sehr ich mich dagegen wehrte.

***

»Ich fahr dich nach Hause«, bestand Stephan.

Ich schüttelte den Kopf. »Ich wollte laufen, um den Kopf freizubekommen. Ist ja nicht so weit.«

»Dann begleite ich dich.«

Ich lächelte müde zu Stephan auf, um ihn vom Gegenteil zu überzeugen, fühlte ich mich jedoch zu schwach, also ließ ich mich von ihm vom Café bis nach Hause begleiten. Es war kalt, aber nicht zu kalt. Der Winter meinte es dieses Jahr freundlich mit uns. Die Straßen waren trotzdem angenehm leer und ich genoss Edinburgh im Schein der Straßenlaternen. Ryan war also einfach gegangen. Vielleicht hatte der Verlust ihn dazu getrieben. Dass der Tod einen merkwürdige Dinge tun ließ, wusste ich aus eigener Erfahrung. Ich wollte ihn trotzdem dafür hassen, konnte es aber nicht. War die Taubheit, die sich in den vergangenen Tagen in mir aufgebaut hatte, so übermächtig geworden, dass ich nicht einmal mehr die Kraft für Hass aufbringen konnte? Wenn überhaupt war ich enttäuscht.

Das Gewicht auf meiner Brust fühlte ich auch längst nicht mehr, ich hatte mich daran gewöhnt, dass es da war. Ich überstand alles, warum nicht auch noch Ryans Art, mir den Rücken zu kehren und mir zu sagen, dass ich ihm nicht wichtig genug war, um sich wenigstens persönlich zu verabschieden.

»Ich werde dich nicht wegen Ryan fragen, aber wegen deiner Freundin. Wie geht es dir?«

Ich zog die Schultern hoch. »Ella? Ich komme klar. Es tut weh, aber es ist anders wie damals bei meinem Vater. Ich habe sie nicht weniger geliebt, ich hatte nur die Zeit, mich darauf vorzubereiten. Deswegen ist es nicht so schlimm, glaube ich.«

»Ich verstehe, was du sagen willst.«

Wir liefen schweigend weiter und ich atmete die kühle Nachtluft ein. Zu laufen war eine gute Idee gewesen, ich fühlte mich befreiter. Es war, als würde die Luft mich innerlich reinigen. Sie stellte das Kreisen der Gedanken in meinem Kopf auf ein Minimum zurück. Selbst die Wunde in meinem Herzen fühlte sich besser an. Für den Augenblick. Vielleicht war es gut, dass ich innerlich so betäubt war, dann könnte der Heilungsprozess einsetzen, ohne dass die Schmerzen zu groß waren. So funktionierten Betäubungen doch? Ryan war kein Teil meines Lebens mehr. Ich würde damit zurechtkommen, irgendwann. So wie ich mit allem irgendwann zurechtkam, selbst mit dem Verlust meines Vaters.

Wir waren vor Haus Nummer 13 stehengeblieben. Die 13 ist wirklich keine Glückszahl, dachte ich bitter.

»Ich bin für dich da, wenn du mich brauchst«, sagte Stephan.

Ich nickte nur und setzte das künstliche Lächeln auf, das ich in den letzten Tagen bis zur Perfektion geübt hatte. Ich behielt für mich, dass ich mir wünschte, dass mich nicht alle in meiner Umgebung immer so ansehen würden, als würde ich jede Minute wieder durchdrehen. Würde ich nicht, ich hatte ein Heilmittel gegen die Attacken gefunden: laufen. Immer wenn ich spürte, wie der Druck sich langsam in mir aufbaute, nahm ich meine Laufschuhe und ging rennen, bis ich zu ausgepowert war für eine Attacke. Das hatte ich vor drei Tagen entdeckt, als ich wieder eine Nacht wach gelegen hatte, und die Angst versucht hatte, die Macht über mich zu übernehmen. Ich konnte die Attacken jetzt auch ohne Ryans schützende Arme um mich besiegen. Wer brauchte schon Ryan?

20. Kapitel

Ella. Ich fuhr jeden einzelnen Buchstaben mit der Hand nach. Ellas Eltern hatten sich für einen Engel als Grabstein entschieden. Er hielt ein Buch in seinen Händen und auf diesem Buch stand es schwarz auf weißem Marmor:

Ella
Geboren: 1994
Gestorben: 2014

Drei Monate war das jetzt her. So lange war auch Ryan schon fort. Er hatte auf keine unserer Nachrichten geantwortet. Aber wir hatten ihm auch nicht mehr geschrieben, seit Tyler in das Café gekommen war. Es hatte einige Wochen gedauert, bis das Loch, das er in meiner Brust hinterlassen hatte, sich langsam verschlossen hatte. Ich hatte den Heilungsprozess damit begonnen, mein Bett frisch zu beziehen und die Tür zu Ryans Zimmer fest zu verschließen. Dann hatte ich Anne den Schlüssel gegeben und sie gebeten, ihn irgendwo zu verstecken, wo ich nie danach suchen würde. Irgendwo hatte sich als die Kiste herausgestellt, in der Anne all ihre Andenken an vergangene Beziehungen versteckte. In dieser Kiste lagen Dinge, die ich nicht einmal mit Gummihandschuhen anfassen würde. Jetzt, nach drei Monaten, hatte ich meine Gefühle für Ryan in den Griff bekommen. Er fehlte mir noch immer. Und ich sehnte mich auch noch immer nach seinen Küssen, seinen Berührungen und seinen kleinen Zoffereien, aber ich hatte es geschafft, all diese Dinge in einem kleinen Kästchen in meiner Brust zu verschließen.

Dank Ryan hatte ich gelernt, nicht mehr an der Vergangenheit festzuhalten. Ich muss nicht betonen, wie ironisch das ist, denn es half mir letztendlich auch, Ryan wegzusperren.

Ich legte die rote Rose auf Ellas Grab. Ich sprach noch immer nicht an Gräbern. Und auch zwei geliebte Menschen, die hier unter der kalten Erde lagen, sorgten nicht dafür, dass ich mich hier wohler fühlte. Ich rieb mir die Winterkälte aus den Fingern und sah über die Schulter zurück, als das Knirschen von Kieselsteinen ankündigte, dass sich jemand näherte. Dieser Jemand trug ein New York Mets-Basecap tief in die Stirn gezogen, und als er schief lächelte, entstand auf seiner linken Wange ein Grübchen. Der Ring in seiner Lippe war größer geworden, das fiel mir sofort auf. In meinem Magen flatterte es wild und mein Mund war plötzlich ganz trocken.

»Lucy«, sagte Ryan leise. In seiner Hand hielt er eine einzelne rote Rose. Er legte sie neben meine. Ich starrte ein paar Sekunden auf die eng nebeneinanderliegenden Rosen. »Ich wusste nicht, dass du hier sein würdest.«

»Wärst du dann nicht gekommen?«

»Doch, ich war am Grab meines Bruders.«

»Tut mir leid. Tyler hat es mir gesagt.«

»Ich hab ihn darum gebeten.«

Ich war nervös. Dass ich seine Augen nicht sehen konnte, machte es nicht besser. Ich wusste nicht, ob ich wütend sein und ihn anschreien sollte, oder ob ich versuchen sollte, vernünftig zu sein und mich nicht von meinen Gefühlen leiten lassen sollte. »Nett von dir, nachdem wir uns eine Woche lang Sorgen gemacht haben.«

»Lass uns einen Kaffee trinken gehen. Auf der anderen Straßenseite ist ein kleines Bistro.«

»Ich weiß nicht, ob das eine gute Idee ist.«

»Nur einen Kaffee.«

Ich zögerte und zog in Gedanken Ellas Buchstaben nach, als könnte sie mir diese Entscheidung abnehmen. »Also gut.«

Ryan ging vor und ich folgte ihm. Ich mochte die dunkelgraue Wolljacke, die er trug. Sie war kurz genug, um seinen Hintern in der Jeans bewundern zu können. Dieser Hintern hatte es mir schon damals angetan. Ich stieß ein leises Seufzen aus. Ryan war hier und ich hatte nicht damit gerechnet, ihn je wiederzusehen. Und dann stand er einfach vor mir, sexy wie eh und je. Und das kleine Schatzkästchen in meinem Herzen war einfach aufgesprungen und hatte all die Gefühle wieder freigelassen. Beim ersten Blick auf Ryan hatte es mich verraten. Jetzt hämmerte mein Herz wieder nur für ihn so schnell und die Kolibris flatterten munter in meinem Bauch und weiter unten breitete sich Wärme aus, die unpassender hätte nicht sein können. Verdammter Ryan McFarlane!

Ryan hielt mir die Tür zum Bistro auf. Es war wirklich nicht groß, nur zwei halbrunde Sitzecken und ein Stehtisch. Wir waren die einzigen Gäste. Es roch nach Frittierfett und Kaffee. Den Kaffee mochte ich, das Fett überhaupt nicht. Dieser Geruch erinnerte mich aber an meine eigene Sucht, die nach Ryans Aftershave. Ryan saß mir gegenüber und zwischen uns war nur der Tisch. Ich schnupperte vorsichtig. Tatsächlich, noch immer derselbe Duft. Jetzt nahm Ryan sein Basecap ab und legte es neben sich auf die Bank. Noch immer dieselbe Frisur. Er war noch immer der gleiche Ryan und hatte noch immer die gleiche Wirkung auf mich.

»New York also? Es hat dich zumindest äußerlich nicht verändert.«

»Der Ring ist neu«, bestätigte er, was mir schon aufgefallen war.

»Wie kommt es, dass du wieder hier bist?«

»Das klingt enttäuscht.« Er musterte mich aufmerksam. Ich versuchte, meine Miene so ungerührt wie möglich zu lassen.

»Winterferien.«

Ein dumpfer Schlag in meinen Magen. Also nur ein kurzer Besuch. »Wie läuft es drüben?« Ich musste das Gespräch am Laufen halten, dann fühlte sich sein Blick auf mir nicht so intensiv an.

Er zuckte mit den Schultern. »Etwas chaotischer als hier. Wie geht es deiner Mutter?«

»Unverändert.«

Die Kellnerin brachte uns zwei Tassen Kaffee und ich schlang sofort meine Finger um meine Tasse. Die Wärme beruhigte mich etwas.

»Es tut mir leid, wie das alles gelaufen ist.«

»Meinst du, dass du einfach abgehauen bist?« Ungewollt wurde meine Stimme schärfer.

»Das mit Josh.«

»Damit bin ich klargekommen. Aber nicht damit, dass du verschwunden bist, ohne ein einziges Wort.«

Er runzelte die Stirn und rieb sich über die Wange. »Das mit Josh ...«

»Ich gebe zu, im ersten Moment war ich schockiert und auch wütend. Schockiert, ihn wiederzusehen, und wütend, weil du mich belogen und verletzt hast. Aber ich hab es auch verstanden, dass du nicht wusstest, wie du es mir sagen sollst. Aber dass du einfach so abgehauen bist ...«

Ryan sah mich sichtlich verwirrt an, dann wurde sein Gesicht traurig. »Ich stand wohl auch unter Schock«, sagte er. »Ich dachte, ich hätte dich für immer verloren und dann war da plötzlich mein toter Bruder.«

Wir schwiegen eine Weile, in der ich meinen Kaffee zügig austrank.

»Gefällt dir dein neues Leben in New York?«

»Es ist nicht besser als das alte Leben.« Ryans Mundwinkel hoben sich zu einem Lächeln.

»Deine Sachen sind alle noch in deinem Zimmer. Wenn du also etwas brauchst, kannst du gerne vorbeikommen.«

»Das mach ich. Ich werde den größten Teil holen und bei meinen Eltern unterstellen, dann könnt ihr das Zimmer vermieten.«

Ich nickte nur, weil das so endgültig klang, und das riss das Loch in meiner Brust wieder etwas auf.

Aber ich ließ nicht zu, dass Tränen in meine Augen stiegen.

»Ich muss dann jetzt los. Ich hab eine Schicht im Café.« Ich legte das Geld für meinen Kaffee auf den Tisch und Ryan schob es mir wieder entgegen. Ich ignorierte die Geste und stand einfach auf.

»Ich komm in zwei Tagen wegen meiner Sachen«, rief er mir noch hinterher. Ich nickte nur und sah nicht zurück, weil die Tränen es jetzt doch geschafft hatten, über meinen Willen zu siegen.

Ryan

Ich sah ihr nach, wie sie das Bistro verließ. Sie wiederzusehen hatte sich gut angefühlt. Ich hatte sie vermisst. Auch sie hatte sich nicht verändert. Sie war noch immer heiß, ihre Augen noch immer traurig und sie brachte noch immer jede Zelle in mir zum Vibrieren. Mein Gott, ich hätte sie so gerne einfach an mich gerissen. Aber das Recht dazu hatte ich verloren. Ich hatte ihr einfach den Rücken zugekehrt, dabei hatte sie mir verziehen, dass ich ihr nichts wegen Josh gesagt hatte. Was sie mir nicht verzeihen konnte, war, dass ich einfach gegangen war. Wie hatte ich so falsch liegen können? Ich hatte fest damit gerechnet, dass sie mir meine Lüge nie verzeihen würde.

Verdammt, ich hatte ja keine Ahnung. Nicht Josh hatte mir das Mädchen genommen, das ich liebte, sondern ich selbst. Und ich hatte die nächste Lüge gleich noch oben drauf gepackt. Sie schien nicht zu wissen, dass ich nur für ein Semester nach New York gegangen war. Und ich hatte sie einfach in dem Glauben gelassen. Ich war wirklich ein Idiot.

Ich lächelte, als meine Mutter sich auf den Platz setzte, auf dem eben noch Lucy gesessen hatte.

»Du bist ja schon da«, sagte sie glücklich strahlend.

»Und du bist immer noch wunderschön.« Ich musste lachen, weil sie immer rot anlief, wenn ich das zu ihr sagte.

»Du hast schon zwei Tassen Kaffee getrunken?«, wollte sie wissen, als sie die Tassen auf dem Tisch entdeckte.

»Nein, nur eine. Die andere gehörte Lucy.«

»Lucy? Die Lucy?« Sie sah erstaunt auf.

»Ja, sie ist eben gegangen.«

»Schade, ich hätte sie gerne einmal kennengelernt. Dieses Mädchen besitzt das Herz meines Sohnes.«

»Dein Sohn aber nicht mehr ihres«, fügte ich mit einem heftigen Stich in der Brust an.

»Dann solltest du deinen Hintern hochbekommen und kämpfen.«

Ich schüttelte den Kopf. »Es ist besser, ich lasse sie einfach ihr Leben leben. Ohne mich geht es ihr besser.«

Samantha sah mich streng an. Es war dieser Blick, den ich als Kind immer bekommen hatte, wenn ich etwas mächtig verbockt hatte.

»Was macht die Wohnungssuche?«, lenkte ich schnell von mir ab.

Sie seufzte. »Schwierig, die wenigsten Wohnungen kann ich mir von meinem Gehalt leisten. Edinburgh ist ziemlich teuer.«

»Ich kenn da eine Wohnung, in der wird demnächst ein Zimmer frei.« Meine Mutter hatte sich von meinem Vater getrennt. Es hatte den Tod von Josh zu dieser Entscheidung gebraucht, aber Josh nicht noch einmal gesehen und von Larry die Hände gebunden bekommen zu haben, das konnte sie meinem Vater nicht verzeihen. Noch wohnten beide in einer Wohnung, aber meine Mutter war fest entschlossen, auszuziehen.

»Du gibst einfach so auf? Das ist nicht mein Junge.«

»Ich gebe nicht auf. Ich tue, was das Beste für sie ist. Hatten wir nicht gerade das Thema gewechselt?«

Samantha zwinkerte mir zu. »Hatten wir, bevor ich herausfinden musste, dass mein Sohn schon wieder dabei ist, einen Fehler zu machen.«

Ich stöhnte laut auf. Ich kannte meine Mutter, sie würde nicht aufgeben. Der Abend war gelaufen für mich.

Lucy

Stephan, Danny, Anne und ich saßen in unserem Wohnzimmer um eine Familienpizza herum. Im

Fernseher lief eine Castingshow, der wir nur wenig Aufmerksamkeit schenkten. Der Abend war bisher ganz gut verlaufen. Während meiner Schicht im Café war heute gut was los gewesen und auch jetzt lenkten mich meine Freunde ab, so dass ich nicht die ganze Zeit daran dachte, dass Ryan zurück in Edinburgh war, wenn auch nur für ein paar Tage. Aber wenn meine Gedanken kurz abschweiften, dann stellte sich auch sofort das altbekannte Flattern wieder ein, weil ich immer nur denken konnte: noch zwei Tage, bis ich ihn wiedersehe.

»Danny, du bist keine Bereicherung für uns. Du bist Italiener und wir müssen Pizza noch immer bestellen«, beschwerte sich Anne gerade.

»Ich bin der einzige Italiener, der noch nie Pizza gebacken hat.«

»Dann Lasagne?«

»Keine Chance. Wenn du Glück hast, kann ich dir Spaghetti kochen.«

»Das ist traurig. Was denkst du, Lucy?«

»Eine mega Enttäuschung.«

»Danny kann noch nicht mal Italienisch«, mischte sich Stephan ein.

»Ich kann Tiramisu. Willst du eine Frau verführen, dann mach ihr ein Dessert, hat mein Großvater immer gesagt.«

»Dann ist deine Aufgabe für das Wochenende Tiramisu.« Anne sah mit funkelnden Augen zu mir herüber. »Wann wollte Ryan noch mal vorbeikommen?«

»Am Freitag.«

»Dann musst du das Tiramisu schon am Freitag machen. Lucy braucht Freitag eine Unmenge Kalorien, um nicht wieder dem Badboy zu verfallen.«

Ich streckte ihr die Zunge raus. Die Kalorienbombe kam zu spät. Mein Körper stand seit heute Nachmittag wieder unter Vollbeheizung.

»Ryan ist wieder da?«, hakte Stephan nach und sein Blick verfinsterte sich.

»Lass die Pudelpfoten, wo sie sind, er geht auch wieder«, sagte ich ernst. Stephan war dazu übergegangen, sich als mein großer Bruder aufzuspielen, nachdem nun feststand, dass aus uns kein Pärchen wurde. Das bedeutete, in den letzten drei Monaten war er kaum von meiner Seite gewichen und hatte jeden Kerl, der auch nur in meine Richtung geatmet hatte, mit bösen Blicken auf Abstand gehalten. Als ob ich überhaupt Interesse an anderen Männern gehabt hätte. Ich bekam nicht einmal mehr mit, dass es andere gab. Wenn mein Herz je wieder für einen Mann schlagen würde, musste es Ryan erstmal überwunden haben. Und ihn wiederzusehen, war dabei nicht hilfreich gewesen.

»Soll ich vorbeikommen?«

»Nein, musst du nicht. Anne leiht mir ihren Teppichklopfer.«

»Teppichklopfer? Wieso hat Anne einen Teppichklopfer.« Danny sah sich verwirrt um.

»Nicht zum Teppichklopfen«, sagte ich.

So wie heute Abend lief es bei uns fast jeden Abend seit drei Monaten. Danny und Stephan kamen auf Pizza und Bier vorbei und wir hatten eine Menge Spaß. Spaß, den meine Freunde mit dem einzigen Zweck veranstalteten, meine Gedanke weit weg von Ryan zu halten. Es funktionierte nur manchmal, aber das verriet ich ihnen nicht.

Meine Mutter hatte mittlerweile ein Einzelzimmer, das das Heim ihr auf mein Drängen hin zugewiesen hatte. Es war ein deutlich kleineres Zimmer, das vor wenigen Wochen frei geworden war. Ich hätte es einfach nicht ertragen, noch mehr Patienten kommen und gehen zu sehen. Ellas Tod hatte mich zu sehr mitgenommen. Meine Träume vom Unfall kamen nur noch selten zurück. Das lag daran, dass ich seltener daran dachte. Ich dachte jetzt lieber häufiger an die schönen Dinge, die ich mit meinen Eltern erlebt hatte. Ich ließ die traurigen Gefühle nicht mehr zu, nur, wenn ich an Ryan dachte. Jetzt, wo ich ihn wiedergesehen hatte, würde ich von vorne anfangen müssen mit meiner Selbstheilung.

21. Kapitel

Den ganzen Freitag schon war ich angespannt. Die Zeit schlich dahin und ich konnte nichts dagegen tun. Ich hatte überlegt, einfach nicht hier auf Ryan zu warten. Er hatte einen eigenen Schlüssel. Er könnte also allein hereinkommen, seine Sachen holen und dann wieder gehen, ohne dass ich ihm noch einmal begegnen musste. Aber Anne hatte darauf bestanden, dass ich blieb, damit ich die Sache für mich zu Ende bringen konnte. Ich sollte Ryan verabschieden und dann mit dem Thema für mich abschließen.

Ich bezweifelte, dass das wirklich klappte, aber Anne zuliebe hatte ich versprochen, auf Ryan zu warten. Und Anne hatte sich natürlich verdrückt. Wir beide müssten das alleine regeln, hatte sie gesagt, mich aber gleichzeitig davor gewarnt, ihm zu nahezukommen, damit ich nicht in die Ryan-Fliegenfalle tappte und wir am Ende, statt Ryans Bett abzuziehen, darin versanken.

Ich sah auf die Uhr, fast sechs Uhr am Abend. Wann wollte er denn kommen? Ich trank ungefähr den fünften Cappuccino heute. Wieder stand ich auf, tigerte durch das Wohnzimmer, blieb vor dem Fenster stehen und hielt nach Ryans Ford Ausschau, obwohl ich mir selbst schon mehrfach erklärt hatte, dass es möglich war, dass Ryan sein Auto gar nicht mehr besaß, jetzt, da er in New York lebte. Was sollte er da mit einem Auto in Edinburgh? Wollte ich es einfach nur hinter mich bringen oder wollte ich ihn ein letztes Mal sehen? Ich redete mir ein, dass ich es nur hinter mich bringen wollte.

Das Klingeln riss mich aus meinen Gedanken. Ich zögerte, doch als ich mich erst in Bewegung gesetzt hatte, konnte ich gar nicht schnell genug an der Tür sein, nur um dann wieder zu zögern, bevor ich endlich die Wohnungstür öffnete. Er stand vor der Tür, ein aufgesetztes Lächeln im Gesicht, und mir wurde schwindlig vor Panik. Hierzubleiben war ein dummer Fehler, denn die kleine fiese Stimme in meinem Kopf flüsterte: »Schmieg dich an ihn, lass deine Hände über diesen Körper wandern, reib dich an ihm.« Heute trug Ryan kein Basecap, weswegen ich in seinem Gesicht sofort die gleiche Nervosität sah. Ich trat beiseite und er kam rein. Mein Herz legte einen Spitzensprint hin. Das Schweigen war die Hölle. Was tat man in so einer Situation? Ich wünschte, Anne wäre doch geblieben. Ihr lag immer ein lockerer Spruch auf den Lippen.

»Ich habe gerade Kaffee gemacht, wenn du möchtest?«, sagte ich mit zittriger Stimme.

»Du trinkst immer noch so spät Kaffee?« Ryan folgte mir. Wir setzten uns in der Küche an den Tisch und ich goss ihm eine Tasse Kaffee ein.

»In deinem Zimmer ist alles so, wie du es verlassen hast.« Ich verschwieg ihm, dass ich wochenlang seinen Duft inhaliert hatte. Jetzt würde ich wieder auf Entzug gehen müssen.

Ryan trank vom Kaffee und beobachtete mich dabei, wie ich nervös mit meinen Fingern spielte. Er legte eine Hand auf meine und dann kam wieder dieser Blick, tief in meine Augen bis hinein in meine Seele. »Du musst nicht nervös sein. Du hast nichts falsch gemacht.«

»Tut mir leid, das ist nur nicht so einfach für mich.«

»Für mich auch nicht.« Er schluckte schwer und räusperte sich. »Ich hab gestern nicht ganz die Wahrheit gesagt. Genau genommen habe ich etwas nicht richtiggestellt.«

»Was meinst du?«

»Ich war nur für ein Semester in New York. Es war ja nicht einmal mehr ein Semester, es hatte schon angefangen.«

Ich runzelte fragend die Stirn. »Ich verstehe nicht.«

»Tyler wusste es nicht. Ich hab ihn auch im Unklaren gelassen, deswegen nahm er an, dass ich für länger in New York bleibe. Aber es war von Anfang an nur ein Semester geplant.«

»Das heißt, du wechselst wieder zurück?« Mein Herz machte einen hoffnungsvollen Satz, für den ich mich selbst sofort ermahnte.

»Ja, ich bin wieder zurück. Aber du musst keine Angst haben, ich werde mich bemühen, dir nicht über den Weg zu laufen. Ich will dir nicht wehtun.«

Ich stand auf, stellte meine Tasse in die Spüle und blieb mit dem Rücken zu Ryan stehen. Er sollte nicht sehen, was in meinem Gesicht vorging. Nicht solange ich selbst nicht wusste, was ich davon halten sollte. Ich konnte nicht leugnen, dass der kleine Hoffnungsschimmer sich gerade in einen großen Hoffnungsglanz verwandelt hatte. Aber wollte ich das wirklich? Keine Frage, ich hatte noch immer Gefühle für Ryan und ich war bereit gewesen, ihm zu verzeihen, dass er mir eine so wichtige Sache wie Josh verschwiegen hatte. Aber das war, bevor er einfach so verschwunden war. Das hatte mich tiefer verletzt als sein Schweigen. Auch wenn er verwirrt gewesen war, nachdem sein Bruder gestorben war. Er hätte sich wenigstens zu einer kurzen Nachricht durchringen können, aber er hatte sich dafür entschieden, uns alle eine Woche im Unklaren zu lassen. Und dann zu erfahren, dass er einfach mal so nach New York gegangen war, das hatte die Wunde noch tiefer gerissen.

Aber da war ja auch noch die Wohnung, die uns beiden gehörte. Es wäre unfair, wenn ich sie nur für mich beanspruchen würde, weil unsere kurze Beziehung mit einem mächtigen Knall gescheitert war. Aber genau davor hatte ich mich gefürchtet. Dass ich mich auf Ryan einließ, die Sache schiefging und wir uns fortan jeden Tag in der Wohnung über den Weg laufen würden. Und trotz meiner Befürchtungen hatte ich zugelassen, dass wir uns nähergekommen waren. Also hatte ich es schon damals akzeptiert, mit ihm zusammenleben zu müssen, auch wenn wir längst kein Paar mehr waren. Er hatte ein Anrecht darauf, hier zu wohnen, jetzt, da er wieder in Edinburgh war.

Ich wandte mich wieder zu ihm um. »Du solltest dein Zimmer behalten. Es ist deins. Wenn du hier in

Edinburgh bleibst, wäre es nicht fair, wenn ich dir deinen Anteil vom Erbe nehme. Das möchte ich nicht.«

Er sah erstaunt zu mir auf. »Ihr könntet es vermieten und zahlt mir das Geld aus.«

»Nein wirklich, ich denke, ich komme damit zurecht, wenn du wieder hier wohnst.«

»Danke, das ist mehr, als ich erwartet hätte.«

»Erwarte nicht zu viel von mir. Wir sind Mitbewohner, mehr nicht.« Mehr konnte ich einfach nicht. Die Angst vor Verletzung schlummerte noch immer unter der Oberfläche. Auch wenn ich es kaum aushielt, ihn anzusehen, ohne ihn zu berühren. Zu mehr war ich nicht in der Lage.

Ich verließ die Küche und hoffte, dass ich das nicht bereuen würde. Gerade hatte ich Visionen von noch mehr nackten Blondinen. Ob ich das ertragen könnte, wenn er andere Frauen mitbrachte? Mit der Zeit würde ich es lernen. So wie ich lernen musste, mit Ryan hier zu leben, ohne mich auf ihn einzulassen. Es hatte nur Sekunden gedauert, um meine Entscheidung zu bereuen. Aber es war die richtige Entscheidung gewesen, zumindest eine faire. Wie ich damit leben sollte, wusste ich noch nicht. Für den Anfang würde ich Ryan einfach aus dem Weg gehen.

***

»Daran bist nur du schuld«, schimpfte Anne und zeigte auf Ryans Zimmertür, hinter der laute Metalmusik dröhnte. »Du hast den bösen Jungen wieder in unser Zuhause gelassen.« Sie rieb sich die Stirn, hinter der die vergangene Partynacht dröhnte. Anne war erst kurz vor Sonnenaufgang nach Hause gekommen und hatte bis eben geschlafen.

»Es ist ja nicht so, dass wir etwas dagegen unternehmen könnten. Es ist Nachmittag. Solange die Nachbarn sich nicht beschweren, darf er laut Hausordnung Musik hören. Und noch beschweren sich die Nachbarn nicht.«

Anne lief aufgescheucht durch das Wohnzimmer, während ich versuchte, dem Chaos Herr zu werden, das Ryan hinterlassen hatte, als er gestern am späten Abend mit Sack und Pack wieder hier eingezogen war. Er hatte augenscheinlich in seiner kurzen Zeit in New York eine Liebe für Football und Fanartikel entwickelt. Auf dem Boden im Wohnzimmer stand ein Karton, aus dem ein Schal quoll und eine dieser Kunststoffhände ihren Finger zur Decke streckte. Davor stand ein billiger Blechpokal. Auf dem Tisch standen verschiedene andere Andenken, auf der Couch lag eine Plastiktrommel und vor dem Fenster stand eine lebensgroße Pappfigur eines Footballspielers, von dem selbst Anne begeistert war, weil sie Footballspieler ja schon immer sehr sexy fand. Und zwischen all dem Kram verteilte sich die Schmutzwäsche mehrerer Wochen. Ryan war in Amerika wohl nicht zum Waschen gekommen. Dabei machte uns das amerikanische Fernsehen doch immer weis, dass Amerika das Land der China-Waschsalons war.

»Hast du ihm auch gesagt, dass wir nicht wieder für ihn putzen werden?«

»Das habe ich wohl vergessen.«

»Kann ich sehen.« Anne sammelte ein paar Shirts auf und warf sie in den Wäschekorb, den ich gerade aus dem Badezimmer geholt hatte. »So leid es mir tut, aber du hast ihn hergeholt, du kümmerst dich auch darum, ihn stubenrein zu kriegen.«

»Oh, ihr holt einen Hund? Was für eine Rasse? Ich will was großes Schwarzes.«

Anne atmete tief ein. »Stubenrein! Nicht Hund. Und komm ja nicht auf die Idee, einen Hund in diese Wohnung zu bringen. Ich bin hochgradig allergisch gegen Haare an meinen Klamotten.«

»Hat Anne schlecht geschlafen?«, fragte Ryan unschuldig.

»Nein, sie hasst Metalmusik.«

Ryan trat weiter ins Wohnzimmer und legte einen Arm um seinen neuen Pappkameraden. »Welche Metalmusik?«

»Die, die du uns bis eben zugemutet hast«, keifte Anne und warf ein weiteres Kleidungsstück in den Wäschekorb.

Ryan zuckte mit den Schultern. »Ich kann nichts hören.«

»Kein Wunder, bei der Musik wäre ich auch taub«, murmelte ich leise.

Ryan grinste breit.

»Steh da nicht rum, schaff diesen Müll in dein Zimmer«, kommandierte ich.

Ryans Augen funkelten und er sah mich auf eine unmissverständlich erotische Art an. »Du erinnerst dich noch daran, wie es mir gefällt, wenn du mir Befehle erteilst?«

Ich schnappte nach Luft und legte äußerst beschäftigt eine Tröte in den Karton mit der Kunststoffhand. Zugleich gab ich alles, was ich an Willenskraft aufwenden konnte, um das Ziehen in meinem Unterleib zu ignorieren.

»Oh nein«, sagte Anne drohend. »Versuch das gar nicht erst. Diese Frau, dieser Hintern und alles, was noch zu Lucy gehört, ist für dich verboten.«

Er warf Anne einen erstaunten Blick zu und lachte laut auf, dann schnappte er sich den Pappkameraden und wollte damit das Wohnzimmer verlassen. Anne ließ fallen, was sie gerade aufgesammelt hatte, und sprang Ryan in den Weg.

»Der bleibt hier. Alles andere, raus!« Sie nahm Ryan den Aufsteller ab und brabbelte, entrüstet über so viel Frechheit. »Den kann man nicht im Zimmer eines Kerls verstecken. Außerdem, was will ein Kerl damit in seinem Zimmer? Bist du jetzt doch schwul, Ryan?«

»Ich lebe mit zwei Frauen zusammen, das färbt ab. Ich steh auf einen scharfen Body, und mein Freund hier hat einen scharfen Body.«

»Ja, das glaub ich dir sofort«, sagte ich. »Ich hatte auch den Eindruck, dass du nicht ganz bei der Sache warst, als wir Sex hatten.« Damit verließ ich grinsend das Wohnzimmer, um mich in meine eigenen vier Wände zu flüchten. Im Wohnzimmer knisterte mir zu viel erotische Energie in der Luft. Leider schaffte ich es nicht allein in mein Zimmer, die erotische Energie folgte mir, zog hinter sich die Tür zu und blieb mit verschränkten Armen stehen.

»Ich hatte eher den Eindruck, dass ich ziemlich gut bei der Sache war.«

Ich lehnte mich gegen meinen Schreibtisch und versuchte so locker wie möglich zu wirken. »Das liegt dann wohl an deinem übergroßen Ego.«

»Findest du?«, wollte Ryan wissen und näherte sich meiner Verteidigungsposition. Ich wappnete mich mit einem tiefen Atemzug.

»Keinen Schritt weiter. Hier gibt es Regeln und die oberste besagt, keinen Sex zwischen den Eigentümern dieser Wohnung.«

Ryan blieb nur einen Schritt von mir entfernt stehen. »Diese Regel haben wir schon gebrochen, daher ist sie hinfällig.«

»Nein, sie muss nur angepasst werden.« Ich zitterte und kämpfte gegen die Hitze zwischen meinen Schenkeln an. »Ab sofort keinen Sex mehr zwischen den Eigentümern dieser Wohnung.«

»Okay, das geht wohl in Ordnung. Aber, da du als Eigentümerin das Recht hast, Regeln aufzustellen, habe ich als Eigentümer dieses Recht auch und könnte diese Regelung aufheben.«

Ich schluckte schwer, als er mich mit diesem Feuer im Blick ansah. Ich saß in der Ryan-Fliegenfalle, aber noch konnte ich mit den Armen um mein Leben rudern. »Ich meine es ernst, Ryan.«

»Ich weiß. Ich frage mich nur, warum du glaubst, ich will mit dir schlafen?«

Ich riss erstaunt du Augen auf. »Willst du nicht? Aber dieser Blick und das alles.« Ich wedelte mit einer Hand vor ihm rum und bezog mich auf die Art, wie er sich mir näherte und wie er eindeutig sexuell angehaucht mit mir sprach. »Und warum folgst du mir dann in mein Zimmer?«

»Ich wollte dir das geben.« Er zog ein Medaillon aus seiner Hosentasche. »Das habe ich in der Kommode im Wohnzimmer entdeckt. Es ist ein Hochzeitsbild deiner Eltern drin. Ich habe es vorhin mit einem Foto von Ella erweitert.«

Er hielt mir die Kette mit dem goldenen Anhänger hin und ich griff danach. Ich war gerührt, und diese Rührung brach mit dicken Tränen aus mir heraus, als ich das Medaillon öffnete und darin wirklich ein kleines Hochzeitsbild meiner Eltern fand und ein Foto, auf dem Ella am Tag ihrer Weltreise zu sehen war. »Danke, das ist lieb von dir.«

»Ich hab es mit dem Handy gemacht, deswegen ist es nicht so gut geworden. Aber so wie es aussieht, lag dein Vater Elisabeth wirklich am Herzen. Da war auch noch dieser Brief. Ich muss gestehen, ich hab bisher nur die Puppen und den ganzen Kram weggeräumt und hab es vor mich hergeschoben, in die Schränke zu schauen, weil ich mich nicht wohlgefühlt habe bei dem Gedanken, so in ihre Privatsphäre einzudringen. Aber ich hab nach einem Fach für ein paar der Sachen aus New York gesucht.« Er zog einen Briefumschlag aus der Tasche. »Der ist für dich.«

Auf dem Umschlag stand mein Name. Ich nahm den Brief entgegen und dabei zitterte meine Hand, was Ryan wohl nicht entging, denn er umschloss meine Hand mit seiner und lächelte mir aufmunternd zu. »Ich geh dann mal lieber, bevor Anne mich in deinem Zimmer erwischt und jedem erzählt, ich hätte Genitalherpes.«

Ich kicherte in meine Hand.

Es dauerte ein paar Minuten, bis ich den Brief öffnen konnte. Die Neugier auf das, was die Frau, die mir diese Wohnung vererbt hatte - zur Hälfte -, mir zu sagen hatte, war größer als die dumpfe Angst, die in meiner Brust nagte.

Liebe Lucy,

Ich denke, wenn Du diesen Brief findest, hast Du Dein unerwartetes Erbe schon angetreten. Ich hoffe sehr, dass Du und Ryan Euch einig werdet und zusammen diese Wohnung bewohnt. Ryan ist ein guter Junge und Du kannst ihm vertrauen. Er ist mir sehr ans Herz gewachsen in den fast zwei Jahren, die er schon bei mir wohnt. Er scheut sich auch nicht davor, eine kranke Frau wie mich zu pflegen. Ich glaube, das findet man nicht mehr überall heute. Ryan hat genauso wie Du einige schlimme Dinge erlebt, man merkt es ihm an, aber er spricht nicht darüber. Vielleicht schaffst Du es ja, ihm seine Geheimnisse zu entlocken. Es tut mir leid, dass ich in dieser Zeit nicht für Dich da sein konnte. Ich habe erst vor Kurzem herausgefunden, wo Du jetzt lebst.

Auch Dein Vater hatte ein schweres Schicksal zu tragen. Leider hatten es seine Eltern nicht so gut mit ihm gemeint. Er kam mit zwölf Jahren zu mir, konnte aber nur kurze Zeit bleiben, da sein gewalttätiger Vater immer wieder versucht hat, ihm hier aufzulauern. Das Jugendamt fand es damals besser, dass der Junge in eine Pflegefamilie gegeben wird, irgendwo, wo sein Vater ihn nicht finden konnte. Um Deinen Vater zu schützen, hat man ihn irgendwo in Schottland untergebracht. Ich weiß bis heute nicht genau, wo. Soviel ich weiß, kam er erst, um zu studieren, wieder nach Edinburgh zurück.

Es macht mich traurig, dass wir keinen Weg gefunden haben, als Familie wieder zusammenzufinden. Ich hoffe, Du kannst mir verzeihen, dass ich es nicht energischer versucht habe.

In Liebe, eine alte Dame, die vielleicht den ein oder anderen Fehler begangen hat, als sie zu lange damit gewartet hat, nach Deinem Vater zu suchen.

Dieser Brief überwältigte mich nicht nur, weil er offenbar mit viel Gefühl geschrieben worden war, sondern auch, weil diese wenigen Zeilen mir mehr über meinen Vater erzählten, als ich über ihn bis dahin gewusst hatte. Vater hatte nie über die Gründe gesprochen, die ihn in eine Pflegefamilie gebracht hatten. Und es war ja auch nicht bei einer Pflegefamilie geblieben, weil er, wie er es selbst immer bezeichnet hatte, nicht sehr umgänglich gewesen war. Ich wollte mir gar nicht vorstellen, was er hatte durchmachen müssen, wenn das Jugendamt sich sogar dazu gesehen hatte, ihn vor seinem Vater zu verstecken. Umso mehr war ich dankbar, dass trotz seiner eigenen Kindheit, er mir eine so glückliche geschenkt hatte. Ich faltete den Brief wieder zusammen und war Elisabeth Donald dankbar für diese berührenden Zeilen. Ich legte den Brief in mein Schreibtischfach und band mir die Kette um. Das Medaillon war vielleicht nicht gerade trendy, aber es enthielt etwas, das mir sehr wichtig war.

***

Ryan

Lucy wiederzusehen, war schon alles, was ich mir je erträumt hatte, seit ich nach Edinburgh zurückgekommen war. Aber dass sie mir angeboten hatte, wieder zusammen mit ihr und Anne in unserer Wohnung zu wohnen, hatte mich überrascht. Mein Magen hatte sich schlagartig zusammengezogen, vor Überraschung. Ich hatte sogar erwogen, ihr Angebot abzulehnen. Ich wollte ihr nicht noch mehr Schmerzen bereiten, und dass sie unser Wiedersehen belastet hatte, hatte ich in ihrem Gesicht deutlich lesen können. Auch wenn ich wusste, dass sie nur fair und freundlich sein wollte, hatte ich dann doch zugeschlagen. Zuerst wollte ich den Rat meiner Mutter nicht annehmen und um sie kämpfen. Nicht, weil ich sie nicht mehr liebte. Ich liebte sie sogar noch mehr. Die Sehnsucht fraß mich regelrecht auf. Und diese Sehnsucht hatte mich dann auch dazu getrieben, ihr Angebot anzunehmen. Ich hielt es einfach nicht ohne sie aus. Sie wusste es vielleicht noch nicht, aber sie würde mich zurückhaben wollen. Sie in den Wahnsinn zu treiben, hatte schon einmal funktioniert. Das war also der Plan.

Ich riss die Tür zum Swann Café mit Schwung auf. Lucy hatte ihre Schicht erst vor wenigen Minuten begonnen. Sie stand mit dem Rücken zu mir, als ich mich auf einen der Barhocker setzte. Mein Herz schlug staccato. »Einen Kaffee, schwarz und ohne Zucker.«

Sie erstarrte und ich konnte mir ein Grinsen nicht verkneifen. Ich verkniff es mir dann aber doch, als sie sich umdrehte und mich zornig ansah.

»Was machst du hier?«

»Kaffee trinken.« In ihr Gesicht trat Röte. Seit meinem Einzug war sie mir aus dem Weg gegangen und das war ein Kunststück, denn ich versuchte, so oft es ging, in der Wohnung zu sein. Ich stand vor ihr auf, wartete in der Küche mit Kaffee, sie verschwand ohne einen Blick in die Küche. Ich war abends vor ihr zu Hause, sie stürmte sofort in ihr Zimmer und blieb dort bis zum nächsten Morgen. So lief das jetzt schon drei Tage.

»In unserer Küche stehen sogar zwei Kaffeemaschinen, die meiner Tante und meine eigene. Es ist dir freigestellt, beide zu benutzen.« Sie stand gut zwei Schritte vom Tresen entfernt. Viel zu weit weg für meinen Geschmack.

»Ich wollte Kaffee aus einem Café.«

Sie kniff bedrohlich die Augen zusammen. Ich war auf einem guten Weg. »Du hättest in das an der Ecke gehen können, dann hättest du dich nicht bis hierher bemühen müssen.«

»Ich wollte Kaffee aus diesem Café.«

»Der Kaffee aus diesem Café schmeckt genauso wie der aus dem anderen.«

»Mag sein, aber die Bedienung sieht nicht so gut aus.«

Sie wich meinem Blick aus. Sie war nervös. »Dir scheint entgangen zu sein, dass ich versuche, dir aus dem Weg zu gehen.«

Ich lachte. »Ist mir nicht entgangen.«

»Warum bist du dann hier?« Zitterte ihre Stimme?

Ich sah sie direkt an. »Wegen des Kaffees.«

»Jetzt gib ihm schon endlich einen!« Ein älterer Mann kam hinter den Tresen. Ich nahm an, dass er ihr Chef war.

»Aber ...«, protestierte sie, doch dann fügte sie sich. »Je eher du deinen blöden Kaffee hast, desto schneller bist du wieder weg.«

Ich lachte in mich hinein. Ich hatte vor, ihre ganze Schicht zu bleiben. Ich trank meinen Kaffee besonders langsam und beobachtete Lucy dabei, wie sie Gäste bediente und sich immer wieder verzweifelt nach Arbeit umsah, die so weit wie möglich von mir entfernt war. Als sie das nächste Mal hinter den Tresen kam, hielt ich ihr meine leere Tasse hin.

»Noch einen bitte.« Sie sackte in sich zusammen, schenkte mir aber nach.

»Wie lange möchtest du mir noch aus dem Weg gehen. Wir wohnen zusammen, das kann so nicht bleiben.«

»Ich geb dir Bescheid, wenn ich dir nicht mehr aus dem Weg gehen möchte.« Sie funkelte mich an. Sie hatte keine Ahnung, wie unglaublich sexy sie aussah, wenn sie wütend war. »Noch bin ich nicht dazu bereit.«

»Dann wird mir nichts anderes übrig bleiben, als überall dort aufzutauchen, wo du dich aufhältst.«

»Das nennt man Stalking.«

»Ich weiß.« Ich trank meinen zweiten Kaffee aus, während sie weiter kopflos durch das Café wirbelte. Danach trank ich Limonade, einen Whisky und Wasser. Sie schaffte es die ganze Zeit, mich kaum zu beachten. Nur wenn sie glaubte, ich bekäme es nicht mit, sah sie mich heimlich an. Ich würde nicht aufgeben.

Lucy

Ryan machte seine Drohung wahr. Er würde nicht aufgeben, bis ich wieder in seine Falle tappte. Obwohl, er hatte nie davon gesprochen, dass er mich wieder in seinem Bett haben wollte. Die ganze Zeit wollte er nur, dass wir normal unter einem Dach leben konnten, ohne dass ich ihm ständig auswich. Zumindest war es das, was er sagte, jedes Mal, wenn er in den letzten Tagen irgendwo aufgetaucht war, wo ich mich für gewöhnlich aufhielt. Wenn ich ehrlich war, gab es auch keine Anzeichen dafür, dass er etwas anderes wollte. Keine funkelnden Blicke, keine erotisch knisternde Luft. Nichts.

Und dieses Nichts war es, das mich am meisten wurmte. In mir kribbelte und brannte alles vor

Verlangen, wenn ich ihn nur in meiner Nähe vermutete. Und er schien dagegen vollkommen kalt, so als hätte er nie wirklich diese Anziehung geteilt. Das machte mich wahnsinnig. Ich konnte keinen klaren Gedanken fassen und er saß einfach auf dem Stuhl im Zimmer meiner Mutter und schwatzte auf sie ein. Ich sah zum Fenster hinaus und gab mein Bestes, die rumorenden Gefühle in mir zu ignorieren.

»Ich habe mir gedacht, wir könnten es hier etwas wohnlicher für Sie machen. Ihre Tochter hatte wahrscheinlich noch keine Zeit dafür, ein paar Bilder an die Wände zu hängen. Zimmerpflanzen wären auch nicht schlecht. Wenn wir das nächste Mal kommen, dann werde ich alles Nötige mitbringen.«

»Wir?«, hakte ich schnippisch nach.

»Ich kann natürlich auch alleine ...«

»Nein«, winkte ich ab. »Schon gut.« Warum warf ich ihn nicht einfach raus? Was hielt mich davon ab? Das Flattern in meinem Bauch und die Hitze zwischen meinen Schenkeln. Ich kam einfach nicht dagegen an. »Wie lange willst du das hier noch spielen?«

»Bis du wieder mit mir sprichst, meinen Kaffee trinkst, den ich dir jeden Morgen mache, aufhörst so zu tun, als würdest du nicht vor Sehnsucht nach mir fast verglühen.«

Ich schluckte heftig. »Das tue ich nicht.«

Ryan stand auf und kam zu mir rüber. Er stellte sich hinter mich, kaum dass er mich wirklich berührte, und flüsterte in mein Ohr. »Tust du doch. Ich kann deinen Puls unter der Haut deines Halses klopfen sehen. Und deine Atmung hat sich auch beschleunigt.«

Ich schob mich an ihm vorbei und achtete genau darauf, ihn nicht zu berühren. Kalt war das auf keinen Fall. Nein, ich verbrannte wirklich. Offensichtlich hatte er beschlossen, die Strategie zu ändern, und ich hatte ihm nichts entgegenzusetzen. Mein Widerstand bröckelte. Warum noch mal wollte ich ihm eigentlich widerstehen? Genau, weil ich Angst hatte, dass er mich noch einmal verletzen würde. Aber was war schon eine kleine Verletzung, wenn er im Gegenzug dafür mein inneres Feuer löschte?

»Das ist nur die Wut auf dich, die meinen Puls in die Höhe treibt.«

»Wenn du das sagst.« Ryan setzte sich wieder zu meiner Mutter und hielt eine Rede über die Gefährlichkeit von Lügen und Geheimnissen. Er selbst hätte diesen Fehler auch begangen, weswegen er jetzt dazu gezwungen war, eine junge Frau zu stalken.

Ich stöhnte hilflos auf. Wenn ich nicht in seine Falle tappen wollte, dann musste ich mich ergeben und aufhören, ihm in der Wohnung aus dem Weg zu gehen. Dann würde er zumindest aufhören, mir überall aufzulauern, und das wiederum würde die Zeit, in der ich mich mit ihm herumschlagen musste, deutlich kürzen. Und gekürzte Zeit bedeutete, weniger Gefahr ihm zu verfallen.

»Du hast gewonnen«, seufzte ich. »Ich werde wieder deinen Kaffee trinken und mit dir reden. Aber das mit der Sehnsucht lassen wir schön bleiben. Denn die ist eine reine Erfindung von dir.«

Ryan strahlte mich an. »Das ist zumindest ein erster Schritt.«

Ich atmete erleichtert auf.

Ryan hielt sich wirklich an das, was er gesagt hatte. Ich stand morgens auf, da wartete schon Kaffee und Omelette auf uns Mädchen. Den Abwasch überließ er nach wie vor uns, aber was machte das schon, wenn man jeden Tag von einem Mann bekocht wurde. An den Abenden saßen wir zu dritt im Wohnzimmer und unterhielten uns über das Studium, über Freunde und die Nachrichten. Ein Thema, das Anne immer sofort im Keim erstickte, war Sex. Für Annes Verhältnisse war das ungewöhnlich, denn sie lebte für dieses Thema. Aber mit Ryan und mir in einem Raum erschien ihr das, als würde man ein brennendes Streichholz in einen Kanister Benzin werfen. Und alles, was diesen Kanister entzünden könnte, wollte sie möglichst von mir fernhalten. Ryan sah das aber anders.

»Findet ihr nicht auch, dass es immer häufiger Naturkatastrophen gibt?«, wollte Anne wissen, weil in den Nachrichten gerade über ein Erdbeben berichtet wurde.

»Das kommt uns nur so vor, weil in den letzten Jahren mehr und intensiver darüber berichtet wird«, sagte ich und kaute auf einer Salzstange herum.

»Trotzdem sollte man sich auf Erdbeben gut vorbereiten. So was kann jederzeit auch uns treffen.« Anne starrte interessiert auf die Bilder vom Katastrophengebiet.

»Wusstet ihr, dass die Schwangerenraten in solchen Gebieten kurz nach Katastrophen explosionsartig ansteigen?«, warf Ryan ein.

»Ist nicht wahr?« Anne sah ihn erstaunt an.

»Anscheinend ist das Bedürfnis nach Nähe und Zärtlichkeit einfach erhöht.«

Ich zog die Augenbrauen hoch. »Oder es liegt am Mangel an Verhütungsmitteln.«

»Möglich, trotzdem zeigt das doch, wie wichtig körperliche Nähe ist. Man sollte seine Begierden nicht unterdrücken, sondern sie ausleben.« Ryan grinste mich an.

»Ich denke, dass das nur ein Gerücht ist. In Katastrophenzeiten haben die Menschen Besseres zu tun, als an Sex zu denken«, konterte ich, denn hier ging es längst nicht mehr um die Überlebenden von Katastrophen.

»Ich denke, man sollte immer an Sex denken. Sex macht uns glücklich. Sex ist der Sinn des Lebens.«

»Du solltest nicht an Sex denken und schon gar nicht, wenn du Sex mit einer bestimmten Person in diesem Raum verbindest. Glaube ja nicht, ich habe deinen Versuch, das Thema wieder in diese Richtung zu lenken, nicht bemerkt«, warf Anne ein.

»Du hast mich missverstanden«, meinte Ryan und feixte. »Ich habe nicht an Sex mit dir gedacht. Es ging mir um das Thema allgemein.«

»Ich weiß genau, was du gedacht hast. Deswegen sitze ich auch hier neben dir und Lucy dort drüben auf dem Sessel.«

Ryan sah zu mir rüber und lächelte mich auf unmissverständliche Weise an. In mir zog ein kleiner

Sturm auf. »Ich denke, ich gehe dann jetzt ins Bett. Allein«, sagte ich und stand auf.

Anne nahm mir mein Glas ab und brachte es mit ihrem zusammen in die Küche. Ich löste den Haargummi aus meinem Haar und verließ das Wohnzimmer. Ryan folgte mir und verhinderte mit seiner Hand auf meiner Türklinke, dass ich in mein Zimmer flüchten konnte.

»Wir sind noch nicht fertig mit unserer Diskussion.« Er stand so, dass er mich zwischen Türrahmen und seinem Körper einklemmte, mich aber nicht berührte.

»Ich denke schon«, sagte ich schwer atmend.

»Also bist du nicht der Meinung, dass Sex glücklich macht?«

»Das kommt auf den Sex an. Reiner Sex kann für einen winzigen Moment befriedigend sein, aber das verfliegt viel zu schnell. Da sollten schon Gefühle im Spiel sein. Und das sollten nicht Enttäuschung, Angst und Verletzlichkeit sein.«

Ryan runzelte die Stirn und sah mich traurig an. »Sind das die Gefühle, die du mit mir in Verbindung bringst?«

»Ich weiß nicht.« Ich wollte ehrlich sein. Er hatte die Wahrheit verdient. »Das sind die Dinge, die ich für dich empfunden habe, aber ich bin mir nicht sicher, ob das jetzt noch so ist.«

Er nickte verständnisvoll, dann hob er eine Hand an meine Wange. »Du weißt, dass mir das alles sehr leidtut. Ich möchte nur, dass du weißt, dass sich an meinen Gefühlen für dich nie etwas geändert hat.« Sein Daumen streichelte über meine Wange, dann löste er sich von mir. Als ich in mein Zimmer trat, zitterten meine Beine. Wegen dem, was er gesagt hatte und dem, was diese Worte in mir ausgelöst hatten. Ich war nicht dazu in der Lage, ihm noch viel länger zu widerstehen.

22. Kapitel

Sonntagmorgen um neun Uhr in der 13 West Newington Place. Dieses laute, scheppernde Geräusch war nicht mein Wecker, das kam aus Ryans Zimmer. Ich rieb mir die Schläfen und wollte am liebsten schreien, aber dazu fehlte mir die Kraft.

Bumm bumm schepper bumm!

Jetzt kam dieses Geräusch auch aus mir, weil es in meinem Kopf widerhallte. Ich presste meine Hände gegen meinen Kopf. Nein, das brachte nichts. Decke weg, raus aus dem Bett. Wutentbrannt stapfte ich in den Korridor und prallte mit Anne zusammen, die anklagend mit dem Finger auf mich zeigte.

»Ja, ich weiß, das ist meine Schuld.« Ich schob sie beiseite und riss mit Schwung Ryans Zimmertür auf. »Ich möchte mich ja nicht beschweren, aber dieses Thema hatten wir schon.«

Ryan nahm seine Sticks runter und strahlte mich glücklich an. »Ich kann mich gar nicht beschweren, das ist besser, als ich erwartet hatte.«

Ich runzelte ratlos die Stirn und sah an mir runter. Ich stand nur mit einem mega kurzen Top und einem Seidenhöschen bekleidet in seinem Zimmer. Irgendwann in der Nacht hatte ich mein Schlafshirt ausgezogen und mir dieses Top übergeworfen, weil die Heizung in meinem Zimmer auf Dauerbetrieb lief und sich auch nicht ausschalten ließ. »Das tut nichts zur Sache.« Ich zeigte auf meinen Aufzug. »Was bringt dich dazu, zu glauben, dass wir diese Diskussion mit dem morgendlichen Krawallmachen noch einmal führen?«

»Ich übe, du kannst mir nicht verbieten, für meine berufliche Zukunft zu üben.«

»Deine berufliche Zukunft«, quiekte Anne hinter mir. »Und du, Fräulein, zieh dir was an, bevor der da noch anfängt, sich Hoffnungen zu machen.«

»Hoffnungen? Ich hab das alles schon gesehen«, sagte Ryan abfällig und mir klappte der Mund auf. Mein Körper hatte auch noch nach einmaligem - gut zweimaligem - Gebrauch einiges Entdeckenswertes.

Anne winkte ab und ging. »Dein Problem, nicht meins. Ich treff mich mit meiner Tante zum Sonntagsfrühstück.«

»Berufliche Zukunft? Du willst Sportmediziner werden. Dafür ist es kaum nötig herumzutrommeln.«

»Dafür nicht, aber für das Vorspielen, das ich demnächst habe.«

»Du spielst vor?« Mein Herz rutschte mit einem dumpfen Schmerz in meinen Magen. Vorspielen, das bedeutete, dass es ihm ernst war mit der Trommelei? Zumindest ernst genug, um in einer Band zu spielen?

»Ja, *Wild Novel* suchen einen neuen Drummer.«

»*Wild Novel*?«, rief Anne aus dem Korridor und kam mit einem Pumps am Fuß und dem anderen in der Hand zurück in Ryans Zimmer gehüpft. »Ich dachte, die hatten einen neuen Drummer, nachdem der alte sich als Psychopath entpuppt hatte.«

»Offensichtlich nicht. Vielleicht war er nicht gut genug.«

»Aber wie willst du Medizin studieren und in einer Band spielen? Das ist keine Hobbyband, in der du mal eben bei Lust und Laune mitmischen kannst.« Ich sah ihn verständnislos an.

Ryan zuckte lässig mit den Schultern. »Es ist nur ein Vorspielen.«

»Ja, also ich kann dieses Vorhaben nur unterstützen«, sagte Anne und stieg in den zweiten Pumps.

»Was?« Hatte ich was verpasst?

»Wenn du das schaffst, kannst du hier auf deinen Blechbüchsen herumschlagen, so lange du willst, aber nur, wenn du die Jungs auch mal zu uns einlädst.« Anne strahlte wie ein Smiley.

»Dann wäre das ja geklärt. Wenn du das schaffst, bis dahin: Ruhe!«

»Du sollst ihm nichts befehlen, sonst wackelt er wieder mit seinem Schwanz. Und wir wissen beide, wo das endet.« Anne verließ mit einem Winken die Wohnung und ich ging kopfschüttelnd ins Bad, um zu duschen. Wenigstens hatte er diesmal bis um neun gewartet, das war ein Fortschritt.

»Du hättest auf sie hören sollen.« Ryan stand direkt hinter mir. Die Hitze seines Körpers übertrug sich auf meinen und brachte ihn zum Zittern.

»Wir sollten unbedingt zusehen, dass wir ein Schloss für diese Tür bekommen. Ein Bad, das man nicht abschließen kann, lässt unerwünschten Eindringlingen zu viel Freiraum«, sagte ich und ärgerte mich über meine heisere Stimme. Ich wandte mich um und sah ihn böse an. »Was machst du hier?«

»Auf meine Mutter hören.«

»Deine Mutter hat gesagt, du sollst einfach in ein Bad stürmen, wenn sich darin gerade eine Frau befindet?«

»Nein, meine Mutter hat gesagt, ich soll um die Frau kämpfen, die ich liebe.«

Ich schluckte heftig und meine Beine begannen zu zittern. Mir wurde überall ganz heiß und ich wich panisch einen Schritt zurück.

»Ryan ...« Ich wusste nicht, was ich sagen oder tun sollte. Da gab es nur einen Gedanken, der in mir rotierte: Ich liebe dich auch, aber genau davor habe ich Angst.

Ryan legte seine Hand in meinen Nacken und zog mich einfach wieder zu sich heran. Ich sah nach oben in sein Gesicht, in die schokoladenbraunen Augen, und verlor jeden Funken von Überlebenswillen. Mit klopfendem Herzen legte ich meine Hände auf seine Brust. Mit einem rauen Knurren presste Ryan seine Lippen auf meine und ich vergaß jede Warnung, die ich mir in den letzten Tagen immer wieder selbst runtergebetet hatte. Und auch Annes Warnungen wurden einfach so durch einen zärtlichen Kuss gelöscht.

»Zu mir oder zu dir?«

Ich presste die Lippen aufeinander, die noch immer prickelten. »Ich denke, du brauchst eine Dusche. Trommeln ist bestimmt anstrengend.«

»Da könntest du recht haben.« Mit einer Hand schob Ryan die Tür der Duschkabine auf, mit der anderen presste er mich an seinen Körper, während er mich küsste. Das Wasser begann zu rauschen und ich dachte nur: Was tust du hier? Die Frage ließ ich unbeantwortet, als Ryan mir das kurze Top über den Kopf zog. Er legte eine Hand unter den Ansatz meiner rechten Brust und umkreiste mit dem Daumen die harte Knospe. Winzige Blitze zuckten von dort durch meinen Körper und entfachten ein Feuer in meinem Unterleib. Keuchend befreite ich Ryan von der Trainingshose mit dem New York University-Schriftzug. Das dazu passende Shirt riss er sich selbst über den Kopf und warf es auf den Boden zum Rest unserer Sachen.

Ich zeigte grinsend auf mein Seidenhöschen. »Runter damit!«

Ryan wackelte mit seinen Augenbrauen. »Das ist mein liebster Befehl von allen.« Nachdem auch mein Höschen auf dem Haufen Klamotten gelandet war, zog Ryan mich an seinen Körper und jeder Zentimeter meiner Haut, der mit seiner Haut in Berührung kam, entflammte für ihn. Ihn so nah bei mir zu spüren, jagte Schauer der Lust durch mich.

Ryan küsste meinen Hals und schob mich rückwärts in die Duschkabine. Das warme Wasser ergoss sich über mich und streichelte meine erhitzte Haut. Meine Finger ertasteten Ryans Körper. Jede Kontur prägte ich mir ein. Ich erforschte ihn. Liebkoste ihn mit aller Hingabe, die ich aufbringen konnte. Wen interessierte schon die Vergangenheit, wenn die Gegenwart sich so wundervoll anfühlte? Konnte etwas falsch sein, das so gut war wie Ryans Aufmerksamkeiten, mit denen er mich bedachte? Es war mir vielleicht bisher nicht klargewesen, aber ich war diesem Mann verfallen, und egal, welche Fehler er während unserer Beziehung auch noch begehen würde, ich war sicher, dass meine Liebe zu ihm stark genug war, um zumindest einen Großteil dieser Fehler überstehen zu können. Das gab Ryan natürlich keinen Freifahrtsschein, aber auch ich war nicht fehlerfrei. Und vielleicht musste auch Ryan mir irgendwann verzeihen. Gute Beziehungen funktionierten so, sie wuchsen an ihren Herausforderungen.

Mir entfuhr ein leises Seufzen, als Ryans Lippen sich um meine Brustwarze schlossen. Er saugte an mir und schickte kleine Stromstöße durch meinen Körper, die mein Verlangen schürten. Ich nahm seine Härte in meine Faust, rieb daran auf und ab und entlockte Ryan ein dunkles Stöhnen.

»Das fühlt sich wundervoll an«, sagte er rau. Seine Hand strich über meinen Bauch hinunter und legte sich auf meinen Venushügel. Ich schob ihm meine Hüften entgegen. Ihn dort unten zu spüren, feuerte mein Verlangen so sehr an, dass ich kaum atmen konnte. Mit einem lauten Keuchen sog ich Luft in meine Lunge, als er einen Finger in mich gleiten ließ. »Ich liebe dich«, hauchte er an meinem Hals und leckte eine feurige Spur über meine feuchte Haut. »Ohne dich habe ich mich gefühlt, als hätte mich jemand in einen Raum ohne Fenster gesperrt. Ich habe zwar gelebt, aber alles ist nur an mir vorbeigezogen, nichts schien wirklich real.«

Ich legte meine Hände an seine Wangen und zog seinen Mund an meinen. Ich küsste ihn sanft und legte meine Stirn gegen seine. Mein Atem ging so schwer und stockend wie seiner. »Ich liebe dich auch. So sehr, dass ich in den ersten Wochen, nachdem du weg warst, jeden Tag in dein Zimmer geschlichen bin, um deinen Geruch in mich aufzusaugen. Und in den letzten Wochen habe ich jeden Tag gegen den Drang angekämpft, es wieder zu tun.«

Ryans Finger tauchten in mich ein und sein Daumen rieb über meine Klitoris, trieb die Anspannung in mir immer weiter, bis ich nur noch wimmern wollte. Die Finger verschwanden und Ryans Penisspitze bat stupsend um Einlass. Ich legte meine Hände auf seine Schultern und schlang meine Beine um seine Taille. Mit einem kräftigen Stoß drang Ryan in mich ein. Mit jedem Stoß hieb er gegen meine geschwollene Klitoris und brachte meinen Unterleib zum Vibrieren. Ich warf meinen Kopf in den Nacken und trieb Ryan mit lautem Stöhnen an, sich schneller und tiefer in mir zu versenken, bis der Höhepunkt mich fortriss und ich bebend an seine Brust sackte. Ryans Hände stützten mich an meinem Hintern, bis auch er zuckend in mir kam und er mich langsam an seinem Körper heruntergleiten ließ.

»Das war bitter nötig«, sagte er keuchend. Meine Beine zitterten noch immer und ich brauchte einige Atemzüge, bis ich bestätigend nicken konnte.

»Ich denke, wir sollten auch dein Bett noch mal ausprobieren. Die Dusche war ganz bequem. Aber da das hier unsere Wohnung ist, müssen wir den Rest auch noch genauer untersuchen.«

***

Das nennt man dann wohl ›Katze aus dem Sack‹, dachte ich, als Anne mit Stephan und Danny ins Wohnzimmer kam und mich breitbeinig auf Ryans Schoß erwischten. Bloß gut, dass wir beide uns vor etwa einer halben Stunde angezogen hatten. Ryan ignorierte das allgemeine Aufkeuchen, das den drei Kehlen entkam, und massierte weiter meine Zunge mit seiner. Ich ließ ihn noch fünf Sekunden gewähren, bevor ich mich von ihm löste und mich der Gegnermannschaft stellte. Ich kroch von Ryans Schoß und setzte mich brav neben ihn.

»Das ist deine Schuld«, sagte Stephan an Anne gerichtet, die ihre Lippen zu einem Schmollen verzog. »Ich habe dir gesagt, lass die beiden nicht alleine in dieser Wohnung. Aber nein! Ich hätte gerade Lust, deinen Teppichklopfer auf deinem Hintern auszuprobieren.«

»Ja«, sagte ich feixend. »Mach das! Sie hat mich einfach alleingelassen. Sie war keine gute Mutter.«

»Wenn sie eine gute Mutter gewesen wäre, hätte sie dir verboten, nur in deiner Unterwäsche in mein Zimmer zu kommen.« Ryan legte lässig einen Arm um meine Schulter und zog mich an seine Seite. »Außerdem hätte sie gewusst, dass man zwei junge Menschen unterschiedlichen Geschlechts mitten im kalten Winter nicht allein lässt. Sie hat die grundlegenden Fakten der Erziehung vergessen.«

»Ryan hat recht. Dafür könnt ihr ihn nicht bestrafen, er ist unschuldig«, verteidigte ich ihn.

Anne warf die Hände in die Luft und stöhnte theatralisch. »Kinder! Sie sehen doch nur das Negative in ihren Eltern. Ist euch schon mal der Gedanke gekommen, dass das alles so geplant war?«

»Was?«, fragten Stephan und Danny gleichzeitig.

»Ich komme gestern nach Hause. Da sitzt er dort auf der Couch und sie hier auf dem Sessel. Beide starren in den Fernseher und keiner schaut wirklich hin. Sie ist unglücklich und er ist unglücklich …« Anne ließ sich in den besagten Sessel fallen und freute sich über die sprachlosen Gesichter um sich herum. »Regt euch ab, ich mach nur Spaß. Aber ich muss zugeben, mir gefällt die Stimmung heute viel besser als die von gestern.«

Stephan brummte etwas, das wohl keiner verstanden hatte und sowieso niemand hören wollte, und holte für sich und Danny zwei Stühle aus der Küche. Er warf Ryan einen giftigen Blick zu, der diesen ganz kalt ließ. »Wenn du ihr noch einmal wehtust, dann schaffe ich deinen Arsch persönlich nach New York.«

Ich kicherte. »Nimmst du mich dann mit, Ryan?«

»Darauf kannst du dich verlassen.«

»Oh, das ist gut. Ich hatte noch nie Sex in einer Flugzeugtoilette.«

»Dann wird das für uns beide eine Premiere.«

»Danny! Das Tiramisu! Ich brauche Kalorien, ganz viele davon«, stöhnte Anne.

Epilog

Lucy und ich waren jetzt seit drei Monaten ein Paar. Es war wie ein nicht enden wollender Höhenflug, die schönste Zeit meines Lebens. Sie machte mich glücklich und auch sie hatte sich verändert. In ihrem Blick lag noch immer dieser wundervolle Trotz, der mich vom ersten Tag an angezogen hatte, aber der Schmerz war gewichen. Sie kam viel besser mit ihrem Schicksal zurecht, seit sie es akzeptierte und nicht mehr ihre gesamte Kraft dafür nutzte, sich an der Vergangenheit festzuhalten. Sie begrüßte jeden Tag freudiger und entspannter, seit sie begriffen hatte, dass das Schicksal ihr zwar ihren Vater genommen hatte, es ihr aber nicht ihre Erinnerungen an ihn nehmen konnte.

Jede Nacht lag ich neben ihr, hielt sie in meinen Armen und hielt die Albträume von ihr fern. Für mich war es wie ein kleines Wunder, dass es für sie keine Rolle spielte, dass Josh mein Bruder war. Sie half mir sogar bei der Bewältigung meines Verlustes und verlor nie ein schlechtes Wort über Josh, obwohl ich es verstanden hätte.

Ich zog sie an mich und sie seufzte leise im Schlaf. Ihr süßer Hintern rutschte wackelnd noch näher an mich heran und drückte sich frech gegen meinen Schwanz. Ich grinste und bewegte meine Hand langsam über ihren nackten Bauch hinunter zu dem verlockenden Paradies zwischen ihren Schenkeln. »Du schläfst nicht!«, sagte ich mahnend.

»Wie solltest ich auch, bei dem anregenden Hindernis, das sich da zwischen meine Pobacken drückt?«

»Dafür hab ich Verständnis. Aber ich muss dir leider den Mund zuhalten, wenn ich dich zum Höhepunkt treibe.«

»Damit deine Mutter uns nicht hört?«

»Ja, sie glaubt schon, du treibst mich mit deiner Unersättlichkeit in den Herzinfarkt.«

Sie zog ihren Hintern zurück und stieß ihn mit Schwung gegen mich. »Wer ist hier wohl unersättlich?«

Ich nahm meinen Penis und drang von hinten in ihre feuchte Hitze ein. Sie stöhnte leise auf und begann sich mit mir zu bewegen. Ich umkreiste mit den Fingern der einen Hand ihre Lustperle und mit der anderen Hand hielt ich ihren Mund zu. Das erregte sie noch mehr und sie begann sich schneller zu bewegen, bis sie zuckend um meinen Schwanz kam und mich in meinen eigenen Orgasmus trieb.

»Glaubst du, deine Mutter hat uns gehört?«

»Bestimmt schläft sie noch.« Meine Mutter war vorübergehend bei uns eingezogen. Sie und Lucy verstanden sich super. Manchmal bildeten sie eine geschlossene Front gegen mich. Stephan beobachtete mich noch immer genau. Mittlerweile führte er sich auf wie Lucys großer Bruder.

»Wir sollten heute mit deiner Mutter an den Strand gehen.« Wenn es meine Zeit zuließ, begleitete ich Lucy nach Portobello. Vielleicht wäre es uns irgendwann sogar möglich, sie zu uns nach Hause zu holen.

Die Drums hatte ich nach dem Vorspielen in den Keller geschafft. *Wild Novel* hatte tatsächlich in Erwägung gezogen, mich in die Band aufzunehmen, doch ich hatte mich dagegen entschieden. So gerne ich Rockstar gewesen wäre, das Studium und die Medizin waren mir vorerst wichtiger.

»Das ist eine gute Idee. Lass uns eine Decke einpacken und den Rest von Dannys Tiramisu.« Danny hatte sich mit seinem Tiramisu in die Herzen der Mädchen geschlichen. Tiramisu war sonntags zu einer festen Institution in unserem Leben geworden. Samstags spielten wir jetzt nicht mehr nur zu dritt Videogames, sondern mit Stephan und Danny zusammen. Und der Freitagabend gehörte nur Lucy und mir. So wie jede freie Minute zwischen Studium, Job und unseren Müttern auch. Und diese freien Minuten nutzten wir stets sehr ausgiebig.

***